JN146840

『方丈記』と『徒然草』

島内裕子

『方丈記』と『徒然草』('18)

装丁・ブックデザイン：畑中　猛

s-53

まえがき

本書は「『方丈記』と『徒然草』」と題して、この二つの作品を多面的に詳しく考察し、理解を深めることを目指している。『方丈記』も『徒然草』も著名な古典であり、既に知っていることも多いかもしれないが、今を生きる私たちにとって、『方丈記』と『徒然草』を学ぶことが、物の見方や人生の意義について、思索を巡らす「よすが」となることを願って、本書を構想した。

日本文学の全体像を眺望するならば、平安時代に成立した『古今和歌集』と『源氏物語』によって、文学の王道は「和歌と物語」に確定した。その影響力は、現代に至るまで継続している。その一方で、鎌倉時代になると、作品内にほとんど和歌を含まず、また、散文によって書かれてはいても物語ではない文学領域として、新しい作品が登場した。それが『方丈記』と『徒然草』である。『方丈記』と『徒然草』は、それぞれの成立時期が鎌倉時代の両端に位置しているので、百年近い時差がある。けれども、実体験と読書体験の双方に基づきつつ、自らの思索を書き綴る散文作品が中世の時代に誕生したことは、その後の日本文学を根底から変容させるに足る、非常に大きな文学史上の画期となった。日本文学に、批評文学と名づけ得る、新しい領域が切り開かれたからである。その新しい潮流は、「理知と論理」を両輪として、近代文学とも繋（つな）がる大道を形成した。

『方丈記』と『徒然草』には、現代人の価値観や人生観を先取りしている面があるが、それは『方丈記』と『徒然草』が、日本文化の基盤形成に大きく与（あずか）ってきたからだとも言えよう。

『方丈記』はもちろんのこと、『徒然草』も、作品の規模は決して大きくない。それにもかかわらず、なぜこれほどまでの大きな影響力を、現代にまで及ぼすことができたのか。それは、この二つの作品がそれぞれに、それ以前の文学・思想・文体を統合し、簡潔・明瞭に集約する思索力と表現力を持っていたからであろう。本書は、その点について、豊富な原文と、先行文学の実例、さらに影響例を挙げながら、論述してゆきたい。『方丈記』と『徒然草』の、魅力と達成を解明することは、本書が最も力点を置く目標でもある。

ここで、本書における方法論と構成について、具体的に述べよう。本書は「『方丈記』と『徒然草』」と題しているが、この二つの作品の先蹤（せんしょう）は平安時代の『枕草子』に求められる。したがって、最初に『枕草子』を取り上げて、二章分をあてた。とりわけ『枕草子』に見られる、価値観や美意識を表明する多様性は、『徒然草』と文学の回路で繋がっている。

『方丈記』は明確なテーマ性を持つ論理的な作品として、日本文学史上最初の達成を遂げた作品である。『方丈記』は短編であるが、思いがけないほどに、具体的で多面性に富む内容であるので、四章分をあてて、全編にわたって考察する。

『徒然草』は、近世以来、注釈研究がきわめて盛んである。『徒然草』の場合は、注釈史・研究史の蓄積をどのように整理し、どのように新しい作品把握が可能となるかという点に、意を用いた。また、『徒然草』は挿絵や絵巻や屏風（びょうぶ）など、絵画化が顕著なので、それらにも適宜触れながら、『徒然草』の文学世界を、総合的に探究したい。

本書を通して、日本文学と日本文化の基盤を形成した重要な作品として、『方丈記』と『徒然草』を、捉え直していただければ、幸いである。

平成二十九年六月

島内　裕子

目次

まえがき　島内 裕子　3

1
『枕草子』の多様性　11
1.『枕草子』の発見　11
2.『枕草子』とは何か　16
3.『枕草子』から『徒然草』へ　21

2
『枕草子』のゆくえ　26
1. 季節の美学　26
2. 時間への思い　29
3. 人間を書く　32
4. 樋口一葉・森茉莉への系脈　36

3 『方丈記』のテーマ性 41

1. 『方丈記』の問題意識 41
2. 『方丈記』から『徒然草』へ 50
3. 鴨長明と『方丈記』 52

4 災害記としての『方丈記』 57

1. 家を破壊するもの 57
2. 安元の大火 60
3. 福原遷都 63
4. 元暦の地震 66
5. 災害記の先蹤 70

5 閑居記・書斎記としての『方丈記』 73

1. 日野山の方丈石 73
2. 江戸時代の隠遁伝に見る『方丈記』 77
3. 閑居記としての『方丈記』 78
4. 書斎記としての『方丈記』 84

6 『方丈記』の達成 90
1. 散策記としての『方丈記』 90
2. 『方丈記』の擱筆 96
3. 終わりという始まり 103

7 『徒然草』とは何か 106
1. 日本文学史の折り返し点 106
2. 日本文学の「基準作」 110
3. 兼好の人生と兼好伝説 113
4. 今を生きる 119

8 『徒然草』の始発 123
1. 序段と第一段 123
2. 政道論と古典文学 129
3. 心の友は、どこにいるのか 131

9 陥路からの脱出 138
1. 読書人の陥穽 138
2. 『徒然草』第三十八段に見る兼好の危機 140
3. 危機からの脱出 148

10 『徒然草』の描く人間、そして心 154
1. 人間を描く文学 154
2. 「人間」を描くということ 157
3. 「心」を描くということ 164

11 『徒然草』の説話と考証 170
1. 説話的な章段 170
2. 仁和寺章段における説話性と教訓性 175
3. 考証章段の位相 178

12 『徒然草』における時間認識 186
1. 季節という時間認識 186
2. 無常の到来 193
3. 「今」という永遠の現在 197

13 批評文学としての『徒然草』 203
1. 批評の文体 203
2. 『徒然草』の会話体 208
3. 小林秀雄『徒然草』の批評精神 214

14 江戸時代の『徒然草』 219
1. 古典中の古典となった『徒然草』 219
2. 『徒然草』と「もののあはれ」 225
3. 横井也有の『鶉衣』 230

15 『徒然草』のゆくえ 234
1. 上賀茂神社からのスタート 234
2. 「不定」という真実の発見 235
3. 「私」が生きる場所としての家 240
4. 散文という可能性 247

索引 261

1 『枕草子』の多様性

《目標・ポイント》 散文において表現の可能性を飛躍的に高めた『徒然草』の先蹤（せんしょう）として、『枕草子』を位置づける。『枕草子』の内容に即した分類や、『枕草子』の本文に即した分類を概観した後で、江戸時代に出現した北村季吟の『春曙抄』の意義を明らかにする。

《キーワード》 清少納言、中世和歌への影響、『枕草子』の内容分類、『枕草子』の本文系統、『春曙抄』、『徒然草』

1．『枕草子』の発見

＊「春は曙」

清少納言の『枕草子』、そして紫式部の『源氏物語』は、現代でこそ、王朝を代表する文学作品の双璧として並び称されている。実際に、一条天皇（在位九八六～一〇一一）の中宮である彰子（しょうし）（藤原道長の娘）に仕えた紫式部は、同じく一条天皇の皇后である定子（ていし）（藤原道隆の娘）に仕えた清少納言に対して、強烈なライバル意識を持っていた。『紫式部日記』では、「清少納言こそ、したり顔（がほ）に、いみじう侍（はべ）りける人」と決めつけ、「その徒（あだ）に成（な）りぬる人の果（は）て、如何（いか）でかは良（よ）く侍（はべ）らむ」

とまで、酷評している。

だが、平安時代・鎌倉時代・室町時代・江戸時代を通して、清少納言の『枕草子』と紫式部の『源氏物語』が対等に評価されてきたとは、とても言えない。『源氏物語』に関しては、膨大な数の美術作品が生み出されてきた。『伊勢物語』も、同様である。美術館に行けば、『源氏物語』や『伊勢物語』をテーマとする作品を鑑賞できる機会は多い。それらは量が多いだけではなく、質的にも素晴らしく、日本文化は『源氏物語』と『伊勢物語』が形成してきた、という事実が実感される。

その一方で、『枕草子』を美術化した作品は、少なく、近代以前では、足利将軍家と浅野家に伝来した『枕草子絵詞』（色彩のほとんどない「白描」である）などがあるくらいである。しかも、「香炉峰の雪」など、いくつかの場面に、画題が集中している。美術化という点からみても、『枕草子』の存在感は薄かったことがわかる。

後世の文学作品に与えた影響でも、『枕草子』の影響は、『源氏物語』のそれとは比べものにならないほど少ない。ただし、『枕草子』の輝かしい書き出しである「春は曙」は、『玉葉和歌集』（一三一二年成立）と『風雅和歌集』（一三四八年頃成立）の歌風を生み出した京極派の和歌に、明らかな影響を及ぼしている。

思ひ初めき四の時には花の春春の中には曙の空（玉葉和歌集・春下・京極為兼）

色薄き夕陽の際に飛ぶ雁の翅寂しき遠方の空（三十番歌合・暮天雁・藤原俊兼）

京極派の指導者である為兼の歌は、四季の中では春が一番、その春の中では曙が一番、という内容であり、『枕草子』の「春は曙……」を意識している。同じ京極派の『三十番歌合』の俊兼の歌について、為兼が書いたと推測される判詞では、この歌が「左の歌、『夕陽の際、飛ぶ雁の翅寂しき』など侍るは、彼の清少納言が『枕草子』に、『夕陽、華やかに差して、山際、いと近く成りたるに、雁などの列ねたるが、いと小さく見えて飛びゆくなど、いと、をかし』となむ。唐の于革が、『両三箇雁夕陽辺』など言ふ心を、取られたるにや」と述べている。ただし、于革は唐の詩人ではなく、宋の詩人なので、時代的に、清少納言が引用することはありえない。俊兼が、『枕草子』と于革の漢詩を連想し、二つを重ね合わせて和歌に詠んだという意味だろう。

叙景歌に新風を吹き込んだ京極派が、『枕草子』の美意識や自然描写を高く評価していたことがわかり、興味深い。『枕草子』の「春は曙」は、やはり後世の人々の心の琴線に触れてきたのである。

＊王朝女性たちの落魄伝説

清少納言は、歌人・清原元輔の娘であるが、生没年は未詳である。江戸時代の考証学者である伊勢貞丈は、彼女の本名を「諾子」とするが、根拠はなく、信じられていない。「清少納言」の「清」は、「清原」という名字に基づく。藤原為時の娘である紫式部は、当初は「藤式部」だったし、「赤染衛門」の「赤染」も名字である。「清少納言」の「少納言」の由来は、不明である。

元輔は、歌人・清原深養父の孫（または子）である。さらに先祖を遡れば、双ケ岡に山荘を営んだという右大臣・清原夏野がいる。夏野は、奈良時代に『日本書紀』を編纂した舎人親王の曾孫に当たる。この山荘は、現在の法金剛院のあたりだとされるが、双ケ岡の山頂にも、清原夏野の石碑が建っている。なお、後の時代に、『徒然草』を書いた兼好が、この双ケ岡に墓所を定めている。

清少納言には、『紫式部日記』の予言が的中したかのように、晩年に落魄したという伝説がある。その点で、全国を流浪(るろう)したという伝説のある小野小町や和泉式部と通じるものがある。出家後の和泉式部は誓願寺(せいがんじ)に身を寄せていたとされるが、その墓と称するものは、京都市内の誠心院を初めとして、岩手県北上市を北限として、全国各地に存在している。佐賀県にも、和泉式部の誕生伝説がある。

清少納言にも、和泉式部ゆかりの誓願寺で出家したとする伝説がある。四国の阿波(あわ)や讃岐(さぬき)にも、晩年の清少納言が住んだという伝説が残る。ちなみに、紫式部には、石山寺の観音の化身であるとする伝説や、『源氏物語』を書いて善男善女を道徳的に退廃させた「狂言綺語(きょうげんきご)」の罪で、地獄に堕ちたという伝説がある。平安時代の女性文学者たちは、さまざまな伝説を纏(まと)っている。

小野小町の影は、『枕草子』にも数箇所、見受けられる。そのうちの一つ。

島(しま)は、浮島(うきしま)。八十島(やそしま)。戯れ島(たはじま)。水島(みづしま)。松が浦島(うらしま)。籬(まがき)の島(しま)。豊浦(とよら)の島(しま)。たと島(しま)。

「島」という言葉から、清少納言の連想と想像力が、広がっている。ここに挙げられている島々は、和歌に詠まれた名所である「歌枕」であり、また、文学伝承を持つ島々である。

陸奥(みちのく)の「浮島」は、歌枕として有名な塩竈(しおがま)の近く。出羽(でわ)の「八十島(やそしま)」は、在原業平(ありわらのなりひら)が東下りした時に、小野小町の髑髏(されこうべ)を見た所。肥後あるいは相模にあると聞く「戯れ島(たわじま)」は、『伊勢物語』で「濡れ衣(ぬぎぬ)」を着る島だとされる。陸奥の「松が浦島(松島)」は、「音(おと)に聞く松が浦島今日(けふ)ぞ見るむべも心ある海人(あま)は住みけり」と歌われた歌枕で、この歌は『源氏物語』にも引用されている。

『枕草子』には小野小町の名前が直接には書かれていないけれども、おそらく清少納言は遙かな陸奥での小町の落魄伝説に思いを馳せている。ただし、それだけでは終わらない、島の名前の自体の面白さ、配列の妙は、『枕草子』の大きな魅力である。

＊父の娘

清少納言の父親の清原元輔は、『うつほ物語』や『竹取物語』の作者とする説もある源順など と共に、『万葉集』の訓読や『後撰和歌集』の編纂に当たった「梨壺の五人」の一人である。優れた文化人にして著名歌人である「元輔の娘」として、定子サロンで注目され、期待されていた清少納言は、「父の娘」であることに、高い誇りと、大きな負い目の両方を感じていた。

『枕草子』に、清少納言が、自分は「元輔の娘」なので、人前で和歌を詠みたくないと申し出て、定子から認められる場面がある。その後、定子の兄の内大臣・藤原伊周が、女房たちに歌を詠ませても、清少納言だけは、まったく詠むそぶりがなかった。次の二首は、その時の定子との贈答である。

（中宮）　元輔が後と言はるる君しもや今宵の歌に外れては居る

（清少納言）　其の人の後と言はれぬ身なりせば今宵の歌は先づぞ詠ままし

清少納言は、この歌に続けて、自分が元輔の娘でなかったのならば、「千歌なりとも」湧き上がってきますでしょう、と書いている。「歌人の娘」として意識されることの窮屈さが、清少納言を『枕草子』という散文の世界へ向かわせたとさえ思わせるような、詠歌である。

2.『枕草子』とは何か

＊多様な内容

『源氏物語』にさかのぼること、およそ十年、西暦一〇〇〇年前後に成立したとされる『枕草子』には、実にさまざまな内容が書かれている。『枕草紙』『枕冊子』などとも表記されるが、タイトルの「枕」に込められた意味は、はっきりしていない。伝本によって、配列も章段数もまちまちである。また、内容は多種多様なので、一般には、「類聚章段」、「日記回想章段」、「随想章段」の三種類に区分して理解されている。私は、「宮廷章段」と「列挙章段」とに二分するのが妥当だと考えているが、まずは、従来の三区分によって、内容を概観しよう。

「類聚章段」は、先ほど引用した「島は」のように「〇〇は」と始まるスタイルと、「弛まるる物、精進の日の、行ひ。日、遠き、準備。寺に、久しく籠もりたる」のように、「〇〇物」で始まるスタイルとがあり、「物尽くし章段」とも言われる。類似するものを列挙してゆく中で、意外なものが呼び寄せられ、そこに面白みが発生する。

「日記回想章段」は、中宮定子サロンの思い出を回想しながら記すスタイルである。先ほどの和歌の贈答などであり、定子と清少納言の心の強い結びつきが強調されている。ほとんどが宮廷生活の回想なので、「宮廷章段」と呼ぶ方が、作品に即しているとも考えられる。

「随想章段」は、人生や日常生活などに関する自由な思索を展開したものであるが、これも「宮廷章段」に含めてよいと思われる。この「随想章段」は、後世の「随筆」という概念に近い。

五月ばかり、山里に歩く、いみじく、をかし。沢水も、実に、唯、いと青く見え渡るに、上は、つれなく、草、生ひ繁りたるを、長々と、直様に行けば、下は、えならざりける水の、深うは有らねど、人の歩むに付けて、迸り、上げたる、いと、をかし。

左右に有る垣の、枝などの掛かりて、車の屋形に入るも、急ぎて、捕らへて、折らむと思ふに、ふと、外れて、過ぎぬるも、口惜し。蓬の、車に押し拉がれたるが、輪の、舞ひ立ちたるに、近う、香かへたる香も、いと、をかし。

宮廷あっての「山里」なのであり、牛車に乗っての散策である。山里から清少納言は宮廷に戻ってゆく。古典学者の北村季吟は、『春曙抄』という注釈書の中で、この章段について「筆の遊びなり」と、指摘している。つまり、「随想」だと言っているのである。真夏の水の燦めきと青々とした草、蓬の香、道端の垣根の長く伸びた枝など、視覚・嗅覚・触覚が生き生きとして、印象派の風景画のような明るさである。

ここでは清少納言の美意識が全開しているが、随想章段の中では、しばしば辛辣な人間観察が披露されることもあり、それもまた『枕草子』の魅力の一つである。

＊『枕草子』の諸本と本文

たとえば『徒然草』の本文を引用する際には、「第○○段」として、段数を明記するのが普通である。これは、江戸時代の初期から、どこで段を区切るかということや、その章段の番号までが、ほぼ完全に一致して現代に至っているからこそ、可能なことなのである。『徒然草』の第○○段と明記することで、人々に共通理解が可能となる。

ところが、『枕草子』の場合は、そうはゆかない。本文それ自体も、そして何よりも配列が、写本であれ、版本（板本）であれ、伝本による違いがあまりにも大きいので、統一的な章段番号を付けるのが不可能なのである。

現在は、「三巻本」と言われる本文系統で読まれることが多く、高等学校の古文教育も、この三巻本に基づいている。けれども、同じ三巻本を底本としていても、注釈書によって、章段区分と章段番号はまちまちである。ただし、『枕草子』が広く読まれるようになった江戸時代から、昭和初期までは、先ほど名前を出した北村季吟の『春曙抄』という、注釈付きの本文で、『枕草子』は読まれてきた。むしろ、『春曙抄』でしか読まれなかったと言っても、過言ではない。この『春曙抄』は、三巻本ではなく、「能因本」と呼ばれる本文系統に属している。三巻本と能因本の二つの系統は、「類聚章段」「日記回想章段」「随想章段」が順不同に配列されているので、「雑纂形態」である。ところが、「堺本」や「前田家本」は、類聚章段などが内容ごとにまとまっている「類纂形態」であり、後世の改変ではないかと推定されている。

現在では、三巻本で『枕草子』を読むのが優勢になっているが、『枕草子』という作品が古典として人々に読まれ、新たな文化創造に寄与した江戸時代から昭和初期まで、『春曙抄』で読まれ続けてきた伝統を思えば、『春曙抄』の価値は測り知れないほどに大きい。本書の『枕草子』の本文の引用が『春曙抄』の本文であるのも、そのような経緯に基づいている。

＊『春曙抄』の功績

北村季吟の『春曙抄』は、延宝二年（一六七四）に成立した。季吟と同じく松永貞徳に学んだ加藤盤斎（磐斎）の『清少納言枕草紙抄』（略称は『盤斎抄』）も、延宝二年の刊行である。ところが、広く読まれたのは、圧倒的に『春曙抄』だった。解説や語注が簡潔で、しかも文学性に富んでいるからである。

季吟は、『源氏物語』の注釈史を集大成し、これまた江戸時代の古典文化を決定づけた『湖月抄』を、延宝元年に完成させ、延宝三年に刊行している。

『湖月抄』も、『春曙抄』も、本文、傍注（本文の行間に書き入れる注釈）、頭注（本文の上に書き込む注釈）の三点セットでレイアウトされており、視覚的に読みやすい。ただし、『湖月抄』が中世の分厚い『源氏物語』研究史の蓄積を整理するものだったのに対して、『春曙抄』はこれと言った注釈書がなかった『枕草子』の、ほとんど初めての決定版だった。そこに季吟の苦心が想像できる。この『春曙抄』の出現で、『源氏物語』と同じように『枕草子』が読めるようになった。ここに、江戸時代に入ってから、紫式部と清少納言、『源氏物語』と『枕草子』を対等に並び称する文学史観が、初めて明確に醸成されたのだった。

『枕草子』に、「思はむ子を、法師に為したらむこそは、いと、心苦しけれ」と始まる段がある。可愛い我が子を出家させた母親の心配を語る段である。出家すれば、厳しい修行が待ち受けていることを、「御嶽・熊野、掛からぬ山無く、歩く程に」と、清少納言は記している。

この「掛からぬ山無く」という表現について、『春曙抄』は、「到らぬ山無く、なり。『源氏』浮舟巻に、何処にか身をば寄せむと白雲の掛からぬ山もなくなくぞ行く」と注している。この浮舟巻の歌は、匂宮の詠んだ歌で、「白雲が掛からない山は無く」の意味である。そこに、「泣く泣く」が掛詞となっている。季吟は、『源氏物語』の歌を『枕草子』の読者に想起させることで、「和歌ならば、雲が『掛からぬ山無く』と詠むべきところだが、『枕草子』は散文なので『雲が』という主

北村季吟『枕草子春曙抄』と、その冒頭。

語を省略して書いているのだろう」と言っているのだろう。

この『春曙抄』の注釈に興味を持った読者が、さらに季吟の『源氏物語』に関する注釈書である『湖月抄』の該当箇所をひもとけば、匂宮の歌が、『拾遺和歌集』の「何処とも所定めぬ白雲の掛からぬ山はあらじとぞ思ふ」（詠み人知らず）に拠っていることがわかる。清少納言も、この和歌を踏まえて書いたのだろう。

『枕草子』の「御嶽・熊野、掛からぬ山無く、歩く程に」という表現からだけでも、王朝の女性文学者の双璧である紫式部と清少納言が、同じ和歌を踏まえながら、異なる文学世界を作り上げたことがわかる。季吟は、それを熟知している立場から、『春曙抄』を著したのである。

中世における注釈書の蓄積が決定的に不足していた『枕草子』は、『源氏物語』研究に通暁していた北村季吟の『春曙抄』によって、一気に『源氏物語』とほぼ同じ「古典」の高みに達した。

3.『枕草子』から『徒然草』へ

＊季吟と『徒然草』

季吟は、『徒然草』の注釈書を二種類、著している。一つは、寛文七年（一六六七年）に刊行された『徒然草文段抄』（略称『文段抄』）、もう一つは、晩年に著した『徒然草拾穂抄』（一七〇四年）である。すなわち、『徒然草』にも通暁していた季吟の『春曙抄』は、『枕草子』を『源氏物語』だけでなく、『徒然草』と同じように読める「古典」として、江戸時代の読者に提供したことになる。『春曙抄』は、まさに『枕草子』の再発見であり、『枕草子』の古典への登壇は、『春曙抄』によって成し遂げられたと言えよう。

近世に書かれた『徒然草』の最初の本格的注釈書は、秦宗巴の『徒然草壽命院抄』（一六〇四年）である。そこには、「草子ノ大体ハ、清少納言『枕草紙』ヲ模シ、多クハ『源氏物語』ノ詞ヲ用フ」とある。儒学者である林羅山が著した『徒然草』の注釈書である『野槌』（『埜槌』とも。一六二一年）にも、「此の草紙の言葉、大かた、『枕草紙』・『源氏物語』の体をうつせり」とある。既に室町時代から、正徹によって、『枕草子』と『徒然草』の関係は指摘されており、『源氏物語』と

『徒然草』の影響も指摘されていたのではあるが、『枕草子』『源氏物語』『徒然草』を一望の視野のもとに眺望する文学的なパースペクティブは、『春曙抄』によって確立されたものである。

＊『徒然草』第一段

『徒然草』の第一段は、「いでや、この世に生まれては、願はしかるべき事こそ多かめれ」と始まる。その中に、「清少納言」の名前が出ている。

> 法師ばかり、羨ましからぬものは有らじ。「人には、木の端の様に思はるるよ」と清少納言が書けるも、げに、然る事ぞかし。勢ひ、猛に、罵りたるに付けて、いみじとは見えず。増賀聖の言ひけむ様に、名聞苦しく、仏の御教へに違ふらむとぞ覚ゆる。ひたふるの世捨て人は、なかなか、あらまほしき方も有りなむ。

季吟の『文段抄』は、「『げに、然る事ぞかし』とは、尤も然様にあることとなれと、兼好、同心したる詞なり」と述べ、兼好が清少納言の考えに共感したのだと解釈している。『文段抄』は、この段の注釈で、『枕草子』の「めでたき物」や「羨ましき物」をも引用しながら、『枕草子』から『徒然草』へという文学史の系脈を掘り起こしている。

＊『枕草子』の「法師」の段

『枕草子』では、「思はむ子を、法師に為したらむこそは、いと、心苦しけれ。然るは、いと、頼もしき業を、唯、木の端などの様に思ひたらむこそ、いと、いとほしけれ」と書かれている。

『春曙抄』は、この書き出しについて、前の段からの清少納言の意識の流れに注目している。前の段は、ごく短い段で、次のような内容である。

　異事なる物。法師の言葉。男・女の言葉。下種の言葉には、必ず、文字余り、したり。

同じ意味なのに、言葉づかいが違うものとして、最初に、法師の言葉を挙げている。法師は仏教の経典の言葉を使うので、世俗の人々の言葉とはひどく異なる言葉を用いるのである。季吟は、この部分の注釈で、近頃の言葉づかいが卑しくなったことを嘆く『徒然草』の第二十二段を引き合いに出している。まず、ここで早くも『枕草子』と『徒然草』の響映を読み取っているのである。

そして、この次の段の「思はむ子を、法師に為したらむこそは、いと、心苦しけれ」という書き出しについて、前の段の「異事なる物。法師の言葉」と書いたことからの自然な連想で、「ふと思へる事を、書き出でたるなり」と推測し、「唯、思ひ得るに任せたる、筆遊びと見るべきにや」と述べている。

「異事なる物」の段は、同類を列挙してゆく「類聚章段」である。その「類聚章段」に書いた言葉から、ふと心に思い浮かんだことを、「筆遊び」、すなわち筆に任せて書き綴った「随想章段」。それが、「思はむ子を、法師に為したらむこそは」の段だったのだと、季吟は洞察している。

類聚章段、日記回想章段、随想章段などという「分類」からは、作品の主題に関わるような分析は困難である。言ってみれば、『枕草子』全編が、「唯、思ひ得るに任せたる、筆遊び」だと、季吟は理解していたのだろう。この時の季吟の脳裏には、『徒然草』の有名な序段が、脳裏をよぎっていたのではないか。

徒然なるままに、日暮らし、硯に向かひて、心にうつりゆく由無し事を、そこはかとなく書き付くれば、あやしうこそ物狂ほしけれ。

私は、この『徒然草』序段を、かつて次のように訳した。

さしあたってしなければならないこともないという状態が、このところずっと続いている。こんなときに一番よいのは、心に浮かんでは消え、消えては浮かぶ想念を書き留めてみることであって、そうしてみて初めて、みずからの心の奥に蟠っていた思いが、浮上してくる。まるで一つ一つの言葉の尻尾に小さな釣針が付いているようで、次々と言葉が連なって出てくる。それは、和歌という三十一文字からなる明確な輪郭を持つ形ではなく、どこまでも連なり、揺らめくもの……。そのことが我ながら不思議で、思わぬ感興におのずと筆も進んでゆく。自由に想念を遊泳させながら、それらに言葉という衣裳を纏わせてこそ、自分の心の実体と向き合うことが可能となるのではなかろうか。

これが『徒然草』の本質だとすれば、それはまさに『枕草子』の「筆遊び」「筆の遊び」の本質でもあったのである。『枕草子』から『徒然草』という系譜は、言葉や思想だけでなく、「散文を書くことの不思議さ」が、王朝から中世へと見事に継承されたことを照らし出している。

引用本文と、主な参考文献

・島内裕子校訂・訳『枕草子』(上下、ちくま学芸文庫、二〇一七年)
・島内裕子校訂・訳注『徒然草』(ちくま学芸文庫、二〇一〇年)

発展学習の手引き

・松尾聰・永井和子校注・訳『枕草子』は、小学館の「日本古典文学全集」(赤い表紙)では「能因本」、同じ小学館の「新編日本古典文学全集」(白い表紙)では「三巻本」を底本としている。読み比べると、能因本と三巻本の違いの大きさに、驚かされるだろう。その他の『枕草子』も、図書館などで何種類も見比べてみると、章段の区切り方の違いも含めて、いろいろな違いが実感できる。

2 『枕草子』のゆくえ

《目標・ポイント》『枕草子』から『徒然草』への水脈を、季節の美学、時間認識、人間の描き方という三つの側面から明らかにする。また、『枕草子』と近現代の文学者を繋ぐ水脈も、あわせて考える。

《キーワード》『枕草子』、『徒然草』、季節、時間、人間、『小倉百人一首』、樋口一葉、森茉莉、吉田健一

1. 季節の美学

＊『徒然草』第十九段

『徒然草』の第十九段は、「折節(をりふし)の移り変はるこそ、物毎(ものごと)に哀(あは)れなれ」と始まり、春・夏・秋・冬それぞれに、四季折々の美しさを述べ、再び新春に戻ってきて筆が置かれる。このような構成によって、時間が循環すること、それゆえに永遠であることが示される。その一部分を、引用してみよう。

また、野分の朝こそ、をかしけれ。言ひ続くれば、皆、『源氏物語』・『枕草子』などに言古りにたれど、同じ事、また今更に言はじとにもあらず。思しき事言はぬは、腹膨るる業なれば、筆に任せつつ、あぢきなき遊びにて、かつ、破り捨つべき物なれば、人の見るべきにもあらず。

秋に、野分(台風・暴風)の吹いた翌朝の情緒は、既に『源氏物語』や『枕草子』などに書かれていて、もはや自明のことではあるが、それでも自分は、そのことをここで言わずにはいられないと、兼好は書いている。それを、「筆に任せつつ、あぢきなき遊びにて」と記したのは、まさに「筆遊び=随筆」の醍醐味を、兼好が感じていたからだろう。自ずからなる筆の動きが、古典への共感を通して、今を生きる自分自身の感興を呼び覚ます。

ここに『源氏物語』の書名が挙がっているのは、玉鬘十帖の「野分巻」を意識しているからである。激しい野分に見舞われた翌朝、夕霧は、義理の母親である紫の上の美貌を、初めて、妻戸(両開きの板戸)の隙間から垣間見て、心をあくがらせた。紫の上は、前夜の野分に吹き荒らされた庭の風情を眺めていた。そして、夕霧は、今は秋であるのに、春の桜が咲いているかのように気高くて清らな紫の上を見た。このような場面が物語ならではの叙述であり、人間関係の微妙な綻びが描き出される。

*『枕草子』の「野分の又の日」

それでは、『徒然草』第十九段で、兼好が意識した、もう一つの古典である『枕草子』においては、野分の翌朝は、どのように描かれているのだろうか。

野分の又の日こそ、いみじう哀れに、覚ゆれ。立蔀・透垣などの、伏し並みたるに、前栽ども、心苦し気なり。大きなる木ども、倒れ、枝など、吹き折られたるだに、惜しきに、萩・女郎花などの上に、蹌踉ひ、這ひ伏せる、いと思はずなり。格子の壺などに、颯と、際を、殊更にしたらむ様に、細々と、吹き入りたるこそ、荒かりつる風の仕業とも覚えね。

大きな木ですら吹き折られ、まして、か弱い秋草は風に蹂躙されて吹き倒されてしまう。このことは、『源氏物語』の野分巻にも描写がある。ある意味で、常套的な記述である。けれども、碁盤目のように細かな木枠が縦横に走っている格子の、たくさんある一間一間（一つ一つの仕切り）、すなわち「格子の壺」に目をやって、どの仕切りにも隙間もないくらい、さっと、隅々まできっちり、木々の葉を吹き入れてあるのを発見する清少納言の視点は、独自である。荒々しく吹いた風の仕業とも思えぬほどの精妙さに気づいて、文章に書きつける『枕草子』の筆遊びの魅力を、明確に『徒然草』は理解している。ここに描かれた、庭園に揺曳する季節の色調は、さらなる連想の水脈を広げてゆく。

たとえば、上田敏の訳詩集『海潮音』に、「朽葉色に晩秋の夢深き君が額に」という、マラルメの絶唱「嗟嘆」の一節があるし、森鷗外の次女・小堀杏奴に「朽葉色のショオル」という題名のエッセイがある。焦茶に朱色や緑も交じった毛糸で、母が編んだというショオルによって、朽葉色のイメージが心に刻印され、それらが、この段の余白に浮かび上がる。後ろ姿の宮廷女性や、もの古りた庭園を描く十八世紀のヴァトーの雅宴画さえも、心の中で繋がってくる。雅やかで繊細な文明が、時代も東西も越えて、現前する。文学・芸術なればこその再現力であろう。

2. 時間への思い

＊『徒然草』第百三十八段

『徒然草』の第百三十七段は、「花は盛りに、月は隈無きをのみ見るものかは」という書き出しで知られるが、その段の後半は葵祭のことを描いている。その連想から、次の第百三十八段は、「葵」が話題となる。「或る人」が、「祭過ぎぬれば、後の葵、不用なり」（賀茂祭が過ぎてしまうと、祭の時に飾った葵の葉はもう不用である）と言って、簾に付けて飾っていた葵の葉を捨てさせてしまった。それを見た兼好は、葵祭（賀茂祭）が過ぎても、簾に葵を飾ったままにしておくことに触れた古典文学を列挙して、ずっと飾っておいて名残を惜しむのがよいのに、と述懐する。このような叙述の流れの中で、『枕草子』からの引用が挟み込まれている。

　『枕草子』にも、「来し方恋しき物、枯れたる葵」と書けるこそ、いみじく懐かしう、思ひ寄りたれ。

『枕草子』の原文は、『春曙抄』の本文では「来し方」ではなく「過ぎにし方」となっている。

　過ぎにし方、恋しき物、
　枯れたる葵。雛遊びの調度。二藍・葡萄染などの裂布の、押し圧されて、草子の中に有りけるを、見付けたる。又、折から、哀れなりし人の文、雨などの降りて、徒然なる日、捜し出でたる。去年の蝙蝠。月の、明かき夜。

列挙章段（物尽くし章段）である。清少納言は、「過ぎ去った昔が、恋しくなる物」を、六つ、列挙している。その筆頭に、「葵祭の時に、部屋の簾などに飾った葵の葉が、いつの間にか、もうすっかり枯れている」ことを挙げている。そのほかにも、「雛遊びで使った精巧で小さな道具類」、「栞に使った、二藍や葡萄染などの布裂れが、冊子の間に押し挟まれていたのを見つけた時」、「また、しめやかに雨が降る日、所在なさのつれづれに、今は亡き人からの手紙を、偶然に探し出した時」、「去年使って、古びてしまった扇子」、「月が明るく照る夜」を挙げている。

兼好は、『枕草子』のこの段が、よほど心に響いたのだろう。『枕草子』という書名こそ出さないものの、『徒然草』の第二十九段で、『枕草子』とほぼ同じような内容を書いている。

> 静かに思へば、万に、過ぎにし方の恋しさのみぞ、せんかた無き。
> 人、静まりて後、長き夜の遊びに、何となき具足、取り認め、残し置かじと思ふ反古など、破り捨つる中に、亡き人の、手習ひ、絵描き遊びたる、見出でたるこそ、ただ、その折の心地すれ。この頃有る人の文だに、久しくなりて、いかなる折、いつの年なりけむ、と思ふは、哀れなるぞかし。手慣れし具足なども、心も無くて、変はらず、久しき、いと悲し。

『徒然草壽命院抄』が、早くも、この段が『枕草子』の「過ぎにし方、恋しき物」を意識していると指摘している。北村季吟の『文段抄』は、この段は『枕草子』や『源氏物語』幻巻などの、心

（内容）と言葉を用いて書いている、と総括している。

幻巻が挙げられているのは、紫の上の亡き後に、光源氏が彼女の手紙を見て追懐する場面があるからである。『枕草子』の「又、折から、哀れなりし人の文、雨などの降りて、徒然なる日、捜し出でたる」とある箇所と、『源氏物語』幻巻、そして『徒然草』第二十九段とは、「亡き人の手紙を見出して、過ぎ去った時間を懐かしむ」という主題の三重奏を奏でている。兼好が、「手慣れし具足」と書いたのは、亡き人の使っていた道具のことだが、『枕草子』が「過ぎにし方、恋しき物」の二つ目に、「雛遊びの調度」を挙げていることが、かすかに響いているようにも思われる。

＊過去を、過ぎ去らせないために

「来し方」や「過ぎにし方」は、過去である。過去は過ぎ去って、二度と戻らないのではない。その過去を恋しく思っている人がいる限り、過去は消滅せず、今も、追懐する人の心の中で生きている。兼好は、そのことを、無常の人生に立ち向かう有効な手段として位置づけ、清少納言は、かつて出会った懐かしい人々の思い出を『枕草子』に書き記すことで、その人たちの過ぎ去った人生に、永遠を与えようとしている。

中宮定子や、その父である道隆（中の関白）、定子の兄である伊周や、定子の弟である隆家、伊周の子の松君（道雅）たちのことを、清少納言は『枕草子』に書き記している。それが読者の共感を得られれば、道隆を中心とする定子たち「中の関白」家の一族は、人々の記憶の中で永遠に生き続けることが可能となる。だからこそ、『枕草子』には清少納言にとって、かけがえのなかった人々たちが、書き綴られている。冗談を連発する明るい性格だった道隆の姿は、その闊達な笑い声と共に、『枕草子』の頁を開けば、今、ここに在る。

3. 人間を書く

＊藤原行成

『徒然草』には、宮廷女房と男性貴族（男性官人）との打てば響く応酬が描かれている段がある。また、名も無き人物を活写して、人間の本質を浮かび上がらせる段もある。そして、『枕草子』にも、人間が描かれている。

藤原行成は、藤原公任、藤原斉信、源俊賢と共に、一条天皇を支えた文人にして能吏でもある。彼らは、「四納言」と呼ばれた。行成は、書道の達人としても知られ、小野道風、藤原佐理と共に、「三蹟（三跡）」と称される。行成の祖父で、一条摂政と呼ばれた藤原伊尹（コレタダ、とも）も、父の藤原義孝も、『小倉百人一首』に名を連ねている。行成の子孫には、『源氏物語釈』を著した藤原（世尊寺）伊行や、その娘の建礼門院右京大夫などがいる。

『枕草子』でも、清少納言の所に届いた行成からの直筆の手紙は珍重され、定子や、定子の兄弟たちが、争って譲り受けている。その行成とのやり取りの中で、『小倉百人一首』で有名な、清少納言の歌が詠まれた。

＊「夜を籠めて」

定子が、ある時期、「職の御曹司」（中宮職の事務所がある建物）におられた頃、行成が訪れて、清少納言と話をしたが、彼は「丑の刻」（午前二時頃）の前には戻っていった。にもかかわらず、翌朝、行成からは、達筆で、「『後の朝』は、残り多かる心地なむ、する。夜を通して、昔物語も、聞こえ明かさむとせしを、鶏の声に、催されて」という手紙が来て、いかにも「後朝の文」

（男女が結ばれた翌朝、男から女に贈る手紙）のような書き方だった。

清少納言は、「いと夜深く侍りける鶏の声は、孟嘗君の、にや」と切り返したところ、行成からも、「『孟嘗君の鶏は、函谷関を開きて、三千の客、僅かに去れり』と言ふは、逢坂の関の事なり」と、二人の間に逢瀬があって、まるで逢坂の関を越えたかのような言い方だった。

このあたりは、孟嘗君が召し抱えていた食客が、夜なのに鶏の鳴き声を真似て、函谷関の門を開けさせて通ったという「鶏鳴狗盗」の故事に基づいている。エスプリとユーモアに溢れた男女の会話が展開されている。これが、一条天皇の宮中の成熟した文化である。

清少納言は、自分たちが実際には逢わなかったことを念押しする歌を詠み、行成からも応酬があった。

（清少納言）「夜を籠めて鶏の空音は謀るとも世に逢坂の関は許さじ
心賢き関守、侍るめり」

（行成）「逢坂は人越え易き関なれば鶏も鳴かねど開けて待つとか」

古代中国の「鶏鳴狗盗」の故事の知識が前提であり、それが「関所」からの連想で「逢坂」が呼び起こされるという、和歌と漢詩文の教養が充溢した会話の応酬は、見事である。

今から千年前の宮廷官吏と、宮廷女房の会話を通して、清少納言がそこに価値を見出した「人間像」と「生き方」が、ここに在る。

＊泉涌寺の歌碑

清少納言は、晩年に、「月輪」に隠棲したと言われる。この月輪には、清少納言の父・元輔の居宅があったとされる。現在の泉涌寺のあたりである。紅葉の名所として知られる東福寺も近い。平安時代と鎌倉時代の境目である源平争乱期には、「月輪関白」と称された九条兼実が居邸を構えたあたりでもある。現在、泉涌寺の境内には、清少納言の歌碑が建ち、彼女の代表作「夜を籠めて」の和歌が刻まれている。

歌碑のある泉涌寺から歩いてすぐの今熊野観音寺には、九条兼実の弟で『愚管抄』を書いた慈円の墓や、藤原俊成・定家に繋がる「御子左家」の初代である藤原長家（道長の六男）の墓がある。なお、長家は、行成の娘を妻にしている。

さらに少し歩くと、清少納言が仕えた中宮定子の眠る鳥戸野陵がある。この定子の素晴らしさを書き留めることが、清少納言にとって、『枕草子』を書くことに他ならなかった。

＊香炉峰の雪

『徒然草』の作者である兼好は、通説では後二条天皇の時代に蔵人として、宮中に出仕したとされる。また、後醍醐天皇が、政治的な下問を公卿たちにした際に、兼好がその意図を察知したことを、第二百三十八段の七つの自讃の中に書き入れている。けれども、兼好にとっては、天皇と心を通じ合わせることは、見果てぬ夢だった。彼が『徒然草』を書いたのは、天皇や将来の天皇候補者を読者として想定して、彼らに政道の心得を説こうとしたからではない。兼好は、自分自身のために、短い断章を書き紡いだのだった。

それに対して、清少納言には定子という輝かしい存在があった。定子とは、心と心が、通い合っていた。だから、清少納言は精魂を込めて定子を描き、『枕草子』によって定子は永遠となった。『枕草子』は、『徒然草』の二倍近くの分量がある。その『枕草子』も終わりに近づいた頃に、香炉峰の段が現れる。上村松園が描いた三幅対の日本画「雪月花」の「雪」は、『枕草子』のこの場面を描いている。松園は、大正天皇の皇后である貞明皇后から依頼を受け、二十年後に「雪月花」を描き上げて収めた時には、皇太后になっておられた。

雪、いと高く、降りたるを、例ならず、御格子、参らせて、炭櫃に、火、熾して、物語などして、集まり候ふに、(中宮)「少納言よ、香炉峰の雪は、如何ならむ」と、仰せられければ、御格子、上げさせて、御簾、高く、巻き上げたれば、笑はせたまふ。人々も、「皆、然る事は知り、歌などにさへ歌へど、思ひこそ寄らざりつれ。猶、此の宮の人には、然るべきなめり」と言ふ。

『枕草子』では、この段の直前に、寒い季節の火桶の火や、炭継ぎのことが書かれている。そこから、炭櫃を囲んでの語らいの記憶が浮上したのだろう。けれども、後世の人々は、『枕草子』全編の中から、この段を、『枕草子』全体の白眉として、真っ先に釣り上げた。冬の日の団居の親密な雰囲気、その中で、中宮からの名指しでの問いかけに、清少納言が白楽天の「遺愛寺の鐘は枕を欹てて聴き、香炉峰の雪は簾を撥げて看る」という漢詩句そのままに、ピタリと応じた振る舞いの鮮やかさ。それを刻印する、同僚たちの評言。誰にとっても、一読忘れがたい名場面であろう。ここには、中宮定子との心の通い合いを、人生で最高の思い出だと考える清少納言の思いが、籠められている。

白楽天の「遺愛寺の鐘は枕を欹てて聴き、香炉峰の雪は簾を撥げて看る」は、四納言の一人である藤原公任の『和漢朗詠集』の「山家」にも入り、後世の文学に大きな影響を与えた。白楽天が香炉峰の麓に隠棲して書いた『草堂記』は、閑居記の先蹤として、鴨長明の『方丈記』にも大きな影響を与えている。

4．樋口一葉・森茉莉への系脈

*樋口一葉

この章の最後に、近現代文学から、『枕草子』の系譜を発掘しておきたい。樋口一葉（一八七二〜九六）は、紫式部よりも、高い自負心を胸に生きた清少納言の方に、親近感を抱いていたようである。清少納言の落魄伝説を詠んだ歌が残っている。清少納言が晩年、荒れ果てた家に住んでいて、通りかかった若い貴族たちに、「駿馬の骨を買わないか」と言ったという『古事談』に記されているエピソードを、一葉は歌に詠んだ。

破れ簾懸かる末にも残りけむ千里の駒の負けじ心は

簾が「懸かる」と、「斯かる末」の掛詞である。「駿馬」を「千里の馬」と言うことから、大和言葉の「千里の駒」に言い換えている。貧しかった一葉は、晩年に落魄して貧しさを嘲弄された清少納言の「負けじ心」に共感している。高い教養と、自分自身の才能に対する強い自負。この「負けじ心」が、「明治の清少納言」とも言うべき樋口一葉を誕生させたのだろう。

また、一葉には、「寄㆓枕草子㆒恋」という題の和歌がある。数えの二十歳の時である。

つれなくも此の君とのみおぼめくか心の丈も見ずはあらじを
相思はぬ仲は鞍馬の九折近くて遠き物にぞありける

『枕草子』に、竹のことを漢詩で「此の君」と呼ぶことを眼目とするエピソードがある。その「竹」を、「心の丈」の掛詞に仕立てて、恋歌とした。また、列挙章段（物尽くし章段）の「近くて、遠き物」の中に、「思はぬ兄弟・親族の仲」などと並んで、「鞍馬の九折と言ふ道」とある。ここを用いて、一葉は、片恋の関係にある男女も「近くて、遠き物」だとして、片恋の苦しさや切なさを歌に詠んでいる。単に『枕草子』をなぞるだけでなく、そこから恋のストーリーを組み立てており、それが一葉を小説家に成長させた。一葉は、短編小説の数々と、膨大な日記を書き残した。一葉が『源氏物語』のような長編ではなく、短編を志した点に、『枕草子』の影響があったのかもしれない。また、一葉の日記も『枕草子』の「日記回想章段」との関連で位置づけることができよう。

＊森茉莉

森茉莉（一九〇三～八七）は、森鷗外の長女である。『父の帽子』を初めとして、敬愛する「パッパ」への思いを吐露した数々の随筆は、定子に向ける清少納言の敬慕のまなざしと類似する。茉莉は、敬愛するパッパと共に生きていた時に、「一流」の文物や人物を見抜く眼を身につけた。それを価値評価の基準として、自分の好きな物や人物を書き記したエッセイに、『私の美の世界』や『贅沢貧乏』などがある。

何度でも繰り返して語るに足る、「素晴らしき人」と出会えた喜び。それが、千年近い時を隔てた清少納言と森茉莉とで共通している。また、『マリアの気紛れ書き』などの森茉莉のエッセイが、辛辣な毒舌に満ちているのは、『枕草子』の辛辣な人間観察と強靭な表現力を思わせる。「優雅と辛辣」。定子や鷗外と共に生きた記憶が「優雅」を、定子や鷗外のいない世界を生き抜く力が「辛辣」を、それぞれもたらすのだろう。森茉莉は、極言すれば、清少納言から千年後に現れて清少納言の魂を受け継いだ、「千年に一人の文学者」だった。

＊『枕草子』の翻訳が繋いだ文明批評

吉田健一（一九一二～七七）は、英文学者・翻訳家・評論家・小説家として、多岐にわたる活動を展開した。その彼が、最晩年に書いた評論に、『昔話』がある。その第五章は、冒頭に『枕草子』の一節、すなわち、清少納言が中宮定子に初出仕した時の回想を話題としている。才気煥発で、宮廷貴族男性にも引けを取らぬ教養を持ち、のびのびと自由に振る舞うイメージのある清少納言が、初めて出仕した頃は、内気で恥ずかしがり屋だった。その落差が大きいところから、『枕草子』全体の中でも、よく知られた章段である。

その場面を吉田健一は、『昔話』の第五章の冒頭に据えて、「少納言が仕へてゐる女御だか何だかの若い兄弟」が、「少納言が恥づかしがつて扇で顔を隠すと綺麗な扇だと言つてそれを取り上げる」箇所について語り始める。『枕草子』は異なる本文を持つ諸本があって、現代でも『枕草子』の校注書は、その底本により、段の配列や段数が異なる。けれども、清少納言の初出仕の場面は、どの系統でも、全体の半分を過ぎて、むしろ終わりの方と言ってもよい所に位置する。『枕草子』は宮廷体験を描く段が多いが、それらが時系列に沿って書かれているわけではないからである。ただし、アーサー・ウエーリが『枕草子』を抄出して英語に訳した本では、ウエーリによって宮廷章段がほぼ時代順に配列し直されており、初出仕の段は冒頭部分、すなわち、始まり近くに位置している。

しかも、ウエーリは、『枕草子』のこの段の原文に書かれていない言葉を補って、人物関係を明らかにしている。清少納言が顔を隠していた扇を取り上げたのが、中宮定子の兄である伊周（これちか）であることを、具体的に「a lad of eighteen」と書いているのである。だから、吉田健一が「若い兄弟」と書いているのは、ウエーリ訳の『The Pillow-Book of Sei Shōnagon』によって、この場面を印象深く心に留めたからではないだろうか。ウエーリ訳の『枕草子』を吉田健一が読んでいたことを思わせて、興味深い。翻訳されて世界文学となった『枕草子』が、吉田健一によって現代日本の批評文学の中に定位されたのだ。

この場面を捉えて、吉田健一が、「そこに洗練があり、この洗練を我々は文明と呼ぶ他ない」と書いたのは、清少納言の伝記的なエピソードとしてではなく、伊周の振る舞いに注目して、この場面に「文明」を見たからだった。『枕草子』の世界も、ヨーロッパ文明も、人間社会の洗練によってもたらされる点で違いはない、と吉田健一は洞察したのである。

引用本文と、主な参考文献

・島内裕子校訂・訳『枕草子』(上下、ちくま学芸文庫、二〇一七年)
・島内裕子校訂・訳注『徒然草』(ちくま学芸文庫、二〇一〇年)
・吉田健一『昔話』(講談社文芸文庫、解説・島内裕子、二〇一七年)

発展学習の手引き

・画家のマリー・ローランサンの詩文集『夜の手帖』にも、『枕草子』に対する言及がある。また、ミシェル・ルヴォンは、『枕草子』の多くの章段を仏語訳している。日本文学や日本文化が世界に発信される際に、「かわいい」というキーワードが用いられるのも、『枕草子』の「愛(うつく)しき物=かわいらしい物」が根源にあるのだろう。『枕草子』を通読して、その美意識や価値観が、現代性に繋がることを実感していただきたい。

3 『方丈記』のテーマ性

《目標・ポイント》『方丈記』の「序」に当たる冒頭部を読み、そこに表れているテーマ性を明らかにする。『枕草子』や『徒然草』との違いや、『方丈記』の諸本の違いにも留意しつつ、『方丈記』における「川」と「うたかた」のイメージについても探究する。

《キーワード》『方丈記』、大福光寺本、流布本、鴨長明、下鴨神社、鴨川、うたかた、『徒然草』、芭蕉、夏目漱石、随筆

1.『方丈記』の問題意識

＊批評文学としての『方丈記』

『枕草子』が「筆遊び」ないし「筆の遊び」であり、のびやかな連想の糸を自由自在に繰り広げ、時としては思いもかけない展開を示す散文作品であったのに対して、それから約二百年後に書かれた鴨長明の『方丈記』は、全体が緊密な構想の糸できっちりと織り上げられた評論としての性格を持つ散文作品である。

『方丈記』は、人間の生き方と、社会のあり方を論じ尽くそうとしており、文明批評的な側面が濃厚である。そこが、時として「草庵文学」として一括されることのある『徒然草』と、『方丈

記』との違いでもある。『徒然草』には、『枕草子』と通じる「筆遊び」の側面がある。

『方丈記』においては、冒頭から最後まで張り詰めた緊張感が、何よりも読者の心に強く迫る。すなわち、鴨長明の問題意識や危機感は鮮明であり、人生と社会のあり方に関する難問を理詰めで突きつめて考える方法論も、鴨長明は持ち合わせていた。けれども、『方丈記』が傑作として現代まで読み継がれている最大の理由は、思索を言葉として定着できる確かな表現力を持っていたからである。そのことに留意しながら、『方丈記』の世界に分け入ってゆこう。

＊水の流れに浮かぶ泡

『方丈記』の冒頭は、人口に膾炙している。人生の空しさと、人間がこの世で作る住居の空しさが、川の流れと、結んでは消える泡とに喩えられている。

ユク河ノナガレハタエズシテ、シカモ、トノ水ニアラズ。ヨドミニウカブウタカタハ、カツキエ、カツムスビテ、ヒサシクトヾマリタルタメシナシ。世中ニアル人ト栖ト、又、カクノゴトシ。

この名文は、明治時代に発見されて、大正十五年に出版された「大福光寺本」という『方丈記』の写本の文章なのである。それ以前の人々、つまり、江戸時代と明治時代の人々は、『方丈記』を「流布本」と呼ばれる系統の本文で読んでいた。江戸時代初期の慶長年間に刊行された古活字本である嵯峨本と、明暦四年（一六五八）に版本で出版された『方丈記』（流布本系統）を、原本通りの表記で掲げる。

行川のながれは絶ずして、しかも本の水にあらず。よどみにうかぶうたかたは、かつ消かつ結びて、久敷とまる事なし。世の中にある人と住家と、又かくのごとし。（嵯峨本）

行川のながれは絶ずしてしかも本の水にあらず。よどみにうかぶうたかたは。かつきえかつむすびて。ひさしくとまる事なし。世中にある人と。すみかと。又かくのごとし。（明暦四年・版本）

大福光寺本は漢字片仮名まじりの表記なので、読みやすくするために、適宜漢字を宛て、平かな表記にして、「ヒサシクトヾマリタルタメシナシ」の部分を書き直すと、「久しく留まりたる例、無し」となる。この文章と、流布本系統の「久しく留まること、無し」とでは、受け取る印象がかなり異なる。前者（大福光寺本）が漢文的だとすれば、後者（流布本）は和歌的だと感じる。江戸時代に『方丈記』を読んで感動し、自らの作品に引用した松尾芭蕉は、大福光寺本の『方丈記』本文は知らなかった。明治時代に、『方丈記』を英語に訳した夏目漱石も、大福光寺本を知らなかった。彼らは、流布本で読んでいたのである。

「久しく留まる」については、『和泉式部集』の和歌が連想される。この歌は、勅撰和歌集である『玉葉和歌集』にも採られている。

八月ばかりに、人の来て、扇を落としてけるを見て、竹の葉に露いと多く置きたる形、描きてある、程経て遣るとて

東雲におきて別れし人よりは久しく留まる竹の葉の露

この歌に、「久しく留まる」とある。はかないもの、無常なものの代名詞である「露」よりも、男の愛の方が、さらにいっそう頼みがたいという歌である。鴨長明は、『新古今和歌集』の編纂にも従事したほどの歌人であった。だから、「久しく留まる事、無し」という表現が、「久しく留まりたる例、無し」よりも表現的に劣るとは、一概に断言できない。まして、『方丈記』では、この少し後に、「朝顔の露」を比喩として用いている。和歌的な修辞として、流布本の「久しく留まる」は、「露」の縁語として、有効に機能している。

現代においては、注釈や口語訳や解説などが付いた、一般向けの『方丈記』の本文は、大福光寺本にほぼ統一されており、現代人が『方丈記』を読むことは、大福光寺本で読むことに他ならない。けれども、それは芭蕉や夏目漱石が読んだ『方丈記』の本文とは異なるのである。

＊賀茂川の流れと、水の泡

さて、長明は、先ほど引用した冒頭の一文の中で、「人と住みか（栖）」の空しさを、「川の流れ」と「うたかた（水の泡）」の二つに喩えて、強調していた。鴨長明は、賀茂川と高野川とが合流して鴨川となるほとりにある下鴨神社の社家の出身である。父親は下鴨神社の神官の頂点に立つ「正禰宜惣官」を務めた鴨長継である。下鴨神社は、上賀茂神社と共に、「賀茂神社」として平安京を守護する役割を担ってきた。また、賀茂神社に奉仕する皇族女性である斎院（斎王）がいることと、例祭である四月の葵祭や、十一月には臨時祭があることでも知られる。

鴨長明は、幼少期から、賀茂川の流れを見て育ったのだろう。院政期に、権力を掌握した白河院は、自分の意のままにならないものが三つだけあると述べた。それらは「賀茂川の水、双六の賽、山法師」であり、筆頭に賀茂川の水が挙げられている。山法師は、比叡山延暦寺の僧兵のことである。賀茂川は、古代から氾濫を繰り返してきた。堤が決壊するたびに、都は水害に襲われた。『和泉式部日記』にも、賀茂川の水が増水して、大水が出そうだという状況下で詠まれた愛の贈答歌が載っている。

江戸時代の絵師の尾形光琳には、『紅白梅図屏風』という傑作があり、紅梅と白梅の間を、「流水紋」という渦巻き模様の河が流れている構図である。これは、下鴨神社の境内の光景を図案化したものと伝えられている。この渦巻き文様の水は、境内を流れる御手洗川か、瀬見の小川か、泉川か、下鴨神社の近くを流れる賀茂川か、それらのうちのどれなのだろうか。あるいは、それらの川全体のイメージでもあろうか。

私は下鴨神社の東隣にある石村亭を見学したことがある。ここには、谷崎潤一郎が住んで『新訳源氏物語』に挑んだ「後の潺湲亭」が保存されている。邸内には、大きな泡が次々と浮かんでは消える湧水があった。そして、下鴨神社境内の「御手洗の池」をはじめとして、このあたりには湧水が豊富であり、その水の泡の形を模したものが、名物「みたらし団子」だと教えられた。

『別雷社歌合』は、上賀茂神社の賀茂重保（一一一九～九一）が中心となって催した歌合で、「御子左家」の藤原俊成・定家父子や、「歌林苑」の中心歌人で、鴨長明が和歌を学んだ俊恵も参加している。重保は、若くして父親を失った鴨長明の人間形成に、大きな影響を与えた人物である。その歌合の中に、次の一首がある。

ちはやぶる御手洗川の逢瀬には波立ち増さるうたかたもがな

ここには、御手洗川にたくさん結ぶ「うたかた」のように、「うた＝和歌」の道が隆盛になってほしいものだという祈りが込められている。上賀茂・下鴨の両神社ゆかりの歌人にとって、「うたかた」（水泡）は親しいものであり、次から次へと湧いてくる生命力に満ちあふれたものなのだった。そのように、消えてはすぐに結ぶ「うたかた」のように、人の命も、人の栖も、消えたと思ったら生じ、生じたと思ったら消えることを繰り返す、というのが、『方丈記』の冒頭の一文だったのである。

なお、「かつ消え、かつ結びて」の部分は、江戸時代後期の歌人・国学者、村田春海（一七四六～一八一一）の『琴後集』に見える、「一しきり降り来る雨に数添ひて消えては結ぶ波のうたかた」という歌にも影響を与えている。

＊『長明方丈記新抄』の挿絵

流布本によって、先程引用した『方丈記』の冒頭文に続く文章を、引用してみよう。なお、漢字の宛て方や、句読点は、読みやすく改めてある。

> 玉敷の都のうちに、棟を並べ、甍を争へる、高き、賤しき、人の住まひは、代々を経て、尽きせぬものなれど、これを真かと訪ぬれば、昔、有りし家は、稀なり。或は、大家滅びて小家と成る。住む人も、これに同じ。所も変はらず、人も多かれど、昔見し人は、二、三十人が中に、僅かに一人二人なり。朝に死し、夕に生まるる慣らひ、ただ水の泡に似たりける。

豪華な屋敷も、いつの間にか消滅し、顔見知りの人々も、いつの間にか、少なくなっている。人

『長明方丈記新抄』より、冒頭部の挿絵。

口は変わらないのに、顔ぶれは一変している。朝に滅び、夕方に生まれる人間の命は、まさに「水の泡」であり、水面に湧いては消え、消えては湧いてくる無数の「うたかた」のようだと、長明は言っている。「玉敷」は、美しい玉を敷き詰めたような、という意味で、豪邸を形容する表現だが、「玉」が「水の泡＝うたかた」を連想させる効果も発揮している。

『長明方丈記新抄』という版本があり、天和（てんな）四年（一六八四）の刊行である。本文は、流布本系である。頭注が付き、挿絵も入っている。最初の挿絵を、掲げてみよう。

右下には、立派な壁で囲われた豪邸の庭があり、梅であろうか、花が咲いている。その屋敷から出てきたのであろう、大勢の従者を従えた牛車が描かれる。それを、身分の高い人々が畏（かしこ）まって迎えているので、牛車に乗っているのは、関白か大臣なのだろうか。左上には、賀茂川であろうか、泡こそ描かれていないけれども、水紋を描いて水が流れている。この川が、時間の流れを表している。

牛車に乗っている貴顕と、それを敬う人々。いつの時代にも変わらない日常の光景だが、その顔ぶれは、またたく間に変化してしまう。そのことを、川の流れが象徴している。その変化の波は、画面の右下に描かれている豪邸にもまもなく及ぶことだろう。この挿絵は、『方丈記』の世界を巧みに図式化している。

＊生の根源を問う

『方丈記』の本文を、さらに、流布本によって引用する。長明が『方丈記』を書こうとした問題意識が、鮮明に宣言されている。

知らず、生まれ死ぬる人、何方より来りて、何方へか去る。又、知らず、仮の宿り、誰が為に心を悩まし、何によりてか目を悦ばしむる。その主と栖と、無常を争ひ、去る様、言はば、朝顔の露に異ならず。或は、露落ちて、花残れり。残るといへども、朝日に枯れぬ。或は、花は萎みて、露、猶、消えず。消えずといへども、夕を待つ事、無し。

『長明方丈記新抄』の頭注は、「仮の宿り」の箇所で、李白の「春夜宴㆓桃李園㆒序」を引用している。「夫レ、天地者、万物之逆旅ナリ、光陰者、百代之過客ナリ。而、浮生、苦レ夢」（通常は「夢の若し」）。松尾芭蕉は、『方丈記』に親しんでいた。おそらく、注釈付きの流布本で読んでいたのだろう。なぜ、そのように推測できるかと言えば、芭蕉の紀行文の最高傑作である『おくのほそ道』の冒頭文が、『方丈記』の問題意識を継承したものだった可能性があるからである。

月日は百代の過客にして、行き交ふ年も、又、旅人なり。舟の上に生涯を浮かべ、馬の口捕らへて老いを迎ふる者は、日々旅にして、旅を栖とす。

「舟の上に生涯を浮かべ」の部分も、あるいは、李白の「浮生」からの連想があったのかもしれない。「旅を栖とす」の「栖」は、『方丈記』のキーワードである。「栖」は、芭蕉の俳文『幻住庵記』の「いづれか幻の栖ならずや」にも、遠く響いている。

そして、夏目漱石。漱石は大学生だった頃に、『方丈記』を愛読していただけでなく、外人教師のディクソンの依頼で、『方丈記』を英語に翻訳している。

先に引用した部分を、漱石はどう訳しているだろうか。

Our destiny is like bubbles of water. Whence do we come? Whither do we tend? What ails us, what delights us in this unreal world? It is impossible to say.

「仮の宿り」を、「in this unreal world」と英語に置き換えた漱石は、人間はどこから来て、どこへ行くのかという、根源的な問いかけを、『方丈記』から読み取っている。それは、彼が後に書く小説のテーマとなって結実する問題意識であった。

2.『方丈記』から『徒然草』へ

＊「妹が垣根」

『徒然草』には、さまざまなテーマが自在に語られている。その中には、無常の世の中をどう生きるか、という内容も展開されている。兼好と長明は、どこが似ていて、どこが違っているのだろうか。

先ほど、『方丈記』の文章を引用した中に、「昔、有りし家は、稀なり」という文章があった。『長明方丈記新抄』は、頭注で、「堀川百首にも」と前書きして、「昔見し妹が垣根は荒れにけりつばなまじりの菫のみして」という和歌を引用している。この歌は、『徒然草』の第二十六段にも、「堀川院の百首にも」として、引用されている。ただし、状況が違っている。

> 風も吹き敢へず移ろふ、人の心の花に慣れにし年月を思へば、哀れと聞きし言の葉ごとに忘れぬものから、我が世の外に成りゆく慣ひこそ、亡き人の別れよりも勝りて悲しき物なれ。

愛する人の命は残っていても、その人の心が移り変わってしまったという寂寥感を、兼好は「菫」の歌に託している。江戸時代の与謝蕪村の「妹が垣根さみせん草の花咲きぬ」という句も、『徒然草』の方に近い。

『方丈記』は、ひたすら自己の心を凝視して、世の中で生きる自分自身の根源を見出そうとした。それが見出されたならば、自分だけでなく、すべての人々の生の根源が説明できる、と考えている。それに対して、兼好の『徒然草』は、自分と関わる人間関係の中で、たとえ関係が途絶えたとしても、それを偲ぶよすがとしての菫を愛惜している。

＊人を観察する視点

『方丈記』の先ほど引用した文章の中に、「所も変はらず、人も多かれど、昔見し人は、二、三十人が中に、僅かに一人二人なり」とあった。周囲を見回せば、相変わらず多くの人々が生きているが、昔から知っている人がほとんどいなくなっていることへの驚きである。

『徒然草』第百三十七段には、葵祭を見物していた兼好の感想が、次のように記されていた。

> かの桟敷の前を、ここら行き交ふ人の、見知れるが、数多有るにて知りぬ。世の人数も、然のみは多からぬにこそ。この人皆、失せなむ後、我が身、死ぬべきに定まりたりとも、程無く待ち付けぬべし。

大勢の人が、兼好の目の前を通り過ぎてゆくけれども、そのほとんどは自分と顔見知りである。このことから、兼好は、世の中にはたくさんの人間がいるように見えるけれども、実際にはそんなに人間の数は多くないのだと結論する。そして、少ない数の人間が、毎日必ず亡くなってゆくのだから、自分の番が回ってくるのは、そんなに遠くはないのだ、と無常の到来が迅速である事実に気づく。

自分の周囲の人を見て、昔のことを語り合える人は少ないと感じる長明。賀茂祭を見物しに行って、そこに顔見知りの人が多いと感じる兼好。だから、二人の感じている無常観には、大きな違いがある。長明は、一人の人間の命ははかないが、人間の数は減少しないと認識している。入れ替わるだけなのである。誰かが死んでも、また誰かが生まれる、これが「かつ消え、かつ結びて」の思想である。マイナス、プラス、マイナス、プラス……、と続いてゆく。このような発想や認識は、あるいは、彼が生まれ育った下鴨神社が、二十年に一度の「式年遷宮（しきねんせんぐう）」を繰り返し行ってきたことと、関係があるのかもしれない。次第に古くなってゆく社殿は、新しく建て直されて、また新しい社殿が蘇る。

兼好の無常観は、「大きなる器（うつはもの）に水を入れて、細き穴を開（あ）けたらむに、滴（したた）る事少（すくな）しと言ふとも、怠（おこた）る間（ま）無く漏（も）り行かば、やがて尽きぬべし。都の中（うち）に多き人、死なざる日は、有（あ）るべからず。一日（ひとひ）に、一人二人（ひとりふたり）のみならむや」と、大変に具体的である。すべての人が消滅する、そして誰もいなくなった、という終末感である。そのような無常の世と、どう向かい合って、生きる意味を見出すかを、兼好は思索する。詳しくは、第十二章で考察したい。

この二人の対照は、長明が鎌倉時代の初期で、兼好が鎌倉時代の末期という、時間の隔たりからだけでは説明できないものがある。

3．鴨長明と『方丈記』

＊激動の時代を生きる

鴨長明が生きたのは、王朝から中世へという、歴史の巨大な転換点だった。生まれた年は推測だが、通説では久寿（きゅうじゅ）二年（一一五五）とされる。亡くなった年は確定していて、建保（けんぽう）四年（一二一六）の閏（うるう）六月である。

この間、保元の乱、平治の乱、平氏の全盛と平氏の滅亡、木曾義仲と源義経の興隆と滅亡、鎌倉幕府の成立、源頼朝の死などが連続して生起し、鴨長明の目の前で歴史は大きく動いた。長明が没してから五年目には、承久の乱も起きている。

長明は、歌人として、『新古今和歌集』を編纂する和歌所の寄人を勤めた。また、中原有安に琵琶を学び、音楽の素養も深かった。元久元年（一二〇四）に出家して、蓮胤と名告った。

長明が著した『無名抄』は歌論書であり、『発心集』は仏教説話集である。これらは、ジャンルが明瞭である。けれども、建暦二年（一二一二）に成立した『方丈記』は、「散文作品」であることは確かであるが、どのジャンルに含めるのか、大いに判断に迷う。

＊文学史家たちが見た『方丈記』

三上参次・高津鍬三郎『日本文学史・上下』（明治二十三年、金港堂）は、上巻で、『枕草子』を「随筆」と明記しており、『徒然草』もそれと同じジャンルに属すると述べている。下巻で、『方丈記』に関して、「随筆にして日記、日記にして随筆なり」という見解を提示する。「其文筆自由自在にして、枕草子に亜ぎ、また殆んど徒然草と肩を駢ぶるに足る」と述べているのは、『枕草子』『方丈記』『徒然草』を「三大随筆」として位置づける文学史観への第一歩だったのかもしれない。また、同書は、『方丈記』の突出した性格を、「此時代には、随筆文といふべきもの、長明の著の外になし」と断言している。

近代に入って、古典文学が活版印刷されて刊行されたシリーズとしては、明治二十三年から二十五年にかけての「日本文学全書」全二十四編（博文館）がある。第一編には、『竹取物語』『伊勢物語』『紫式部日記』『住吉物語』『徒然草』が収められ、第二編には、『土佐日記』『枕草子』『更級日記』『方丈記』が収められている。物語と日記と随筆が、混在して収められている。このシリーズでは、ジャンル別に編纂するという、明確な意識は感じられない。

武島又次郎（羽衣）の『日本文学史・上』（明治四十年、早稲田大学出版部）には、「鴨長明と方丈記」という章がある。武島は『方丈記』がどのジャンルに属するかについては明言しないけれども、「国文学は傑作として世に伝ふべきものその数多しといへども想と辞を合せ得て、少くとも人間の煩悶を医すべきもの鎌倉時代に於てこの方丈記をかぞへ、室町時代において兼好法師がつれぐ〳〵草を指摘し得べきのみ」と述べ、『方丈記』と『徒然草』を同じ文学観で論じている。

物集高見が編集した「校註日本文学叢書」（大正七年）の第五巻には、『紫式部日記』『和泉式部日記』『更級日記』『十六夜日記』『枕草紙（枕草子）』『方丈記』『徒然草』が収められている。日記と随筆でまとめており、「日本文学全書」よりは、ジャンル意識が明確になっている。

国文学者の島津久基（一八九一～一九四九）に、『随筆評論選』（昭和四年、中興館）という古文教育のためのアンソロジーがあるが、「随筆」というジャンルが明記されているのは、『枕草子』『方丈記』『徒然草』の三作だけである。この時期には、随筆というジャンルに、この三作を一括して入れる文学史観が固まっていたのだろう。

＊新しい散文の領域を切り拓く

ともあれ、『方丈記』の序に当たる冒頭部分には、「住居」にテーマを限定し、その一点に集中して思索を深めようという意図が、明確であった。これは、「随筆」の定義が「筆の遊び」であるならば、そこから大きく逸脱することになる。けれども、『方丈記』という作品の魅力を、近代の人々は「随筆」と呼ぶようになった。あるいは、「随筆」と呼ぶしかなかった。『枕草子』や『徒然草』とは異質の『方丈記』の傑出した魅力は、どこにあるのか。
これから『方丈記』を読み進めることによって、そのことを明らかにしたいと思う。

引用本文と、主な参考文献

・「日本古典文学大系」「新日本古典文学大系」「日本古典文学全集」「新編日本古典文学全集」「新潮日本古典集成」などに、注釈付きの『方丈記』が収録されている。
・簗瀬一雄『方丈記全注釈』（角川書店、一九七一年）
・大曾根章介・久保田淳編『鴨長明全集』（貴重本刊行会、二〇〇〇年）
・簗瀬一雄『方丈記諸注集成』（豊島書房、一九六九年）
・中野孝次『すらすら読める方丈記』（講談社文庫、島内裕子解説、二〇一二年）
・明治時代の出版物については、国立国会図書館デジタルコレクションを参照した。

発展学習の手引き

・『方丈記』は短いので、ぜひとも全文を通読していただきたい。『すらすら読める方丈記』は、現在、主流となっている「大福光寺本」に基づく本文校訂を行った簗瀬一雄の研究を踏まえ、音読できるように総ルビで印刷されている。
・「大福光寺本」以外の「流布本」などを読むには、図書館などで、右に挙げた『鴨長明全集』に拠られたい。

4 災害記としての『方丈記』

《目標・ポイント》 『方丈記』に描かれている「五大災厄」を取り上げ、その描き方の本質に迫る。「災害記」と呼ぶべき一連の作品の先蹤にして、最初の達成となった『方丈記』の表現と思想の特質を明らかにする。
《キーワード》 五大災厄、安元の大火、治承の辻風、福原遷都、養和の飢饉、元暦の地震、災害記

1. 家を破壊するもの

＊世の不思議

『方丈記』は、「人」と「栖（すみか）」が永遠でなく、はかないものだということを論証するために、書き始められた。『方丈記』は、引き続いて、五つの災害を書き記す。すべて、鴨長明本人が体験した出来事である。

予（われ）、物（もの）の心を知れりしより、四十余（よそぢあま）りの春秋（しゅんしう）を送れる間（あひだ）に、世の不思議を見る事（こと）、やや

度々に成りぬ。（「大福光寺本」）

『方丈記』は、長明が推定五十八歳の時に完成した。物心が付いた年齢は、十歳前後であろうか。「予」という主語が、これから自分自身の苛烈な体験を書くのだ、という気構えを示している。ただし、「大福光寺本」では「予」とある部分が、「流布本」では「凡」となっており、「およそ」と読む。「凡」の場合には、作品全体の主題提示に当たる序文を書き終え、仕切り直し、いよいよ話題が本論に入ってゆくことを意味しているのだと思われる。

「世の不思議」とは、世の中で実際に起きた、信じられないような出来事という意味である。長明と同じ時代を生きた慈円は、『愚管抄』の著者として名高いが、歌人でもあった。彼の家集『拾玉集』に、次のような歌がある。この二首は、連続して出ている。

皆人の知り顔にして知らぬかな必ず死ぬる慣らひ有りとは　（「無常」）

こは如何に返す返すも不思議なり暫しも経べきこの世とや見る　（「述懐」）

慈円は、世間の人たちが、人間がそんなに長く生きていられないことを頭の片隅ではわかっていながら、身に沁みては理解しておらず、自分だけはいつまでも生きていられると思っているという危機感の薄さを、「不思議なり」と述懐している。それに対して、長明は、人々の心の不思議さではなく、現実世界で起きている出来事の不思議さを具体的に見つめている。そこに彼らの視点の違いはあるとしても、同時代の鴨長明と慈円が、二人とも、「不思議」という言葉を用いている点が重要である。『方丈記』の描写は、優れた「ルポルタージュ」に喩えられることもあるが、現実を直視する視線が、明瞭である。慈円も、世間の人々が目を逸らせている死を、直視した。

＊五大災厄

『方丈記』が語る「世の不思議」は、五つある。五つだから「五大災厄（ごだいさいやく）」と総称されている。けれども、「五大」という仏教語には、世界を構成する五つの元素（地・水・火・風・空）という意味もある。これから語られる五大災厄は、まさに世界を構成している基盤が崩落する天災・人災なのだった。世界が壊滅すれば、人の命も、栖も、たちどころに消滅してしまう。なお、長明自身は、『方丈記』の中で「四大種（しだいしゅ）」という言葉を用いて、「地・火・水・風」の災害を論じている。

「五大災厄」は、次の通りである。

安元（あんげん）の大火　安元三年（一一七七）四月
治承（じしょう）の辻風（つじかぜ）　治承四年（一一八〇）四月
福原への遷都と、平安京への都帰り　治承四年（一一八〇）六月～十一月
養和（ようわ）の飢饉　養和元年（一一八一）～翌年
元暦（げんりゃく）の地震　元暦二年（一一八五）七月

大火と辻風と地震は、五大のうちの「火・風・地」が人間社会に牙を剝（む）いて襲いかかった天災である。飢饉も、天候不順によるところが大きいから、天災であろう。福原遷都の混乱は、人災の要素が強い。これだけの出来事が、十年未満のうちに相次いだ。しかも、最初の大火のあった一一七

七年には、平氏打倒を企図した「鹿ケ谷の謀議」が発覚しており、最後の地震があった一一八五年は、壇ノ浦で平氏が滅亡した直後だった。平氏の滅亡と源氏の勝利という、歴史の大きな転換点に、これらの天災と人災が集中して起きている。

歴史家の慈円は、『愚管抄』の中で、その権力の移行をもたらした「道理」を見極めようとした。鴨長明の『方丈記』は、転換期に何が起きていたかを、ひたすら正確に記録しようとする。目に見えないものを透視しようとする慈円と、自分が目に見たことを書き留めようとした鴨長明。その対照が、鮮やかである。

2．安元の大火

*事実の記述

五大災厄の最初に位置するのが、安元の大火である。その迫真性と具体性を、『方丈記』の表現を通して確認したい。引用は「大福光寺本」に拠るが、流布本と大きく異なる箇所については、（ ）の中に流布本の表現を付記した。

去安元三年四月二十八日かとよ。風、激しく吹きて、静かならざりし夜、戌の刻ばかり、都の東南より、火、出で来て、西北に到る。果てには、朱雀門・大極殿・大学寮・民部省などまで移りて、一夜のうちに、塵灰と成りにき。火元は、樋口冨小路とかや。舞人（病人）を宿せる仮屋より、出で来たりけるとなむ。（中略）

その度、公卿の家、十六、焼けたり。まして、その外、数へ知るに及ばず。すべて、都のうち、三分が一に及べりとぞ。男女、死ぬる者、数十人（数千人）、馬・牛の類、辺際を知らず。

年月日だけでなく、時刻、方角まで、数字や十二支を用いて、詳細に書かれている。出火地点も、鎮火地点も、そして類焼した範囲も、はっきりとわかる。被害も、具体的な数字が提示してある。公卿の屋敷だけで、十六が類焼したのである。この年には、公卿は五十七人いた。十六という数字は、全体の三十パーセント弱が被害を受けた計算になる。「都のうち、三分が一」という『方丈記』の記述には、信憑性がある。

「静かならざりし夜」の「し」、「塵灰と成りにき」の「き」は、直接体験した過去を回想する助動詞「き」である。「出で来たりけるとなむ」の「けり」は、伝聞した過去を表す助動詞であるが、自らの体験と他者からの伝聞が相俟って、事実の重みを突きつけている。

この火事の被害者の数が、大福光寺本では「数十人」、流布本では「数千人」となっていて、どちらが正しいか、判断に迷うところである。ちなみに、養和の飢饉では、都に放置されていた餓死者の数が、「四万二千三百余り」という、想像を絶する数字で、明記されている。

『平家物語』巻一「内裏炎上」の火災の描写には、『方丈記』も素材を提供し、利用されている。ただし、『平家物語』では、発火した時間が「亥の刻ばかり」となっていること、焼死した人数が「数百人」となっていることが、『方丈記』の記述との違いである。ただし、類焼した公卿の家を「十六」とするなど、基本的には『方丈記』と一致している。

実際の見聞に基づく具体的な数字。これが、堀田善衛（一九一八〜九八）の『方丈記私記』や、中野孝次（一九二五〜二〇〇四）の『すらすら読める方丈記』で驚嘆された、『方丈記』の迫真性なのである。堀田は東京大空襲の体験者であり、中野も戦時下での体験がある。それゆえ彼らは、大きな災害を客観的に記述しえた『方丈記』を、災害記として明確に把握したのであろう。

＊たたみかける表現力

安元の大火に関する先ほどの引用の際に、「中略」とした部分は、火事の描写である。そこでは、どのような表現がなされていたのだろうか。改めて、その部分のみを読んでみよう。

> 吹き迷ふ風に、とかく移り行く程に、扇を広げたるが如く、末広に成りぬ。遠き家は、煙に咽び、近き辺りは、ひたすら炎を地に、吹き付けたり。空には、灰を吹き立てたれば、火の光に映じて、遍く紅なる中に、風に堪へず、吹き切られたる炎、飛ぶが如くして、一・二町を超えつつ、移り行く。その中の人、現し心（現心）、有（な）らむや。

このわずか四行の中に、終止形で示せば、「吹き迷ふ」「吹き付く」「吹き立つ」「吹き切る」というように、「吹く」を含む複合動詞が四回も、たたみかけられている。

また、「扇を広げたるが如く」、「飛ぶが如くして」というように、「如し」を含む直喩表現が二回、繰り返されている。ちなみに、『平家物語』の「内裏炎上」では、「大きなる車輪の如くなる炎」とある。この「車輪の如く」は、『方丈記』の「飛ぶが如く」と対応する表現だと思われる。大きな車輪が回るようにして、火の粉が飛び回ったのだろう。平安京の中央を南北に走る朱雀大路は、幅が八十五メートルもあった。安元の大火は、東の京（左京）で発生したが、この朱雀大路をも飛び越えて、西の京（右京）へと延焼している。まさに、飛ぶように延焼したのだろう。
比喩表現は、とかく類型化しがちで、新鮮さに欠けるうらみがあるが、『方丈記』の場合には、数字などの具体的な記述があるので、常套表現の比喩であっても迫真性が感じられる。

3．福原遷都

＊平清盛の夢

福原（現在の兵庫県神戸市）は、平清盛が日宋貿易の拠点として築いた港（大輪田の泊）の、すぐ北の山際の土地である。平安京は、海に面しておらず、海に出るためには、淀川を下る必要があった。八世紀初頭に、和同開珎（ワドウカイホウ、とも）が鋳造されたとはいえ、平安時代には貨幣経済は流通しなかった。日宋貿易で大量の銅銭がもたらされてから、大規模な貨幣経済が始まったのである。海の交易がもたらす巨富によって、経済構造と社会構造を変革させることを、清盛は願ったのだと思われる。

七九四年に桓武天皇が平安京を定めてから、約四世紀後の一一八〇年、清盛は、孫（娘である建礼門院の生んだ安徳天皇）を奉じて、福原遷都を敢行したのである。

この福原遷都には、軍事的な側面もあった。遷都がなされた一一八〇年には、以仁王の「平氏討伐」の令旨に応えて、源頼朝や木曾義仲が東国で挙兵した。平氏は、富士川の戦いで頼朝に敗れ、防衛のために福原に退いたとも言われる。後に、源氏と平氏の両軍が激しい戦いを繰り広げた、要衝の地である一ノ谷は、福原のすぐ西である。

＊福原京を実見する

長明は、福原まで出かけて、自分の目で、新都建設のありさまを見届けようとした。「その地、程狭くて、条里を割るに足らず。北は、山に沿ひて高く、南は、海に近くて下れり。波の音、常に囂しくて、潮風、殊に激しく、内裏は、山の中なれば、かの木の丸殿もかくやと、なかなか様変はりて、優なる方も侍りき」（「流布本」による）。「大福光寺本」では、「その地」から「北は、山に沿いて高く」までが欠けている。福原の実際の地勢は、流布本の通りである。

「木の丸殿」は、皮を剝がない材木で作った仮の御所という意味で、長明が編纂に携わった『新古今和歌集』に収められている天智天皇の和歌に拠っている。「朝倉や木の丸殿に我が居れば名告りをしつつ行くは誰が子ぞ」。長明は、和歌の編纂で記憶に留めていた天皇の仮御所が、福原では現実のものとして再現されているのを、面白く感じたのである。

そして、『方丈記』は、福原京の混乱を、一言で言い据える。

古京は既に荒れて、新都はいまだ成らず。有りとし有る人は、皆、浮雲の思ひをなせり。

（「大福光寺本」）

故郷は既に荒れて、新都はいまだ成らず。有りとし有る人、皆、浮雲の思ひをなせり。

（「流布本」）

大福光寺本の「浮雲」は、「ふうん」とも「うきぐも」とも読める。だが、それよりも、「古京」と「故郷」の本文の違いが大きい。「古京＝こきょう」と「故郷＝ふるさと」。「新都」との対比を重視すれば、「古京」の方がわかりやすい。けれども、流布本は、なぜか「故郷＝ふるさと」となっている。ちなみに、南方熊楠の英語訳『方丈記』では、「and while the old capital was desolate the new town was unfinished 」とあり、「古京」の意味で訳されている。熊楠の訳は明治三十八年の時点なので、大福光寺本によったとは考えにくく、流布本の「故郷」という本文から、「old capital」という英語に翻訳したのだろうか。「ふるさと」には、以前に都などがあって栄えたものの、今は寂れた場所、という意味があるからである。

江戸時代の『長明方丈記新抄』は、ここで、『伊勢物語』第二段との関連を指摘している。『伊勢物語』の「奈良の京は離れ、この京は、人の家、まだ定まらざりける時に」とある、その「語勢」である、という指摘である。平城京から平安京への遷都の間には、短期間だが長岡京もあり、混乱していた。この『長明方丈記新抄』の説は、現代の注釈書には受け継がれていないようだが、長明の脳裏には、『伊勢物語』のこの場面、そして、この言葉が、過ぎっていた可能性が高い。

＊『平家物語』への影響

『平家物語』巻五の「都遷」にも、『方丈記』からの引用がある。「旧都をば、既に浮かれぬ。新都は、いまだ事行かず。有りとし有る人は、身を浮雲の思ひを成す」。『平家物語』は、どちらかと言えば、大福光寺本に近いようである。

軍記物語である『平家物語』に、『方丈記』が資料を提供しているのは、『方丈記』が歴史資料として使用できる客観性を持っているからである。その信憑性は、長明が自分の目で見届けた福原の事実を書いたことに基づいている。

『平家物語』は、この後の「月見」で、徳大寺実定が、荒れ果てた都に戻って、「待宵の小侍従」という女房と、月を見ながら懐旧の念に浸る場面になる。『方丈記』には、この記述はない。けれども、『長明方丈記新抄』の挿絵には、実定と小侍従の対面と思われる場面が載っている。『方丈記』から『平家物語』へ、そして『平家物語』から『方丈記』の注釈書へという、相互影響関係があったのである。江戸時代の注釈書によって教えられることは多い。

4．元暦の地震

＊対句的な表現と、余震の回数

『方丈記』には、近畿地方を襲った地震の記述がある。たたみかけるような表現で、次のように書かれている。

山は崩れて、川は埋み、海は傾きて、陸地を浸せり。土、裂けて、水、湧き出で、巌、割れて、谷に転び入る。（「大福光寺本」）

これは、対句仕立ての力の籠もった表現である。『長明方丈記新抄』には、この場面の挿絵がある。確かに、土が裂けていて、その裂け目から、水が湧き出している。ところが、この挿絵を見ていると、なぜか、『方丈記』の書き出しの「行く川の流れは絶えずして……」が、脳裏に浮かんでくる。音楽の通奏低音を援用して言えば、『方丈記』の通奏低音は川の流れ、あるいは水の流れであり、それが流れ去る時間のシンボルであり、すべての存在を破壊せずにおかない時間のシンボルとなっているように思われる。

ただし、『方丈記』の記述の特徴は、数字を用いる具体性にあり、それが、「山は崩れて、川は埋み」という対句表現に、さらなるリアリティを与えている。とりわけ、余震の回数を記述する数字が明確なのは、古典文学において、きわめて珍しいことである。地震の直後には、一日に二十度も三十度も揺れていたのに、地震発生後、十日、二十日と経つにつれて、一日に四度か五度の頻度になり、それが、一日に二度か三度になり、一日おきに一度となり、二日か三日おきに一度となり、およそ三箇月で余震が収まったと、『方丈記』は記す。この大地震の記述に限らず、大きな災害における「数値」の使用方法は、『方丈記』の最大の特徴であり、また記述内容に信憑性をもたらす効果を上げている。

＊長明の実体験と、主観的な感想

ところで、『方丈記』の大福光寺本には存在せず、流布本にだけ書かれている記述が、元暦の地震の部分にある。「或る武士」の「一人子」で、「六、七ばかり」の幼い子どもが、家の周りの土壁の下で遊んでいた。そこを、地震で崩れた壁が直撃して、子どもは命を失った。

> 父母、抱へて、声も惜しまず、悲しみ合ひて侍りしこそ、哀れに、悲しく、見侍りしか。子の悲しみには、猛き者も、恥を忘れけりと覚えて、いとほしく、理かなとぞ、見侍りし。

「見侍りしか。」、「見侍りし。」と、繰り返し、直接体験の助動詞「き」が用いられている。『方丈記諺解』という江戸時代の注釈書は、「哀れに、悲しく、見侍りしか」という本文の横に「長明」と傍記し、「見侍りし」という本文の横にも「長明」と傍記している。つまり、『方丈記』のこの部分は、作者である長明の体験談であり、回想であることを、強調しているのである。

『方丈記諺解』には、また、「恥を忘れけり」の箇所に、「いかなる猛(たけ)き人も、子には迷ひの親の闇にや」と傍記している。これは、『方丈記』の表現が、『源氏物語』などでたびたび引用された古歌を踏まえていると、注釈しているのである。すなわち、「人の親の心は闇にあらねども子を思ふ道に惑ひぬるかな」という藤原兼輔(かねすけ)の歌で、「子ゆえの闇」という慣用句にもなっている。

鴨長明は歌人でもあったので、「或(あ)る武士(もののふ)」や「猛(たけ)き者」と書いた瞬間に、『古今和歌集』仮名序の「猛(たけ)き武士(もののふ)の心をも慰むるは、歌なり」という一節が、脳裏をよぎったことだろう。そのことが、「人の親の心は闇にあらねども」という和歌をも連想させ、このような表現になったのだと、『方丈記諺解』の著者は推測したのである。原文の表現に即しつつも、さらにその背後に連なる、文学の地平までも、よく見据えた注釈であると思う。

自分の見聞した客観的な事実を、抒情的な、和歌にも通じるような、主観的な感想と共に表現する、という『方丈記』の方法が、ここでも指摘できる。地震によって武士の子どもが命を失う部分は、大福光寺本に欠けているけれども、簗瀬一雄は、『方丈記全注釈』では大福光寺本を底本としていながら、流布本によって補い、中野孝次『すらすら読める方丈記』も、この部分を大福光寺本の本文に補入している。

なお、私には『徒然草』の第百四十二段が連想される。

心無(な)しと見ゆる者も、良き一言(ひとこと)は言ふ物なり。或(あ)る荒夷(あらえびす)の恐しげなるが、傍(かたへ)に会ひて、「御子(おんこ)は御座(おは)すや」と問ひしに、「一人も持ち侍(はべ)らず」と答(こた)へしかば、「然(さ)ては、物の哀(あは)れは知り給はじ。情け無き御心にぞ、物し給ふらむと、いと恐ろし。子故にこそ、万の哀れは、思ひ知らるれ」と言ひたりし、然も有りぬべき事なり。恩愛の道ならでは、かかる者の心に、慈悲有りなむや。孝養の心無き者も、子持ちてこそ、親の志は思ひ知るなれ。

この「子故にこそ、万の哀れは、思ひ知らるれ」という言葉を噛みしめれば、『方丈記』の「猛き武士」の挿話に関して、江戸時代の注釈書である『長明方丈記抄』が述べている次の説は、『方丈記』の記述を読み誤っている。

親子の哀れを言ひて、人は、子と言ふ物、持つまじき教へを言へるなるべし。

『徒然草』第六段には、確かに、「我が身のやんごとなからむにも、まして、数ならざらむにも、子と言ふ物、無くて有りなむ」とある。『長明方丈記抄』の著者は、『方丈記』の猛き武士の話を、その『徒然草』第六段と関連づけたのだった。けれども、『徒然草』と関連づけるならば、第六段ではなく、先に挙げた第百四十二段であるべきだろう。

江戸時代の『方丈記諷説』には、武士が子どもの死を嘆いて泣いた箇所に関して、「長明は、子を持たざるがゆゑに、かく書けり」と注釈しているが、その前には、『万葉集』の山上憶良の「瓜食めば子ども思ほゆ……」を引用しているので、子どもを持たない長明でも、幼い子どもを失った武士の悲しみが理解できた、と解釈しているのだろう。話が、いささか、こみ入ったけれども、『方丈記』と『徒然草』との比較という観点は重要なので、こだわってみた。

5. 災害記の先蹤

＊五大災厄の総括

五大災厄を書き終えた鴨長明は、「すべて、世の中の、有り難く、我が身と栖との、はかなく、徒なる様、また、かくの如し」（「大福光寺本」）と、結論した。

天災と人災の打ちしきるこの世界で、生きてゆくことはむずかしい。すなわち、もともと永遠ではない人の命は、いつ、どこで、どのようにして、突然の災害で断ち切られてしまうか、わからない。そのはかない命を持った人間が、はかない家を作ろうとすることなど、こんなに無謀で無駄なことはない。家は、火事で燃え、辻風で吹き倒され、地震で崩れる。福原遷都の時には、平安京の家を取り壊し、舟に乗せて福原まで運んだが、都が平安京に戻ってきても、平安京の土地には空地が目立ったという。養和の飢饉の際には、自分の住んでいる家を壊して、材木を市で売り、人々はかろうじて命を繋いだ。

「家を持つことほど、つまらないことない」。この命題を鴨長明は、「五大災厄」の体験から、証明してのけた。自分自身の人生を賭して、長明は『方丈記』を書き綴っている。

＊災害記としての達成

『方丈記』は、五大災厄の総括を踏まえ、人間があえて立派な家を持たない生き方や、最小限の家しか持たない生き方について、筆を進めてゆく。ここからは、閑居記や書斎記、さらには散策記としての新たな歩みを踏み出すのである。災害記は、それを書くためのステップだった。けれども、あまりに具体的で、迫真的だったので、『方丈記』を通読した後に、振り返ってみると、最も強く印象に刻印されているのは、この五大災厄の部分かもしれない。

中世では応仁の乱、近代では関東大震災や東京大空襲、現代では阪神淡路大震災や、東日本大震災などが起きた時に、『方丈記』が人々に読み返された。それは、災害記としての記述があったからである。

一方で、『方丈記』の諸本の中には、この災害記の部分をまるごとカットし、冒頭の序文から、いきなり閑居記に入るものがある。これらは、災害記としての『方丈記』を評価しない立場なのであろう。そもそも「方丈記」というのは、「方丈＝一丈四方の小さな建物」の記録という意味であるから、「草庵暮らしの記録」という側面がある。その中で、『方丈記』は「閑居の文学」「閑居の暮らし」として、どのように読み継がれていったのか、その点については、第六章で考えてみたい。

引用本文と、主な参考文献

・簗瀬一雄『方丈記全注釈』（角川書店、一九七一年）
・大曾根章介・久保田淳編『鴨長明全集』（貴重本刊行会、二〇〇〇年）
・簗瀬一雄『方丈記諸注集成』（豊島書房、一九六九年）
・堀田善衞『方丈記私記』（ちくま文庫、一九八八年）
・中野孝次『すらすら読める方丈記』（講談社文庫、島内裕子解説、二〇一二年）
・島内裕子「堀田善衞『方丈記私記』の圏域」（『放送大学研究年報』二十六号、二〇〇八年）

発展学習の手引き

・「災害記」として位置づけられるルポルタージュや小説を読んで、事実の重みと、それを言語化する言葉の力との関係について、考えてみよう。

5 閑居記・書斎記としての『方丈記』

《目標・ポイント》 災害から遁（のが）れて、山里で自由に暮らす日々を描いた『方丈記』の後半は、閑居記、あるいは書斎記の典型にして最高の達成として、以後の日本文学の模範となった。その達成が、どのような表現によって支えられているかを具体的に考察する。
《キーワード》 『方丈記』、方丈石、方丈の庵、閑居の気味、閑居記、書斎記

1. 日野山の方丈石

＊鴨長明の出家

鴨長明が生まれたのは、通説では一一五五年である。前章で見た五大災厄は、彼の二十三歳から三十一歳までの間に起こった。その後、歌人として活躍したが、元久元年（一二〇四）、五十歳で出家し、洛北の大原に隠遁した。『方丈記』には書かれていないが、五大災厄の後、二十年間の歌人としての活躍期間があったのである。そして、五十四歳の頃、洛南の日野に移り、方丈の庵を構えた。『方丈記』の完成は、その四年後のことである。

長明が出家した原因の一つとされるのが、下鴨神社の摂社である河合社（かわいしゃ）（ただすのやしろ）の禰（ね）

宜に就く人事が挫折したことへの絶望感である。長明の父は、河合社の禰宜から、その本社である下鴨神社の正禰宜へと登り詰めた。その父は、長明が十八歳の頃に亡くなっていた。長明は、『新古今和歌集』編纂に全力で取り組む真摯な姿勢が、後鳥羽院に認められ、その強い後押しがあったのだが、河合社の人事には敗北した。

その後の長明は、出家者・隠遁者として、五十歳から六十二歳までを生きた。

＊「世に従へば」

江戸時代の注釈書『方丈記諺解』は、『方丈記』という作品を二分割し、「巻世間」（世間の巻）と「巻出世」（出世の巻）とに分けている。「出世」は、「出世間」の意味である。「世間＝俗世」で苦しむ前半生と、世間を出離し、超然として閑居を楽しむ後半生という区別である。『方丈記』には、長明の俗世間での生活を総括する文章がある。

世に従へば、身、苦し。従はねば、狂せるに似たり。何れの所を占めて、如何なる業をしてか、暫しも、この身を宿し、たまゆらも、心を休むべき。（「大福光寺本」）

流布本では、最後の箇所が「たまゆらも、心を慰むべき」となっているなど、多少の異同がある。「たまゆら」は、短い時間を意味するが、「たま」という文字を含むので、『方丈記』の通奏低音である水の流れに消えては浮かぶ「泡＝水の玉」も連想させる。長明と同時代の藤原定家には、「春よただ露の玉ゆらながめして慰む花の色は移りぬ」という和歌がある。「ながめ」が「長雨」と「眺め」の掛詞であるのは、小野小町の「花の色は移りにけりな徒らに我が身世に経るながめせし間に」以来の常識であるが、「たまゆら」も、露の「玉」の掛詞である。しかも、「慰む」という動詞と共に使われている。定家の歌は、『方丈記』の大福光寺本ではなく、流布本に近い。つまり、『方丈記』の流布本の表現は和歌的である、ということが言えよう。

＊大原から日野山へ

大原は、かつて皇位継承で異母弟の清和天皇に敗れた惟喬親王（八四四～八九七）が出家した「小野」の山里に近く、「大原の三寂」と呼ばれる三人の兄弟の僧たちも暮らしていた隠遁の地である。壇ノ浦で入水したものの助けられた建礼門院（平徳子）も、大原の寂光院に隠棲した。けれども、長明が「終の棲家」としたのは、比叡山の麓の大原ではなく、日野だった。そのことは、『方丈記』の流布本に、「空しく大原山の雲に、幾そばくの春秋をか経ぬる」（大福光寺本では、「空しく大原山の雲に臥して、又、五返りの春秋をなむ経にける」）とあることや、「今、日野山の奥に、跡を隠して」（大福光寺本では「跡を隠して後」）と書いていることからも、よくわかる。大原に住んだ期間は、「何年か」とおぼめかされたり、五年間と明記されたりしている。

日野には、「日野薬師」の通称で知られる法界寺がある。このあたりは、日野家の所領であり、長明と同時代に活躍した親鸞（一一七三～一二六二）が誕生した「誕生院」もある。親鸞の出自は、日野家の一族だと言われる。また、一ノ谷の合戦で捕虜となり、鎌倉へ送られ、さらに奈良に送られて斬られた平重衡（一一五七～八五）が、妻と今生の別れを惜しんだのも、この日野だとされる。

法界寺から日野山に向かって登ると、大きな石があり、「方丈石」と呼ばれている。「千人の石」（千人で引かなければ動かせない巨石）と呼ばれることもある。その横に、「長明方丈石」という石碑がある。このあたりが、長明の方丈の庵があった場所だと、考えられていたのである。

「長明方丈石」の石碑（長明の方丈の庵跡という伝承がある）。

室町時代の連歌師である心敬の『ささめごと』には、「鴨長明が石の床には、後鳥羽院、二度、御幸有りしとなり」とある。連歌師の宗長も、ここを訪ねている。

日野七仏薬師門前より、杖にて、真に、寂しく、哀れに、嵐に迷ふ落葉、仏前の古き戸帳に吹き迷ひ、車の割れ、ここかしこに散りぼひ、昔覚ゆる心地して、鴨長明閑居の旧跡、かの重衡卿笠宿りの跡、泪、零れ侍りし。

（『宗長手記』）

江戸時代の随筆にも長明方丈石の話題はしばしば出てくるが、心敬や宗長などの著書によって、室町時代から方丈石跡が長明の隠遁地であるとされてきたことがわかるのは、貴重である。室町時代から、鴨長明が隠遁者の代表であり、『方丈記』は隠遁文学の名作だと認められてきたのだ。

ただし、江戸時代の『山州名跡志』には、「此ノ所、地勢、凹ニシテ、更ニ、眺望ノ便ナシ。筆スル所ノ『方丈記』ニ、合セザルカ」と述べている。方丈石のあたりは眺望がよくないので、『方丈記』に描かれている場所とは違うようだ、と疑問を呈している。

2．江戸時代の隠遁伝に見る『方丈記』

＊『本朝遯史』

林羅山の四男である林読耕斎の著した『本朝遯史』（一六六四年四月刊）は、隠遁者の列伝である。その中に、鴨長明も登場する。『方丈記』には、「当世之災変」、「小廬之簡率」、「閑中之旨趣」、「琵琶之幽興」が詳しく書かれている、と記される。つまり、『方丈記』の内容を四点にまとめたところに、読耕斎の慧眼が光る。前半の五大災厄は、その内容を、「当世之災変」という一言に集約し、後半の閑居の喜びは、小さな草庵での簡素な暮らし、隠遁生活での喜び、音楽の楽しみの三つにある、と具体的に書いている。読耕斎は、『方丈記』の主眼は、簡素な閑居生活にあると見ている。ただし、それに先立つ「五大災厄」の文学的な意義についても、「賛」の部分で、「当時之災変、洛中之勢粧ヲ、模写スルコト画ノ如シ」と述べて、『方丈記』の災害描写のリアリティを称賛している。林読耕斎は朱子学者であるが、『方丈記』の文学性を、内容と表現の両面から、的確に読み取っている。

＊『扶桑隠逸伝』

深草に隠棲した元政が著した『扶桑隠逸伝』（一六六四年十一月刊）にも、鴨長明が登場する。長

『扶桑隠逸伝』の鴨長明。

明の略伝を記すと同時に、「日野ノ外山ニ在リテ、『方丈ノ記』ヲ著ス」と述べるが、五大災厄への言及はない。隠遁後も後鳥羽院から再三の召しがあったことや、鎌倉に下向して源実朝と会ったことを語るが、上皇や将軍にも一目置かれる存在だったと強調するだけで、『方丈記』の内面に触れないのが惜しまれる。

「外山ニ、石床有リ。俗ノ、方丈石ト名ヅクル者也。上皇、再ビ、石床ニ微幸スト云フ」とあるのは、前に紹介した、心敬の『ささめごと』の記述を踏まえているのだろう。「微幸」は、お忍びのお出まし、の意味である。

3. 閑居記としての『方丈記』

*閑居の気味

『方丈記』の終わり近くなって、「閑居の気味」という言葉が出てくる。「気味」は、現在では「きび」と発音されることが多いが、江戸時代には「きみ」と読まれることが多かったようである。ここでは、江戸時代から明治時代まで広く読まれてきた流布本で引用しよう。

　夫、三界は、唯、心一つなり。心、もし安からずは、牛・馬・七珍も由無く、宮殿、望み無し。今、寂しき住まひ、一間の庵、自ら、これを愛す。自づから、都に出でては、乞食と成れる事を恥づといへども、帰りて、ここに居る時は、他の、俗塵に着する事を憐れぶ。もし、人、この言へる事を疑はば、魚・鳥の分野を見よ。魚は、水に飽かず。魚にあらざれば、その心を知らず。鳥は、林を願ふ。鳥にあらざれば、その心を知らず。閑居の気味も、又、かくの如し。

今、引用した部分には、心の安定や満足感が最も大切であるという、長明の人生観がはっきりと書かれている。魚は、水の味を存分に楽しんでいる。その楽しみがどんなに大きいかは、魚でなければわからない。鳥は、林の味を喜んでいる。それは、鳥だけにわかる。そして、この自分は、わずか「一間の庵」の「寂しき住まひ」での暮らしを、心ゆくまでに満喫している。それは、こういう閑居を現実に体験している者にしかわからない人生の喜びである。長明は、五大災厄を自分自身で見聞し、体験して、その恐ろしさを痛感したように、閑居して初めて「閑居の気味」を知った。『方丈記』は、読者の一人一人に、読書という行為を通して、災害と閑居との双方を体感させる。

『和漢朗詠集』の「閑居」に、『白氏文集』の句が載る。

　人間の栄耀は、因縁浅し。林下の幽閑は、気味深し。

自分には、俗世間で栄耀栄華を誇れるようになるという、前世からの宿世はなかったけれども、出世間をして、林の中で暮らす静かな閑居の生活に満足している、という内容である。この漢詩を題にして詠まれた和歌を、挙げておこう。

世の中の色には知らじ春の花秋の林の深き心は　（伏見宮邦高親王（ふしみのみやくにたか））
誰（たれ）か知る世は浅茅生（あさぢふ）の露の宿心に遠き雲の林を　（三条西実隆（さんじょうにしさねたか））
人問（ひとと）はばいかが答へむ奥山の繁（しげ）みが下（した）に住める心を　（加藤千蔭（ちかげ））

この三首には、共通して「心」という言葉が含まれている。ところが、『白氏文集』には「心」という言葉はなかった。にもかかわらず、なぜ、この三首には、「心」が詠まれているのか。先に引用した『方丈記』の箇所に、「心」が頻出するからだろう。すなわち、この三首は、『白氏文集』の漢詩句の上に、『方丈記』の世界を重ねている。千蔭の歌の「住める」は「澄める」の掛詞であり、隠遁した鴨長明の心も、さぞかし澄み切っていたことだろうというニュアンスがある。千蔭の歌の「奥山」という言は、先ほど引用した「今、日野山の奥に跡（あと）を隠して」が胸裡に宿っていたことの痕跡と思える。

また、江戸時代初期の隠者として名高い木下長嘯子（ちょうしょうし）に、「山家知㆓気味㆒」という題で詠まれた歌がある。「山里に住まぬ限りは住む人の何事（なにごと）と言ひし何事ぞこれ」、である。実際に住んで初めて体感できる閑居の味わい、それが「閑居の気味」である。まるで鴨長明の心境が、そのまま詠まれたかのような和歌である。

「閑居の気味」を描き尽くした『方丈記』の出現によって、後世、閑居生活に人生の楽しみを見出す系譜が生まれ、それらは「閑居記」と総称できる文学ジャンルを形成する。

むろん、『方丈記』以前にも、閑居の文学はあった。『方丈記』が先蹤としたのは、平安時代の二つの『池亭記』だった。これらはどちらも漢文で書かれている。兼明親王と慶滋保胤の『池亭記』は、『方丈記』の随所に影を落としている。住居は、人間の歴史と共にあったたし、西行などの隠遁僧や、世を遁れた人々の逸話は、説話文学でも多い。にもかかわらず、十三世紀初頭の一二一二年に、和文で書かれた『方丈記』が成立するや、この作品は、住まいを通して人生を考える際の「基準作」となった。

＊方丈の庵の構造

それでは、長明が「閑居の気味」を楽しむために日野山に作った庵は、どのようなものだったのか。『方丈記』の原文に沿って、説明しよう。ここも、流布本によるが、大福光寺本を（　）の中に付記する。

ここに、六十の露、消え方に及びて、更に、末葉の宿りを結べる事、有り。言はば、狩人（旅人）の、一夜の宿を作り、老いたる蚕の、繭を営むが如し。これを、中程の栖に準ふれば、又、百分が一にだにも及ばず。とかく言ふ程に、齢は、年々に傾き、栖は、折々に狭し。その家の有様、世の常ならず。広さは、僅かに方丈、高さは、七尺が中なり。

『方丈記』が大きな影響を受けた慶滋保胤の『池亭記』には、「亦、猶、行人の旅宿を造り、老蚕の独繭を成すが如し」とある。「行人」は、「旅人」のことである。だから、流布本の「狩人」よりは、大福光寺本の「旅人」の方が、内容的には意味が通る。また、流布本系の『方丈記』によって英語訳に取り組んだ夏目漱石の英文でも「belated traveller」、南方熊楠の英語訳でも「a traveller」と訳されているので、漱石や熊楠は、「旅人」と本文校訂された流布本系の『方丈記』を読んでいたことになる。ちなみに、流布本の江戸時代の注釈書でも、『池亭記』の「行人の旅宿を造り」という一節は、『方丈記』の表現の由来として指摘されている。

また、これは一つの推測だが、夏目漱石の小説に『行人』がある。漱石の語彙に、「行人」が加わったのは、あるいは、『方丈記』の注釈書経由で、『池亭記』の「行人」が記憶に残った可能性もあるのではないだろうか。少し細かな表現にこだわったが、文学作品を読む際に、表現の背後にあるものを透視し、推測することは、作品の理解に幅を持たせることに繋がると思う。

さて、長明は、方丈の庵が、「中程」（壮年期）に住んでいた家に比べると、広さは百分の一にも満たないと言っている。実は、その「中程」の栖に関しては、幼少期に住んでいた家と比べて、「十分の一」だったと書いた箇所がある。つまり、長明の「栖」は、最初に暮らしていた家の「千分の一」にまで、縮小したのである。これが、一丈（三メートル三センチ）四方の庵、すなわち、「方丈の庵」であった。ちなみに、具体的な数字を用いることで、論旨に説得力を持たせるのは、五大災厄の描写で多用されていたが、ここでも、その方法が採られている。

＊四季折々の祈り

広さはわずかに方丈の庵であったが、その周囲に広がる自然は、四季折々に、極楽往生を祈るのにふさわしい環境だった。

谷、繁けれど、西は晴れたり。観念の便り、無きにしもあらず。春は、藤波を見る。紫雲の如くして、西の方に匂ふ。夏は、時鳥を聞く。語らふ毎に、死出の山路を契る。秋は、蜩の声、耳に満てり。空蟬の世を悲しむと聞こゆ。冬は、雪を憐れむ。積もり、消ゆる様、罪障に喩へつべし。（「流布本」）

藤波、時鳥、蜩、雪という四季折々の景物が、長明の草庵の日々を豊かに彩る。そして、それらはすべて、仏道修行の「便り」、すなわち、有効な手段なのだった。

ところで、住まいの規模から言えば、『源氏物語』で光源氏が営んだ二万坪の豪壮な六条院は、長明の方丈の庵とは対極にある。しかも、六条院は、春夏秋冬の四つのスペースに区切られた理想の世界であり、光源氏と女君たちとの楽しい日々が、そこにはあった。けれども、その実、光源氏本人も、紫の上を初めとする女君たちも、誰一人として幸福にはなれず、紫の上も、光源氏を残して死去してしまう。

『源氏物語』幻巻には、一年を通して、死去した紫の上を鎮魂し続ける光源氏の悲しみが溢れている。その情景が、『方丈記』で書かれている季節の景物に、不思議と重なるのである。まず、早春の「雪」。雪を見た光源氏は、「憂き世にはゆき消えなむ」（雪が消えるように、この世から消えてしまいたい）と嘆いた。晩春には藤の花が咲いて、光源氏は紫の上を偲んだ。夏に時鳥が鳴いたら、亡き紫の上を思い、心を激しく動揺させた。秋に、蜩の声を聞いたら、和歌を詠んで、紫の上を偲んだ。光源氏を悲しませ、出家への決意を掻き立てたのが、幻巻の雪・藤・時鳥・蜩だった。

一方、『方丈記』では、理想の草庵暮らしを実現した出家者である長明にとって、藤・時鳥・蜩・

雪は、極楽への往生を引き寄せる、頼もしい季節の景物である。恋愛を主眼とした人間関係を描いてきた『源氏物語』。道心を主眼として独居生活による個人の心の探究を行ってきた『方丈記』。対照的な生き方を描いているとも言えるし、心の旅路の究極は道心であったと見れば、両者は意外にも「遠くて近きもの」だったとも言えよう。いずれにしても、五十四帖の大長編『源氏物語』と、四百字詰原稿用紙に換算して二十枚程の『方丈記』が、人間の心を深く凝視している点で拮抗することに、文学の不思議さを感じる。

なお、「藤波」について、『方丈記諷説』は、慈円の「おしなべて虚しき空と思ひしに藤咲きぬれば紫の色」という和歌を指摘している。虚空に藤が咲けば、紫雲が立ち顕れたようだという慈円の歌は、哲学性さえ帯びて、長明の『方丈記』と響き合う。その美しい響映を、江戸時代の注釈書が教えてくれる。

4．書斎記としての『方丈記』

＊住居記が内包する書斎記・室内記

これまで、『方丈記』の本文を引用する際には、大福光寺本と流布本との両方を視野に入れて、引用してきた。どちらも、前半で五大災厄を描き、後半で閑居生活を語る本文系統である。ところが、五大災厄を含まない『方丈記』の写本がある。省略されて短いので、大福光寺本や流布本を「広本」と呼ぶのに対して、「略本」と言われている。これらは、『方丈記』の本質を、閑居記だと見なしている。その中から、「延徳本」を紹介したい。

これは、連歌を大成した宗祇が所持していた『方丈記』を、高弟の肖柏が、延徳二年（一四九〇）に書き写したとされる写本である。

　ここに、我、深き谷の辺り、静かなる林の間に、僅かなる方丈の草の庵を結べり。竹の柱を立て、刈萱を葺き、松葉を囲ひとし、古木の皮を敷物とせり。傍らに、筧の水を湛へたり。東南の隅、五尺には、蕨のほどろを敷きて、夜の床とし、冴ゆる霜の夜に、身を暖む。西南の隅、五尺には、窓を開けて、竹の編戸を立てたり。西の山の端を目守るに、便り有り。西北の隅、五尺には、竹の簀子を敷き、阿弥陀の絵像を安置せり。傍らに、吊棚を構へ、『往生要集』如きの文書を、少々、置けり。又、傍らに、琴・琵琶を立て置けり。所謂「折琴・継琵琶」、これなり。

「大福光寺本」や「流布本」では、普賢菩薩や不動尊の絵像もあるし、和歌や管絃（音楽）の書物もあり、それらを収納する「皮籠」が三つか四つ、さらには流布本では「文机」もある。絵像は掛け替えができるし、机は折りたたみもできるのだが、方丈の庵に、とてもこれだけの物が全部は入りきらないだろうと思われるほど、いろいろな調度が書かれている。それに対して「延徳本」は、絵像としては阿弥陀だけであるし、吊棚には、『往生要集』くらいで、歌書や楽書のことは書かれず、皮籠のことも出てこない。このくらい簡素なインテリアが、室町時代の後期の連歌師たちに理想とされた「閑居」だったのだろう。あるいは、仏道修行に力点を置いた書き方なのかもしれない。

延徳本を書写した肖柏は、摂津の池田に隠棲して、『夢庵記』や『三愛記』などを書き残した。

肖柏と共に、宗祇の連歌の道を継承した宗長は、先ほど引用した『宗長手記』を残しているが、宇津の山の近くに庵を結んで、『宇津山記』を残した。現在の柴屋寺が、その庵の跡だと伝えられる。『方丈記』は、理想の室内を具体的に書き記した「室内記」なのでもある。そして、ここに「文机」を出して執筆したのが『方丈記』や『発心集』や『無名抄』だったとすれば、『方丈記』は「書斎記」にもなる。

現在、方丈の庵は、下鴨神社の河合社の境内に復元されている。この復元された庵を見ると、具体性にこだわった『方丈記』の筆致でも、建物の外側の壁面のことは書かれていなかったことに、改めて気づく。

室内は、室外との調和もあるし、書斎の窓から眺める光景も、また室内に取り込まれている。正岡子規は、根岸の子規庵の寝室にして書斎でもある部屋の「ガラス戸」から、庭の草や洗濯物や上野の森を眺めて飽きず、それを写生して短歌に詠んだ。夏目漱石は、書斎である漱石山房の「硝子戸の中」から外を見渡して、霜除をした芭蕉や、赤い実の結った梅もどきの枝、無遠慮に直立した電信柱などを見ながら、原稿を執筆した。部屋の内部は、そこで暮らす人の心の内面だけではなく、外部の世界とも通じている。

漱石の弟子だった芥川龍之介は、「漱石山房の秋」というエッセイを残している。漱石の「書斎記」を、漱石本人ではなく、弟子の目で描写しているのである。「新古和漢洋の書物」を詰めた「書棚」が並び、書物は「床の上」にも積んである。「机の上」には、銅印、石印、ペン皿替わりの竹の茶箕、万年筆、玉の文鎮を置いた一綴りの原稿用紙、老眼鏡が乗っている。

　そうしてその机の後、二枚重ねた座蒲団の上には、何処か獅子を想わせる、背の低い半白の老人が、或は手紙の筆を走らせたり、或は唐本の詩集を飜したりしながら、端然と独り坐っている。……

　漱石山房の秋の夜は、こう云う蕭條たるものであった。


　近代における「市中の隠者」とも言うべき漱石の、これが室内記であり、書斎記である。また、芥川と同じく漱石門下だった内田百閒にも、『漱石山房の記』という随筆集がある。

　ちなみに、森鷗外の「観潮楼」の室内記としては、永井荷風の『日和下駄』に、印象的な見聞記がある。

＊音楽のある生活

『本朝遯史』には、『方丈記』の一つの柱として、「琵琶之幽興」が挙げられていた。現在残っている鴨長明の肖像画も、琵琶を弾いている姿だったり、あるいは、室内や膝元に琵琶が置かれていたりする。

『方丈記』には、興が乗れば、『秋風楽』や、秘曲『流泉』を弾じて、「一人調べ、一人詠じて、自ら、情を養ふばかりなり」（諸本共通）とある。近代では、客間にピアノが置かれていたり、書斎にレコードが流れていたりする。そのような音楽のある心豊かな生活としての「音楽記」の先蹤が、『方丈記』なのでもある。

　本章では、閑居記と書斎記の達成として『方丈記』を位置づけた。『方丈記』は、一二一二年の成立であり、それ以前に膨大な日本文学の蓄積があった。にもかかわらず、『方丈記』は、「住まいの文学」の基準作となり、外界に患わされない、内面的な自由と満足を描く「閑居記」が、そこから生まれた。

「閑居記」で描かれている要素に注目すると、「書斎記」「音楽記」も、さらには、さまざまな閑居記の系譜が、近代文学にまで続いてゆくのである。

引用本文と、主な参考文献

・簗瀬一雄『方丈記全注釈』（角川書店、一九七一年）
・大曾根章介・久保田淳編『鴨長明全集』（貴重本刊行会、二〇〇〇年）。方丈石に関する資料も、翻刻してある。
・簗瀬一雄『方丈記諸注集成』（豊島書房、一九六九年）
・中野孝次『すらすら読める方丈記』（講談社文庫、島内裕子解説、二〇一二年）
・島内裕子『方丈記と住まいの文学』（左右社、放送大学叢書、二〇一六年）

発展学習の手引き

・「閑居記」「室内記」「書斎記」などの文学ジャンルを念頭に置きながら、それらに該当する文学作品を、読んでみよう。一つの作品の特定の部分だけであっても、これらの文学要素が見出されることもあろう。なお、島内裕子『方丈記と住まいの文学』には、『方丈記』の系譜に属するさまざまな文学作品を、古典から近代まで、具体的に挙げているので、参考にしてほしい。

6 『方丈記』の達成

《目標・ポイント》 まず、『方丈記』の「散策記」および「逍遥記」としての側面を考察する。さらに、『方丈記』の擱筆された部分を、『源氏物語』や『幻住庵記』などと対比しながら読むことで、散文スタイルの意義を日本文学全体の中に位置づける。

《キーワード》 散策記、擱筆、『源氏物語』、『幻住庵記』

1．散策記としての『方丈記』

＊少年との交遊

「方丈の庵」での閑居を楽しむ鴨長明だったが、人間関係がまったく途絶していたわけではなかった。日野に隠遁した後、『方丈記』を完成させる直前に、鎌倉まで下り、三代将軍の源実朝（さねとも）と対面したことが、鎌倉幕府の記録である『吾妻鏡（あずまかがみ）』に記されている。長明は、『新古今和歌集』の撰者の一人である藤原（飛鳥井（あすかい））雅経（まさつね）と共に、鎌倉を訪れ、源頼朝（よりとも）の墓にも詣でている。飛鳥井家は、和歌と蹴鞠の家柄である。雅経は、鎌倉幕府の重鎮である大江広元（ひろもと）の娘を妻とするなど、鎌倉側と親しかった。長明には、歌人としての人間関係が、まだ残っていた。

そして、庵の麓に住む少年との交流も、『方丈記』に記されている。歳の離れた友情とも言えるし、子どもと遊び戯れる良寛の姿も彷彿とする。

> 又、麓に、一つの柴の庵、有り。即ち、この山守が居る所なり。彼処に、小童有り。時々来て、相訪ふ。もし、徒然なる時は、これを友として、遊び歩く。彼は、十六歳。我は、六十。その齢、殊の外なれど、心を慰むる事は、これ同じ。或いは、茅花を抜き、岩梨を穫る。又、零余子を盛り、芹を摘む。或いは、裾廻の田井に到りて、落穂を拾ひて、穂組を作る。

「流布本」で引用したが、「大福光寺本」では、「これを友として、遊行す。彼は、十歳。これは、六十」とある。十歳の方が「小童」にふさわしいけれども、流布本の本文は、「十六」と「六十」の対比・対照を企図したものと考えられる。というのも、江戸時代の注釈書、『方丈記諺解』に、「必ずしも、十六にて有りしと言ふにはあらず。六十と言はむ便りに、十六と言へり」と、二人を対比するための数字だと解釈しているからである。童と老翁は、仙人を描いた中国の絵画でも、一緒に描かれることが多い。六十の老人と、十六の童の「心」が同じだという点が、重要なのである。流布本を底本としている漱石の英語訳では、「sixteen years of age」、熊楠訳では、数字で「16」と書いている。いずれにしても、漱石や熊楠が依拠した本文を垣間見る痕跡が、この「十六」という数字なのである。

もう少し、本文異同について述べれば、和語の「遊び歩く」と、漢語の「遊行す」は、ニュアンスが少し異なる。和歌で「遊び歩(あり)く」とされている用例を見てゆくと、都鳥が隅田川のほとりを「遊び歩(あり)く」(『業平集』)、五歳の童女が室内のあちこちを「遊び歩(あり)く」(『後撰和歌集』)、川のほとりで人々が「遊び歩(あり)く」(『八十浦之玉(やそうらのたま)』)などの用例があり、源俊頼(としより)の家集には、「山に遊び歩(あり)きけるに」という詞書が見える。子どもや鳥が不規則に動き回るように、人間が童心に返ってあちらこちらと、自由気ままに山野や川辺を歩き回るのが、「遊び歩(あり)く」なのだろう。

和歌ではなく散文で用例を捜せば、『伊勢物語』第六十七段には、主人公の「男」が「逍遥(せうえう)しに」、和泉の国に出かけている。同じく『伊勢物語』第八十七段では、「男」たちが、「家の前の海の辺(ほと)りに、遊び歩(あり)き」、そのうち、山を登り、布引(ぬのびき)の滝を見たという場面がある。「遊び歩(あり)く」に対応する漢語は、この『伊勢物語』のように「逍遥」ではないだろうか。「遊行」には、仏教色が濃厚である。

なお、少年と遊ぶ場面で用いられている「穂組(ほぐみ)」という言葉は、稲の刈穂を乾燥させるために積んだものだが、藤原知家(ともいえ)(一一八二〜一二五八)や藤原信実(のぶざね)(一一七六〜一二六五頃)の和歌に見える。どちらも、鴨長明(一一五五頃〜一二一六)の生きていた時代と重なっている。

　露染(そ)むる早稲田(わさだ)の穂組打ち解けて仮庵(かりほ)の床(とこ)にいやは寝(ね)らるる(藤原知家)

　秋の田の仮庵の穂組徒(いたづ)らに積み余るまで賑(にぎ)はひにけり(藤原信実)

＊散策記

『方丈記』は、少年との交流を語った直後に、散策のありさまを語る。少年との交流は、庵の近くでの「遊び歩き」だったが、こちらは庵を起点と終点としているものの、かなりの遠出である。

　もし、日、麗らかなれば、峰に攀ぢ登りて、遙かに、故郷の空を望み、木幡山、伏見の里、鳥羽、羽束師を見る。勝地は主なければ、心を慰むる、障り無し。歩み、煩ひ無く、志、遠く到る時は、これより峰続き、炭山を越え、笠取を過ぎて、岩間に詣で、石山を拝む。もしは、又、粟津の原を分けて、蟬丸の翁が跡を訪ひ、田上川を渡りて、猿丸大夫が墓を訪ぬ。

「流布本」で引用したが、「大福光寺本」でも、大きな違いはない。この散策に、少年は同行していたのか。それとも、長明一人だったのか。『長明方丈記新抄』の挿絵には、杖と笠を持った一人の僧が、山道を歩く絵柄がある。この絵師は、長明が一人で散策したと考えたのだろう。

とにかく、長明の健脚ぶりには、驚かされる。岩間寺と石山寺の距離は、約六キロある。石山寺と逢坂の関も、約十キロである。実際の山道は、この数字以上の険しさがあるだろう。石山寺は、紫式部が『源氏物語』の構想を得たとされ、逢坂の関は歌枕であると同時に、伝説的な琵琶の名人・蟬丸が住んだ場所でもある。蟬丸には、『新古今和歌集』や『和漢朗詠集』に収められ、『源氏物語』の夕顔巻でも引歌された、著名な歌がある。

　世の中はとてもかくても同じこと宮も藁屋も果てしなければ

この歌のテーマは、「理想の栖」を求める『方丈記』のテーマそのものでもある。また、長明の散策地の一つである粟津は、五大災厄が打ちしきった時期に、「朝日将軍」と呼ばれた木曾義仲が最期を遂げた地でもある。

＊歌枕探訪

『方丈記』以前の平安時代にも、歌枕探訪の旅はあった。藤原実方（さねかた）には、一条天皇の逆鱗に触れ、「歌枕、見て参（まい）れ」と言われて、都を追われ、陸奥守（むつのかみ）に任じられたという伝説がある（『十訓抄』）。歌枕は、その地名に含まれる言葉の意味の面白さから、実際には現地を訪れたことのない歌人たちにも好まれて、和歌に詠まれた。その歌枕を現地で確認することは、旅人に期待されている大切な役割だった。実地で見たことや、現地の人の話を聞いたりしたことをまとめた紀行文が書かれることになる。

藤原実方は都に戻ることなく亡くなったので、実方の墓を西行が訪ねたり、それをまた芭蕉が訪ねたりして、歌枕探訪は重層化する。『方丈記』の散策記は、都を遠く離れた土地での歌枕探訪ではなく、都の近辺、しかも自分の暮らしている栖からそれほど遠くない土地を訪ねる点に特徴がある。少し遠めの「郊外散策」と言えばよいだろうか。

それは、たとえば、近代の高浜虚子が確立した「俳句の吟行」や、現代の野田宇太郎が創出した「文学散歩」にも繋がっている。

＊芭蕉の『幻住庵記』

ところで、長明が散策した地域は、江戸時代に松尾芭蕉が俳文『幻住庵記（げんじゅうあんのき）』で描いた閑居生活とも重なっている。芭蕉は、『おくのほそ道』の旅を終えた翌年、すなわち元禄三年（一六九〇）

の四月から七月まで、大津の国分山にある幻住庵に住んだ。石山寺にも粟津にも、近いところである。ちなみに、芭蕉の墓は、粟津の義仲寺にある。

幻住庵から、「釣、垂るる舟」も見えたとあるのは、『方丈記』の「行き交ふ舟」が眺められたとある箇所を連想させるし、長明が散策した笠取山の地名も出てくる。『幻住庵記』に、「田上山に古人を数ふ」とある。「古人」の一人は、長明が田上川を渡って訪ねた猿丸大夫であろう。『幻住庵記』で、「猶、眺望、隈無かならむと、後ろの峰に、這ひ登り」とあるのは、本章の最初に引用した『方丈記』の、「日、麗らかなれば、峰に攀ぢ登りて」とある箇所を意識している。ただし、『幻住庵記』に「後ろの峰」とあるのは、『源氏物語』須磨巻で、光源氏の侘び住まいを語るくだりに、「おはします後ろの山に、柴と言ふ物、燻ぶるなりけり」とある「後ろの山」を意識しつつ、「山」を「峰」に置き換えて、芭蕉は「後ろの峰」という造語を試みたのではないだろうか。幻住庵は、『方丈記』と『源氏物語』須磨巻の合体した理想の「住まい」なのだった。ちなみに、芭蕉は既に、幻住庵に滞在する以前に、『笈の小文』の旅で、須磨を訪ねている。

閑居記として見た場合でも、書斎記（住居記）として見た場合でも、『幻住庵記』には、「持仏一間を隔てて、夜の具、納むべき所など、些か設へり」など、『方丈記』を彷彿させる文章が目立つ。では、『幻住庵記』は、『源氏物語』や『方丈記』と比べて、どこが違っているのだろうか。

『源氏物語』の「幻＝まぼろし」は、『長恨歌』を踏まえ、魔法使い、幻術士の意味で用いられ、今は冥界へと去った楊貴妃の「今の栖」を突き止めて、玄宗皇帝に報告する役割を持っている。また、鴨長明が初めて勅撰和歌集に入集したのも、『長恨歌』を踏まえた「幻」の歌だった。

尋(たづ)ね行(ゆ)く幻もがな伝(つて)にても魂(たま)のありかを其処(そこ)と知るべく　（『源氏物語』桐壺帝）
思ひ余(あま)り打(う)ち寝(ぬ)る宵(よひ)の幻も波路(なみぢ)を分(わ)けて行(ゆ)き通(かよ)ひけり　（『千載和歌集』鴨長明）

『源氏物語』も、鴨長明も、「幻」という言葉を恋の歌で用いている。失われた恋、遮(さえぎ)られた恋の苦しみを癒(いや)してくれる最後の頼みとして、「幻」がある。ところが、『幻住庵記』の「幻」には、恋愛の情緒は皆無である。古人たちへの敬慕の念が、あるばかりである。はかないものの代名詞とされる「夢幻泡影(むげんほうよう)」の「幻」であって、海山を越えて冥界を旅する幻術士ではない。芭蕉の俳諧における「幻」は、物語や和歌の「幻」とは異なる意味で用いられている。逆に言えば、鴨長明は『源氏物語』に近いということである。『源氏物語』を介在させることによって、作品間の距離を測ることができる。おそらく『源氏物語』は、日本文学史上、最大であり、最精密なスケール（測定器）であろう。

2.『方丈記』の擱筆

＊『幻住庵記』の転調

閑居記・書斎記・散策記としての『方丈記』に大きな影響を受けた『幻住庵記』は、最後の終わり方もまた『方丈記』と不思議な相似形を描く。幻住庵での心安らかな暮らしを、大いなる喜びと共に書き綴ってきた芭蕉は、一転して、この「幻住庵」もまた「幻」であると認識するに到った。

かく言へばとて、ひたぶるに閑寂(かんじやく)を好(この)み、山野(さんや)に跡(あと)を隠(かく)さむとにはあらず。

世間を出世（出世間）して、ここ幻住庵で、閑居の日々を満喫していても、心の底からの満足は得られないという、肺腑を抉るような芭蕉の内面が告白されている。だから、「いづれか幻の栖ならずやと、思ひ捨てて、伏しぬ」と、『幻住庵記』の本文は結ばれる。「この幻住庵での楽しい日々も、また幻でしかない」。だから、「幻住庵とは、文字通り、幻の栖である」と思い切り、ここでの暮らしを「思ひ捨て」て、擱筆したのである。芭蕉は、幻住庵を去った。

＊『方丈記』の擱筆

『幻住庵記』の擱筆は、『方丈記』の擱筆の影響下にある。『方丈記』の転調部分は、こうである。

> 仏の、人を教へ給ふ起こりは、事に触れて、執心無かれ、となり。今、草の庵を愛するも、科とす。閑寂に着するも、障りなるべし。如何が、用無き楽しみを述べて、空しく、可惜、時を過ぐさむ。
> （「流布本」）
>
> 仏の、教へ給ふ趣は、事に触れて、執心無かれ、となり。今、草庵を愛するも、閑寂に着するも、然ばかりなるべし。如何が、要無き楽しみを述べて、可惜、時を過ぐさむ。
> （「大福光寺本」）

「流布本」によれば、閑居を愛することは誤りであり、執着心の表れであり、それは仏が最も戒めている仏道の初歩である。自分は、そのことが、わかっていなかった。草庵を愛することも、閑居の喜びを言葉にして書き記すことも、仏教では「科」であり、往生の「障り」なのだった。長明の心境は、ここまで辿り着いた。『方丈記』の言語も、書き始める前の「無」へと回帰してきた。

なぜなら、長明は、このことを、自ら「心に問ひ」かけたけれども、「その時、心、更に、答ふる事、無し」とあり、「心」からは返事が返って来なかったからである。

ところが、「大福光寺本」の「然ばかりなるべし」は、「それは、それまでのことである」とか、「それは、それだけのことでしかない」という意味になり、閑居を愛するのも、閑居を愛する心を否定するのも、どちらでも同じことだ、と居直るような感じになる。

けれども、江戸時代の人は、流布本で読んで、『方丈記』の最後の最後で、表現者としての長明は進退窮まったと、感じた。ここから、どういう脱出の道があるのだろうか。

『方丈記諷説』は、「何処にも我が法ならぬ法やあると空吹く風に問へど答へぬ」という慈円の和歌を、指摘している。『新古今和歌集』に入集した歌で、『法華経』のすばらしさを、確信的に歌っている。いったいどこに、『法華経』以外の仏法があるのだと問うても、ここにあるという返事はどこからも返って来なかった。返って来なくても、答えは空に遍満している。同じように、長明が「心」に問いかけても、「心」からの返事（反論）はなかった、だから長明は自分の道の正しさを確信した、という理解に『方丈記諷説』は立っている。

このような理解に立つならば、長明が『方丈記』をこれ以上、書かなかったことは、仏道への完全な帰依を意味している。『方丈記』の読者は、長明が言葉に書かなかった「その後」を、自分自身の心で推測したら、長明の気持ちがよく理解できるだろう、というのである。長明は「以心伝心」の境地に達していた、という理解である。

その一方で、「その時、心、更に、答ふる事、無し」には、絶望や諦念、悲しみを感じる読者もいるだろう。和泉式部に、「人問はば如何に答へむ心から物思ふほどになれる姿を」という歌があり、参考になろう。いったいあなたはどうしたのですか、と他人から聞かれても、どう答えてよいのか、わたしにはわからないという、この歌は、悟りや達観からは遠い印象を受ける。しかし、そこに人間としての真率な姿がある。また、慈円の甥に当たる藤原良経(よしつね)にも、「浮き沈み来む世(こよ)はさても如何(いか)にぞと心に問ひて答へかねぬる」という歌があり、「来む世＝来世」で、自分が浮かばれて極楽にいるか、浮かばれずに地獄に沈んでいるか、まったくわからない、という暗い心境を歌っている。

『方丈記宜春抄(ぎしゅんしょう)』という江戸時代の注釈書は、「自(みづか)ら心に問ひて曰(いは)く」の箇所で、「自問なり」と注し、藤原顕頼(あきより)の「一人のみ尋ねいるさの山深みまことの道を心にぞ問ふ」という歌を、参考に掲げている。そして、「心、更に、答ふる事、無し」に関しては、「自問すれど、自答すべき事無(ことな)しとなり。ここに到りては、人々の註解、いろいろにあるべき所(ところ)なれば、暫(しばら)く、これを差(さ)し置(お)く」と述べ、長明に倣(なら)って、「答えを書かない」という姿勢を示している。それもまた、注釈者としての、長明の心に寄り添った答え方であろう。

「更に」は、まったく、……ない、絶対に、……ない、という峻烈な否定表現である。断崖絶壁に、長明は立たされている。そして、『方丈記』には、次のようにある。

不請(ふしやう)の念仏、両三遍(りやうさんべん)を申(まう)して、止(や)みぬ。（「流布本」）

不請阿弥陀仏、両三遍、申して、止みぬ。（「大福光寺本」）

この最後の場面は、『方丈記』に何を求めるか、人生に何を求めるかで、読者一人一人の解釈が大きく変わってくる。居直りか、絶望か、絶対的な仏への帰依（きえ）か、それとも演技（ポーズ）なのか。そもそも、「不請」には、「こちらが望まなくても救いの手を差し伸べてくれる」、「しぶしぶながら」、「正式でなく簡略なこと」、などの多義的な意味がある。『方丈記』の研究者の間でも、解釈が分かれている。

先に私は、本章第一節の末尾部分「芭蕉の『幻住庵記』」において、鴨長明と『源氏物語』の距離は近いと述べた。その視点を援用するなら、『源氏物語』の最後の場面が、参考になるかと思う。浮舟は夢浮橋（ゆめのうきはし）巻で、出家生活を貫くか、還俗（げんぞく）するか、ぎりぎりの断崖絶壁に立たされている。けれども、浮舟は、泣いてばかりで、自分の口から、言葉を発しようとしない。浮舟は、どう生きるのがよいのか。そして、どういう言葉を口にしたらよいのか。研究者の間でも、「浮舟の未来」については結論が出ておらず、読者もさまざまに推測している。

『源氏物語』の浮舟も、『方丈記』の鴨長明も、これ以上、言葉を口にできない、あるいは、言葉を書き記すことができない、抜き差しならない地点まで来た。これ以上書いたら、文学ではなくなってしまうという極北の地点だった。そして、筆は擱（お）かれた。そこまでならば、文学が人間を連れてゆくことができる。文学にできることは、そこまでなのである。

恋愛の道でも、隠遁の道でも、自分の心をひたぶるに見つめれば、「心の原点」あるいは「心の極限点」に到達できる。そのことが、『源氏物語』や『方丈記』の擱筆部分では示されている。ここから後は、読者一人一人の解釈に委ねるしかない。読者は、自分の人生の中で、「自分は、こう解釈する」という解答を見つけねばならない。「自問自答」は、浮舟、つまりは紫式部もということになろうが、紫式部も鴨長明も、完全な形でなし遂げることはできなかった。

＊芭蕉の出した答え

そこで、再び『幻住庵記』を繙いてみよう。深く『方丈記』を読み込み、「幻住庵」という理想の栖での暮らしもまた「幻」であるという真実に逢着した芭蕉は、筆を擱こうとする。彼は、「拙き身の科」を噛みしめている。これは、流布本『方丈記』の「今、草の庵を愛するも、科とす」からの連想だろう。

芭蕉の人生の「科」とは、「或る時は、仕官懸命の地を羨み、一度は、仏籬祖室の扉に入らむ」としたことだった。俗世間では、武士として栄達を志し、出世間しては、仏門で高位に到ろうと願った。けれども、「終に、無能無才にして、この一筋に繋がる」しかなかった。芭蕉には、「たどりなき風雲」と「花鳥」に心を尽くす俳諧の道、たった一つの人生しか、残されていなかったのである。それですら、「いづれか幻の栖ならずや」（どこに、幻の栖でないものがあろうか、どこにもない）という真実に、芭蕉は突き当たった。最後に残った一筋の俳諧の道ですら、幻なのである。そして、『幻住庵記』は、散文の後に、一句を掲げて擱筆された。

先づ頼む椎の木も有り夏木立

夏の烈しい日差しは、人生の過酷さの象徴だろうか。その中にあって、暑さをしのぐ「よすが」として、椎の木がある。「椎の木」は、俳諧の道、風雅の道の象徴だろう。この道しか、ない。だから、芭蕉は、その思いを句に詠んだ。

鴨長明にとっての「不請の念仏」（不請阿弥陀仏）は、芭蕉にとっての「椎の木」であり、「夏木立」だったのだろう。長明には、それしか、残っていない。そしてそれが、「幻」であることは、長明自身がわかっている。

ここで、『方丈記』は、冒頭の一文に戻るのだろう。

行く川の流れは絶えずして、しかも本の水にあらず。澱みに浮かぶ泡沫は、かつ消え、かつ結びて、久しく留まる事無し。（流布本）

「かつ結びて、かつ消える」のではない。消えても消えても、次々に結んでは、新しく湧き上がってくるのが、水の泡である。仕官の夢、宗教家となる夢、文筆家となる夢、その他もろもろの夢が、泡のように結んでは消えてゆく。そして、消えては、また結ぶ。だから、必ず消えてしまう泡であっても、そこに人生を賭けることができる。

『方丈記』の難解な終わり方も、『源氏物語』や『幻住庵記』の末尾を一方に置くことで、解釈を困難にしている霧が徐々に吹き払われてくる。浮舟は、沈黙の後に、どういう言葉を口にしたらよいのか。その真実の言葉を見つけるために、読者は夢浮橋巻を読み終わったら、すぐさま、桐壺巻まで戻って、また読み始めるのである。

もう一例、挙げよう。三島由紀夫の「豊饒の海」四部作の最終巻『天人五衰』は、「寂寞」を極め、「何もない」、「記憶もなければ何もない」庭へと、視点人物である本多繁邦を連れてゆき、そこで擱筆された。そこが、本多の心の揺籃であり、奥津城だった。読者は、その意味を自分なりに理解しようとして、第一巻『春の雪』から再び、そして理解できるまで何度でも読み直すことになる。

3. 終わりという始まり

＊人生の新たな始まり

『源氏物語』の浮舟、芭蕉の『幻住庵記』、そして三島由紀夫『天人五衰』などと「響映」させること、すなわち響き合わせ、それぞれ本質を照射させ合うことで、『方丈記』の到達点を考えてきた。災害記・住居記・閑居記・書斎記・散策記として、それ以後の文学史に多大な影響を与えてきたのが、『方丈記』である。災害の描写と、「住まい」に関して、これほど大きな「基準作」となった作品は、『方丈記』の前になく、後にもない。『方丈記』から、その後の日本文学史、いや日本文化史が流れ始めた。

それと同時に、『方丈記』は、「人は、なぜ生きるのか」という根源を鋭く問いかける「人生論の書」だった。それを、『源氏物語』のような物語でも、『天人五衰』のような小説でもない、新しい散文スタイルで提示したところに、『方丈記』のもう一つの達成があった。なお、発句を含む芭蕉の「俳文」は、芭蕉が創出した新しい文学スタイルだった。と同時に、和歌と散文が融合していた王朝文学の新生でもあった。

緊密な構成と、正確無比な叙述によって、一直線に思索を深めた『方丈記』は、和歌を含まぬ短い散文である。むしろ、短い散文であるゆえにこそ、中世初期の散文スタイルの典型となったのだった。そして、中世には、もう一つ、独自の散文スタイルを発明し、その後の日本文学史を大きく変えた、散文集としての『徒然草』が書かれることになる。

『枕草子』と『方丈記』、そして『徒然草』の三つの作品を、統一的な基準で包括する文学上の尺度は、存在しない。けれども、突出した新しい表現空間を切り拓いた個性と独自性という点、および、作品内部で和歌を生産せず、和歌から自立した散文世界を創出したという点で、これら三作品は新たな文学領域を開拓したと言えよう。

次章からは、『徒然草』を読み進めてゆこう。

引用本文と、主な参考文献

・簗瀬一雄『方丈記全注釈』（角川書店、一九七一年）
・大曾根章介・久保田淳編『鴨長明全集』（貴重本刊行会、二〇〇〇年）
・簗瀬一雄『方丈記諸注集成』（豊島書房、一九六九年）
・中野孝次『すらすら読める方丈記』（講談社文庫、島内裕子解説、二〇一二年）
・『幻住庵記』は、『松尾芭蕉集』（「日本古典文学全集」「新編日本古典文学全集」）などで読める。
・島内裕子『方丈記と住まいの文学』（左右社、放送大学叢書、二〇一六年）

発展学習の手引き

・作品の始まりと終わりに注目しながら、古典から現代までの名作を読んでみよう。たとえ、綿密な構想ノートがあったとしても、執筆という行為は、書き始める前には想像もできなかった精神の地平へと、書き手を連れてゆく。読者も、作品を読むことで、これ以上は先へ行けないというぎりぎりの場所へと、連れて行かれる。そこから、次の第一歩をどのように踏みだすか。それが、文学と人生の相関関係を生みだすことになるだろう。

7 『徒然草』とは何か

《目標・ポイント》 『徒然草』を、日本文学史全体の中での分水嶺として位置づける。あわせて、『徒然草』のどこに、日本文化を大きく変える力があったのかについて、考察を深める。

《キーワード》 文学史、教養古典、基準作、見ぬ世の友、兼好、『兼好法師集』、古典性と現代性

1. 日本文学史の折り返し点

＊分水嶺としての『徒然草』

日本文学は、長い歴史を持つ。文字として記述される以前にも口誦(こうしょう)文芸があり、宗教性を帯びた芸能も演じられてきた。ただし、文字として記された文学の嚆矢(こうし)を、『古事記』(七一二年)に求めるならば、現在までに、およそ一三〇〇年にわたる文学作品の蓄積があることになる。その中間点、あるいは折り返し点は、十四世紀の前半から中頃にかけて、となる。まさに、その頃に成立したのが、『徒然草』である。

『徒然草』には、『徒然草』以前の日本文学の膨大な蓄積が注ぎ込んでいる。『徒然草』以前の文

学は、『徒然草』という作品の内部で、集約され、凝縮された。そして、『徒然草』から新しい文学の潮流が生まれ、やがて江戸時代に木版印刷によって古典文学が出版されるようになると、広く浸透していった。

日本文学における「蓄積」→「集約」→「浸透」という流れが、『徒然草』によって成し遂げられたのである。

『徒然草』は、単に時代的に見て、日本文学史の分水嶺であるだけでなく、文学・文化の内実に照らし合わせてみても、大きな分水嶺だった。『徒然草』は、それ以前の文学と、それ以後の文学を繋ぎ合わせるだけでなく、大きく変容させているからである。

＊『徒然草』以前

ごく簡単に、『徒然草』以前を辿っておこう。『古事記』や『万葉集』が成立した八世紀は、日本文学の黎明期だった。けれども、これらの作品の研究が本格化したのは近世以後であり、長く日本文化を主導したのは、平安時代の文学だった。

十世紀初めの『古今和歌集』（九〇五年）が、勅撰和歌集の時代を開いた。ここに、「和歌文化」の規範が誕生したのである。十一世紀初め（一〇〇八年頃）には、『源氏物語』が成立した。また成立年代は確定されていないが、歌物語の『伊勢物語』も、『源氏物語』以前の作品である。

『古今和歌集』『伊勢物語』『源氏物語』が一体となって「王朝文化＝源氏文化」という名の「総合古典」に成長していった。この総合古典の強みは、和歌と散文のそれぞれの「規範」を明確に示し得た点にある。

＊変化と、その兆し

「総合古典」がそれまで果たしてきた役割に大きな節目が訪れたのは、一八六八年の明治維新を起点とする近代社会においてであった。近代の文学・文化は、『源氏物語』に代表される王朝文化を直接の推進力とせずに、動き出したからである。なぜそのような文化的な変化が起きたのだろうか。変化というものは、ある時、瞬間的に起きると見えて、その背後では、変化への兆しが芽生え、成長し、臨界点になった時に、まるで突然のように起こるものである。このことは文学に限らず、自然界の現象や、社会・経済・政治などの諸領域においても、おそらく同様であろう。

そのように考えると、『源氏物語』と明治維新の中間点あたりに、既に新しい変化への胎動が生まれていたのではないか。つまり、十五世紀の前半における文学的な新傾向に注目するなら、まさにその頃に、『徒然草』が正徹（一三八一～一四五九）という歌人によって書写されている（一四三一年）。それだけでなく、正徹は、自らの歌論書『正徹物語』の中で、『徒然草』の素晴らしさと、兼好の稀有な批評精神も絶賛した。

正徹の書写本、すなわち「正徹本徒然草」が、現存する最古の『徒然草』である。書写年代のわかる写本と、『徒然草』自体の文学性への正徹による評言。この二つによって、『徒然草』は文学史の中に、明確に刻印されたのである。ちなみに、それ以前における『徒然草』の流布状況は不明で、正徹以前には、『徒然草』のことに誰も触れていない。

『徒然草』は、思索の深化を簡潔明晰に提示する新しい「批評文学」であり、その思索の展開性を記述する新しい散文スタイルを開発することに成功した。それが、以後の文学史に新しい文学潮流を付け加えた。源氏文化などの総合古典だけでは、批評精神を表出し尽くせないもどかしさを、

『徒然草』が補ったことが、徐々に人々の間で認識されるようになったのである。

＊『徒然草』以後

近代になると王朝文学の直接的な影響力は薄れてくるが、江戸時代までは、依然として「総合古典」たる「古今・伊勢・源氏」の文化力は大きかった。ところで、勅撰和歌集の歴史を見ると、室町時代に『新続古今和歌集』が編まれ（一四三九年）、これが最後の勅撰和歌集となった。王朝以来の和歌文化は、応仁の乱（一四六七年）の勃発がもたらした乱世によって、大きな節目を迎えたのである。ただし、「総合古典の文化力」は、むしろこの時代から浸透期に入ると見てよいだろう。歌人に替わって台頭した連歌師たちによって、総合古典は日本各地へ伝播されてゆくし、『源氏物語』の研究も飛躍的に進展した。と同時に、『徒然草』に関しても「新古典」とでも呼ぶべき位置づけが、徐々になされていった。まだわずかな用例しか見出せないでいるが、連歌集などを読むと、時折、『徒然草』を共通の文学知識とするからこそ成り立つ付合が見られるからである。

十七世紀に入るや、『徒然草』の本文・注釈書などが多数、出版された。ここに、『徒然草』は「総合古典」と肩を並べつつ、人々の「今を生きる指針」たり得る「教養古典」の代表となった。

十八世紀初めには、井原西鶴、松尾芭蕉、近松門左衛門たちの活躍があった。彼らは、源氏文化だけでなく、『徒然草』にも共感を示した。その痕跡が、元禄文化の開花の中に見出せる。文化の中心は、少しずつ、京都から江戸へ移って行った。そのことは何を意味するのか。文学の担い手も変化した。王朝貴族文化とは異なり、江戸の武士や庶民が担う新しい文化の中で、『徒然草』は、「総合古典」とは、ひと味違う、清新な文学として、多くの人々に受け入れられてゆく。人々は、『徒然草』の散文スタイルを読んで楽しむだけでなく、『徒然草』の散文スタイルで、自分自身の個性的な思索を記述する喜びを知った。それが、明治以降の近代文学に決定的な影響を与えたのである。

2. 日本文学の「基準作」

＊基準作は複数ある

前章で、『方丈記』を「基準作」として位置づけた。「住居」「閑居」「書斎」「散策」などをテーマとする作品を読む場合、それらの作品群を統合し、評価する際のスケール（測定器）となるのが『方丈記』である。基準作を持っていると、作品を読む際に、この部分が、ある基準作に、このような影響を与え、また、この部分が、その基準作によって乗り越えられた、と気づくことが可能となり、作品相互の関係性が明らかになる。つまり、文学史を構想する際の「基準」となり得る、古典中の古典が、基準作なのである。

明治以前の和歌を考える際には、『古今和歌集』が基準作である。ただし、近代になって正岡子規が登場するや、近代短歌の基準作は『万葉集』へと変更された。文語文で散文を書き記した作品の基準作は、『源氏物語』であった。物語以外のジャンル、たとえば日記や紀行文の場合でも、『源氏物語』によって、その文学性を測定できない作品は、ほとんど存在しない。逆に言えば、『源氏物語』だけでは測定しきれない作品が出現した時が、新たな文学が胎動した起点となる。

『古今和歌集』と『源氏物語』とによって、日本文学史の韻文と散文のほとんどすべては測定可能である。けれども、中世になって、『方丈記』と『徒然草』が書かれたことは、日本文学を測定する新たな基準作が登場したことを示すものであった。

『方丈記』の周りに引き寄せられる作品群は、「住まいの文学」という新しいジャンルを立ち上げることによって、包括できる。一方、『源氏物語』を補う新しい基準作として、『徒然草』を位置づけたい。物語文学は、作品内部の時間の進行から自由になり得ない限界を持っている。『徒然草』は、時間の経過と切り離されて、自由に思索を巡らし、心に浮上してきた事柄を存分に思索の対象とする「批評文学」である。そのような新しい文学の地平が、『徒然草』によって明確に示された。

二十世紀初めには、近代文学の双璧として、森鷗外と夏目漱石が活躍した。彼らは、「和漢洋」の膨大な知識の「体現者＝集積者」であり、その「和」の要素の中には『徒然草』を核心とする教養古典もあった。鷗外も漱石も、小説と批評が車の両輪のように機能して、豊かで深い文学世界を切り拓いたが、彼らの文学には、『徒然草』の批評精神や自己認識の系譜が垣間見られる。

＊基準作としての条件

基準作であるためには、「百科全書」ないし「百科事典」のような性格が必要である。たとえば、『源氏物語』では、膨大な登場人物たちの個性が特徴的に描き分けられている。そして、彼らの登場する印象的な場面がたくさんある。多くの場合、彼らの性格や、印象的な場面には、指標となる「言葉」が付随している。

たとえば、樋口一葉が書き残した日記の中に、『蓬生（よもぎう）日記』がある。『源氏物語』の蓬生（よもぎう）巻がなかったならば、一葉の『蓬生日記』は誕生しなかった。一読したら必ず記憶に刻印される印象的な顔立ちの姫君が、『源氏物語』に登場して、末摘花（すえつむはな）と呼ばれている。末摘花は、光源氏の訪れをひたすら待ち続け、極貧に沈んだ。一葉の『蓬生日記』には、自らの一家の貧窮を示す意味合いもあった。

また、恋愛小説を読んでいて、恋文が別人の手に渡ってしまうという趣向があったならば、これは、柏木（かしわぎ）と女三（おんなさん）の宮（みや）の秘密が露見してしまう若菜下（わかなげ）巻の再現だということになる。

＊見ぬ世の友

『徒然草』もまた、文学・思想・教訓・実用書・美術などに、さまざまな波紋を広げてきた。『方丈記』が「住居」に特化した基準作であったことと対照的に、『徒然草』は多くの点で「基準」を提供している。

一例だけ挙げると、『見努世友（みぬよのとも）』という国宝の古筆手鑑（こひつてかがみ）集がある（出光美術館蔵）。タイトルは、『徒然草』第十三段の、「一人（ひとり）、燈火（ともしび）の下（もと）に、文（ふみ）を広げて、見ぬ世の人を友とするぞ、こよなう慰む業（わざ）なる」に基づいている。また、江戸時代初期の仮名草子（かなぞうし）に、『見ぬ世の友』という作品もある。また、文人たちの墓所を探訪した『見ぬ世の友』という雑誌も、明治時代初期に発刊されている。江戸時代後期の儒学者・脇蘭室（わきらんしつ）には『見し世の人の記』という作品があり、「見ぬ世の友」を踏まえつつ、反転させている。『徒然草』の「見ぬ世の人を友とする」という一節は、現在、「見ぬ世の人」という部分を切り出して、古語辞典や『広辞苑』にも立項されるほどに浸透している言葉である。江戸時代の松尾芭蕉が、「梅が香や見ぬ世の人に御意（ぎょい）を得（う）る」（『続寒菊集』）と詠んだのは、単なる言葉の引用ではなく、『徒然草』の世界への共感ゆえであろう。

「見ぬ世の友」という一語からだけでも、一つの文学史が構築できる。私は、『徒然草』の広範な影響力の総体を、「徒然草文化圏」と名づけている。「方丈記文化圏」よりは大きいけれども、「源氏文化圏」よりは小さい。ただし、『徒然草』は『源氏物語』よりも数百年も遅れて、古典として認識された作品である。江戸時代の人にとって、『徒然草』は自分たちの時代に最も近い時期に成立した古典であるがゆえに、同時代文学と言ってもよいほどの親近感で、大いに迎えられた。

何よりも、『徒然草』は日常生活の中で生きている。肝腎なことを知らずにいた時には、「先達(せんだち)は、あらまほしき事なり」という『徒然草』第五十二段が、自然と口に出る。こみ入った仕事が、あと少しで完了しそうだという時には、「過(あやま)ちは易(やす)き所に成(な)りて、必ず仕(つかまつ)る事に候(さうらふ)」という第百九段の言葉が、脳裏をよぎる。桜が散り、月に雲が懸かれば、「花は盛りに、月は隈無(くまな)きをのみ見るものかは」という第百三十七段の言葉が思い浮かぶ。第五十五段の「家の作り様(やう)は、夏を旨(むね)とすべし」も、格言のようになって、よく引用される。人生の基準作として、現代でも『徒然草』は生きている。そこが、日常生活の中での基準作ではなくなりつつある源氏文化圏と比べて、徒然草文化圏の独自性であろう。つまり、『徒然草』には現代性が顕著であるということである。このような『徒然草』の文化的な意義を考えることで、現代に至るまでの徒然草文化圏を探究してゆきたい。

3. 兼好の人生と兼好伝説

＊謎の多い実人生

兼好の実人生は、よくわかっていない。江戸時代は「吉田兼好」あるいは「吉田の兼好」と呼ばれることも多く、現代でも、『日本国語大辞典』が「吉田兼好」で立項しているように、「吉田兼好」と表記する書物も多いが、出家前の俗名は「卜部兼好(うらべかねよし)」、出家後は「兼好(けんこう)」と称した。

生没年も未詳だが、通説では一二八三年頃に生まれて、一三五二年頃に没したと考えられている。江戸時代の版本で、挿絵が入っている場合には、特に序段の場面など、僧服を纏(まと)った人物として描かれることが多いので、『徒然草』を執筆したのが出家後のような印象を与えるが、正確な執筆時期もわかっていない。

『徒然草』には鎌倉などの東国体験が書かれていることから、東国との関連がさまざまに推測され、兼好が東国武士の出身であるとする説も唱えられたりするが、これからの研究の推移を見守りたい。ただし、『徒然草』を読むと、『古今和歌集』『伊勢物語』『源氏物語』『枕草子』『方丈記』など、現代まで古典として読み継がれている書物のみならず、政治書・法令・有職故実書・医学書など、さらに中国の歴史書や思想書、そして仏典など、非常に幅広い書物を参看している痕跡が明確である。兼好は、読書人であり、その知識・教養が、兼好を執筆家へと変貌させたと考えてよいだろう。

兼好の生涯にわたる伝記的な事実は未詳であるが、室町時代以来、現代まで読み継がれてきた『徒然草』こそが、兼好の肖像に他ならない。

話は少し逸れるが、たとえば、紫式部の本名も生没年も、未詳である。『紫式部日記』や当時の男性貴族たちの漢文日記を手がかりにしても、紫式部の伝記には空白が多く、『源氏物語』の作品解釈に伝記的記述を活かせない、もどかしさがある。けれども、文学作品への理解は、作品そのものの中から読み取ったものを、読者が自分の心の中で育ててゆくことによって、深めることが可能なのではないだろうか。

＊『兼好法師集』と兼好伝説

紫式部の伝記や人となりを考えるうえで、たとえ少しでも参考になるものとして、『紫式部日記』や『紫式部集』があるように、兼好にも『兼好法師集』（『兼好法師家集』『兼好家集』などとも）

がある。兼好自筆の自撰家集が、加賀前田家の所有となり、現在も前田育徳会尊経閣文庫の所蔵である。江戸時代には版本で刊行された。昭和五年には複製本も刊行されている。

兼好の和歌は、『徒然草』の知名度と比べると、現代ではあまり知られていないかもしれないが、その中のいくつかの歌は、江戸時代には、兼好の伝記と関わる歌として、注目されていた。

双の岡に無常所、設けて、傍らに桜を植ゑさすとて

契り置く花とならびの岡の上にあはれ幾世の春を過ぐさむ

「双の岡」は、現在の「双ケ岡」のことで、仁和寺の南側にある。仁和寺の法師たちのことは、『徒然草』にも登場する。その仁和寺の近くの双ケ岡に、生前に墓所を造り、桜を植えた。死んでも花と一緒であることを願ってのこととは言え、あと何年くらい毎年桜の花を見られるだろうか、という内容である。ちなみに、双ケ岡の麓にある長泉寺には、兼好の墓と言われる小さな石碑があり、江戸時代に書かれた兼好伝に、そのことが記されている。

「花とならびの岡」は、「花と並び」の掛詞である。和歌では、「松とならびの岡」という表現が詠まれることが多いが、『源氏物語』研究でも名高い耕雲（花山院長親、?〜一四二九）に、「咲く花にならびの岡の松が枝もまた十返りの春や待つらむ」という歌がある。常緑樹の松に力点があるが、その松が、桜の花と並んで詠まれている。兼好の和歌と、一脈通じるものがある。

兼好の墓と伝えられるものは、伊賀の国見山にもある。ここは、江戸時代の兼好伝説によれば、兼好が没したとされる場所に当たる。伊賀上野の出身である芭蕉も、国見山の兼好塚に関心を持

国見山の兼好塚（三重県伊賀市種生）

ち、そのことを弟子に宛てた手紙に、書き記している。国見山の麓の常楽寺には、江戸時代の兼好伝説を伝える貴重な資料が多数伝えられている。

さらに、兼好の墓と伝えられるものは、岐阜県と長野県の県境に近い恵那にもある。それは、『兼好法師集』の次の歌と関わっている。

住めばまた憂き世なりけりよそながら思ひしままの山里もがな

この歌は、藤原定家の嫡流である二条為世の門下の「和歌四天王」の一人でもあった兼好の代表歌として知られ、十八番目の勅撰集である『新千載和歌集』にも入集している。現存最古の兼好の肖像画とされる狩野探幽筆の「兼好画像」（神奈川県立金沢文庫蔵）にも、この和歌が添えられている。さらに、著者は未詳であるが、南北朝から室町時代にかけての成立とされる説話集『吉野拾遺』には、初句が「ここもまた」という本文で、収められている。この歌にまつわる説話として、かつて兼好は木曾の山中で、心に適う閑居の地を発見し、そこに庵を結んだが、国守が鷹狩で殺生をしているのを見て、嫌気がさして、当地を離れた、となっている。

佐佐木信綱（一八七二～一九六三）の歌集『思草』に、「大木曾やをぎその山の山おろしに千年の老木空に声あり」「ますぐなるひとすぢ道のつれ〴〵に折りてはすつる秋草の花」「わたし待つ翁媼の物語かゝる所もうき世なりけり」という三首が連続して載っており、「住めばまた（ここもまた）憂き世なりけり」の歌との関連が考えられる。

また、奇想の作家とされる国枝史郎（一八八七～一九四三）は長野県の出身だが、その代表作『神州纐纈城』に、男が理想郷に紛れ込むが、そこが真の理想郷ではないと痛感する事態が起きた、という場面がある。男は、「平和の楽土では無かったのだ。此処も矢張り浮世だったのだ」と悟った。佐佐木信綱と言い、国枝史郎と言い、彼らの作品世界もまた、広義の「徒然草文化圏」に属しているのではないか。都から逃れても、どこにも、理想郷はない。どこに住んでも、憂き世（浮世）からは遁れられない。それを知った時から、本当の生き方への模索が始まる。

＊阿波の鳴戸は波風も無し

江戸時代初期の儒学者である林羅山は、『徒然草』の詳細な注釈書である『野槌』を書き著したが、その冒頭部で、兼好の和歌を集成している。先に取り上げた自筆自撰の『兼好法師集』が前田家に所蔵されているのが明らかになったのは、羅山の息子の時代であった。それまでは、兼好の歌と言えば、勅撰集入集歌は、ある程度知られていても、それらの和歌を一望の下に目にする機会はなかった。それを羅山が、一覧できるように、『野槌』の冒頭で集成したのである。その中に、「また、兼好が歌なりとて、或る人の語りしは」として、次のような異色の和歌が挙げられている。

　世の中を渡り比べて今ぞ知る阿波の鳴戸は波風も無し

人生の厳しさは、激しく渦巻く「阿波の鳴戸」よりも、格段に厳しくて辛いものである、という意味である。江戸時代に続々と刊行された『徒然草』の注釈書の中で、挿絵によって本文を注釈するという画期的なアイデアを提示した『徒然草絵抄』の巻頭には、「兼好法師徒然筆作図像」という、兼好の肖像と共に、この「世の中を渡り比べて……」という和歌も書き込まれている。

興味深いことに、この歌は『歌俳百人選』（一八四九年）という、幕末にまとめられたアンソロジーでは、儒学者の荻生徂徠の歌だとされている。林羅山と荻生徂徠。羅山は朱子学者であり、徂徠はその朱子学を乗り越えようとして、中国宋代の朱子以前に溯って儒学を研究する古文辞学を唱えた。江戸時代を代表する、対照的な二人の儒学者であるが、彼らはいずれ劣らぬ「知の巨人」である。

人生の厳しさから目を逸らさず、逆風に真向かって生き抜こうとする根幹に、兼好に仮託された和歌があった。

『徒然草絵抄』の巻頭。庭の部分（画面左側）に、「世の中を」の和歌が記されている。

「阿波の鳴戸」の歌は、歌の調べからして、兼好の時代よりも後の、いわゆる道歌(どうか)、すなわち教訓歌であり、この歌自体に深遠な思索性が感じられず、兼好が詠んだとは、とうてい信じられない。しかし、そのことを承知のうえでなお、この伝兼好歌が、江戸時代の人々の心に浸透したことには、注目しなければならないだろう。『徒然草』は、優れた教養人であり、読書人であった兼好によって書かれた思索的な書物である。その一方で、日常生活の中で誰しもが感じたり、体験したりする内容も書かれているし、滑稽な話もある。

徂徠が生まれる前に書かれた羅山の『野槌』に「阿波の鳴戸」の歌が掲載されているからには、これが徂徠の作であるはずもない。あくまでも、後世の人が徂徠に仮託したに過ぎない。けれども、無関係な仮託がなされるはずもなく、徂徠と兼好には共通する人生観もあったのだろう。そこを敏感に感じ取った江戸時代の人々の感性は、再評価されるべきだと思う。

4．今を生きる

＊現代の批評家と『徒然草』

『徒然草』は、現代の批評家たちによって、これまでになく、深く読み込まれている。時代が経過するにともない、それまでとは違う視点から光が当たるからであろう。小林秀雄（一九〇二～八三）のエッセイ『徒然草』は、文庫本でわずか三頁ほどの短かさだが、兼好を「文章の達人」と捉え、『徒然草』が書かれたことを「空前の批評家の魂が出現した文学史上の大きな事件」とした。

小説家・独文学者の中野孝次（一九二五～二〇〇四）は、『徒然草』を人生の指針として仰いできたという。中野自身の文学体験の蓄積に裏打ちされた深い洞察が、彼の古典評論『すらすら読める徒然草』に反映している。中野には、『我等が生けるけふの日』や『存命のよろこび』など、『徒然草』の中に見られる言葉を題名とする著作もある。現代日本を生き抜く知の力を求めた中野は、青年時代以来、永く『徒然草』の思想と向かい合ってきたのだった。

＊『醒睡笑』の忠告

安楽庵策伝（一五五四～一六四二）の『醒睡笑』（十七世紀前半）は、笑い話を中心に集めた咄本である。その中で、『徒然草』に触れるものがある。

　些と、仮名をも読む人の言ひけるは、「この程、『徒然草』を、再々、見て遊ぶが、面白う候よ」とありしかば、その座に居たる者、差し出でて、「構へて、口当たり良しと思うて、多くを参るな。徒然草の和へ物も、過ぐれば毒ぢやと聞いたに」。

『徒然草』には、ユーモラスな話がたくさんあるので、読んでいて楽しい。けれども、人生とは何か、突き詰めて問いかける、真摯な段もある。『徒然草』は、決して軽くて面白いばかりの読み物ではないということに、警鐘を鳴らしているのだろうか。書名の『徒然草』を、草に取りなし、野草の和え物に仮託した、含蓄ある笑い話である。

『徒然草』は、「今、ここ」で生きる自分の意味を、問いかける。その答えは、『徒然草』の中にある。『方丈記』の最後に発せられた自問自答は、不完全なまま残されたというよりも、「答えは出ない」という答えを出した。さらに文学史的に言うならば、『方丈記』以前の、『源氏物語』の最終場面の浮舟も含めて、自分自身が生きることの意味と意義を模索する精神を受け継いだのが『徒然草』なのではないか。

新鮮でなければ古典でなくてそのことだけがその生命を保証している。

これは、吉田健一が中島敦の文学を評した言葉であるが、そのまま『徒然草』の本質を述べているると、私には思われる。日本文学史の全体像と響映させつつ、『徒然草』を清新な現代文学として位置づける読み方を、次章以後で提起したい。

引用本文と、主な参考文献

・島内裕子『兼好　露もわが身も置きどころなし』（ミネルヴァ書房、二〇〇五年）
・島内裕子『徒然草文化圏の生成と展開』（笠間書院、二〇〇九年）
・小林秀雄『モオツァルト・無常という事』（新潮文庫、一九六一年、『徒然草』を所収）
・中野孝次『すらすら読める徒然草』（講談社文庫、二〇一三年、解説・島内裕子）

発展学習の手引き

・本章では、『徒然草』を日本文学における分水嶺と見なして、「基準作」とした。しかし、「基準作」は一作品に限るものではない。自分自身の読書体験を基盤として、「私の基準作」を見つけてみよう。単なる愛読書というよりも、その基準作が、国内外を問わず他の作品との関係性を明らかにするものである時、文学の世界が、自分の心の中で、統合集約されるであろう。

8 『徒然草』の始発

《目標・ポイント》『徒然草』の冒頭部分を読みながら、『枕草子』『方丈記』『源氏物語』『伊勢物語』などとの距離を測定する。あわせて、「読書人兼好」の意義を、絵画化された肖像画を通して考える。
《キーワード》 序段、第一段、第二段、第十三段、第四十三段、肖像画

1．序段と第一段

＊テーマを決めないで書くという選択

『方丈記』は、「人と栖（すみか）」にテーマを限定して書くという宣言が、冒頭でなされた。それが、『方丈記』という作品の輪郭を明確に際立（きわだ）たせた。それに対して、『徒然草』は、序段で、『方丈記』とは正反対の執筆方針を宣言する。

徒然（つれづれ）なるままに、日暮（ひぐ）らし、硯（すずり）に向かひて、心にうつりゆく由無（よしな）し事（ごと）を、そこはかとなく書き付（つ）くれば、あやしうこそ物狂（ものぐる）ほしけれ。

一つ一つの言葉には、釣針のような尻尾が付いていて、それが別の言葉を釣り上げてくる。どんな言葉が釣り上げられるか、その言葉がどのような思いを自分に抱かせてくれるか、それは実際に書いてみなければわからない。だから、自分は、テーマを決めないで書き続けよう。これから書くことで、どんな自分と出会えるか。その不安と期待の高まりが、「あやしうこそ物狂(ものぐる)ほしけれ」という言葉の背後にはある。

＊「いでや、この世に生まれては」

それでは、兼好の心に最初に浮上してきたことは、何だったのだろうか。

記念すべき第一段は、「いでや、この世に生まれては、願はしかるべき事こそ多か(ン)めれ。御門(みかど)の御位(おほんくらゐ)は、いとも畏(かしこ)し」と起筆された。

開口一番が「いでや」であるのは、この一言に至るまでの、心の鬱屈(うっくつ)の反映ではないだろうか。「いでや」は、「いや、もう、まったく」という意味の感動詞で、不満や困惑、反発など、否定的なニュアンスを含む語であるとされる。序段は、最初からこの位置にあったのではなく、ある時期に書き足されたとする説もあるが、序段の「あやしうこそ物狂(ものぐる)ほしけれ」を踏まえて、「いや、もう、まったく、困ったことだが」という自然な流れで、第一段が書き始められたと考えたい。

それでは、兼好にとって、「心にうつりゆく由無し事(よしなしごと)」として、真っ先に浮上してきたことは、何だったのか。それが兼好自身も否定的にならずにはいられないような、人間の限りない願望や理想の存在だった。そしてそれらは、この世に生まれたからこそのことである、という認識も込められている。生きている以上、求めずにはいられない願い。

「この世に生まれては、願はしかるべき事」とは、約言すれば、「願はしき物」「あらまほしき物」である。それを次々と挙げてゆく書き方は、『枕草子』の「物尽くし」、すなわち「列挙章段」のスタイルである。兼好は、『枕草子』の表現スタイルを借りて、書き始めた。まずは、理想と願望を語るところから、『徒然草』が始まる。

『徒然草』が『枕草子』の表現スタイルを借りて誕生したと言うと、意外な感じを受けるかも知れない。けれども、実際に、この第一段には清少納言の名前も出しており、自由に散文を書き綴った先達として、清少納言と『枕草子』のことを、兼好が明確に意識していたことを覗わせる。

兼好にとっての「願はしき物」の筆頭が、天皇の位であったことにも驚かされるが、筆に任せて書くとは言いつつも、視野を大きく広げて、この世のさまざまなことがらを検証してみようとする綿密さが、兼好にはあった。『徒然草』は出発点において早くも、兼好が思索的で、探究的な人物であることを垣間見せる。

第一段では、天皇、皇族、摂政関白、貴族、法師と、さまざまな社会的階層を検証しながら、貴族階級の中でも浮沈があり、仏道一筋であるべき僧侶たちでさえ、驕り高ぶる態度が見られることなど、鋭い観察が示される。

階層・身分という外的な枠組みの次には、内面的な「願はしき物」として、容貌、心、教養へと話題を移す。身に付けたい教養も、数多く列挙している。漢詩文、和歌、楽器の演奏、宮廷のしきたりや故実に通暁していること、書道など、多方面に渉る。さらに宴会でのたしなみとして、よい声で歌ったり、ほどよく酒を飲めることも挙げて、「下戸ならぬこそ、男は良けれ」という言葉で、この段を締めくくる。第一段からして、緩急自在な、心憎い書きぶりであるが、人間が心に内包する、数々の願望や理想を正視していることが眼目である。

＊『徒然草』の章段区分

さてここで、『徒然草』の章段区分について、一言、述べておこう。江戸時代以前は、書物は筆写によって伝来してきた。それが江戸時代になって、木版印刷で出版されるようになると、書物の流通も広範囲になる。『徒然草』は、近世初頭から原文の出版点数も多く、また、早い時期から注釈書も種々刊行された。『徒然草』は、近世以前の写本においては、章段に区分されているものは見られないが、江戸時代になると、序段・第一段・第二段……第二百四十三段という区切り方が一般化し、現代に至るまで、序段を含めて全二百四十四段の章段構成で人々に浸透してきた。『徒然草』の内容を多くの人々が理解し、「教養古典」にして「共有古典」として現代でも人気があるのも、適切な章段区分と章段番号による読みやすさが基盤になっている。

＊第一段と『源氏物語』

さて、第一段の内容について、さらに文学的な背景に踏み込んでみよう。第一段は、『枕草子』の列挙章段のスタイルに倣っている。だからこそ、「法師」に言及する際に、「『人には、木の端の様に思はるるよ』と清少納言が書けるも、げに、然る事ぞかし」と述べ、清少納言の名前も明記したのである。ところが、身分や地位の理想の検討を終えて、内面の理想へと話題を移す場面になると、今度は『源氏物語』の思想が流入してくる。

第一段には、「品・容貌こそ、生まれ付きたらめ、心は、などか、賢きより賢きにも、移さば移らざらむ」とある。この箇所が、『源氏物語』の帚木巻で展開されている「雨夜の品定め」に拠っていることを、近世初頭の『徒然草』注釈書である『徒然草壽命院抄』は、見逃さなかった。

ちなみに、『徒然草』の数ある古注釈書（近代以前の注釈書の総称）の中で、最古の『壽命院抄』

（秦宗巴、一六〇四年）、儒学者で碩学の林羅山による『野槌』（一六二一年）、貞門俳諧の始祖であり、歌学者でもある教養人の松永貞徳による『なぐさみ草』（一六五二年）という三つの注釈書は、これから何度も参照することになろう。『壽命院抄』は、室町時代の伝統的な古典学を伝えており、『源氏物語』や和歌の研究史を、『徒然草』の注釈に援用している。『野槌』は、典拠の指摘が豊富であることと、兼好の思想を朱子学の観点から論じている点に特色がある。『なぐさみ草』には、『徒然草』のほとんどの段に挿絵が付いている点が、特筆される。

＊三界唯一心

さて、「品・容貌こそ」について、『壽命院抄』は、帚木巻の「雨夜の品定め」の本文を引用したあとで、『源氏物語』の注釈書である一条兼良の『花鳥余情』（一四七二年）が、外見よりも心を重視するのは、仏典の「三界唯一心」の教えであり、これが『源氏物語』全編の主題である、とする点に触れている。つまり、『壽命院抄』は、『徒然草』第一段の表現は、『源氏物語』全編の主題とも関わる、と言うのである。

ところで、江戸時代から明治に至るまで読まれた『方丈記』の流布本に、「一条兼良本」と呼ばれる本がある。この呼称は、一条兼良が書写した本を、さらに転写したことに由来し、兼良と『方丈記』の密接な繋がりを思わせる伝本である。しかも、本書の第五章で触れたように、鴨長明の『方丈記』には、「夫、三界は、唯、心一つなり」という一節があった。そもそも『方丈記』は、『源氏物語』のように恋愛のことを書くことはせず、ひたぶるに自分の生き方と栖の問題を探究してきた。その『方丈記』と『源氏物語』を、「三界唯一心」という同じ尺度で批評することが可能になるのである。『方丈記』によって、室町時代の『源氏物語』の解釈が深まったのではないか、という推測すら浮かんでくる。

一条兼良の『花鳥余情』は、『徒然草』よりも後の成立である。兼好の没後、百年以上が経(た)っている。それでは、さらに考えを進めて、その兼好の著した『徒然草』に、『花鳥余情』を引用する『壽命院抄』の注釈姿勢は、いったい何を物語っているのだろうか。

＊時代の変化と文学解釈の深化

応仁の乱という乱世の到来が、『源氏物語』と『徒然草』を、同じような思想を表明した文学だと理解する機運を醸成したのではないか。『壽命院抄』は、その冒頭で、次のように書いている。

> 草子ノ大体ハ、清少納言『枕草子』ヲ模(モ)シ、多クハ『源氏物語』ノ詞ヲ用(モチ)フ。作意ハ、老・仏ヲ本トシテ、無常ヲ観ジ、名聞ヲ離レ、専ラ無為ヲ楽シマン事ヲ勧メ、傍(カタハ)ラ節序(セツジョ)ノ風景ヲ翫(モテアソ)ビ、物ノ情ヲ知ラシムル者乎(モノカ)。

『枕草子』の記述スタイルと、『源氏物語』の語彙によって、老荘思想や仏教思想や和歌的な情緒を表現したものが『徒然草』だと、『壽命院抄』は述べている。『徒然草』執筆の「作意」が簡潔にまとめられている。老荘思想と仏教、自然界への親しみが『徒然草』の根底にあることを、よく読み取っている。「作意」とは、表現意図のことである。ただし、『徒然草』が「『源氏物語』ノ詞ヲ用」いているならば、おのずと『源氏物語』の作意も取り込むことになるだろう。『源氏物語』の作意もまた、「老・仏ヲ本トシテ……」だと中世後期には理解されていたこととも繫がってくる。『源氏物語』の最初の本格的な注釈書である『河海抄』には、『源氏物語』が『荘子』の寓言と近いという指摘がなされている。

このように考えを進めてくると、『徒然草』には、「物語ではない『源氏物語』」という、新たな定義が浮かび上がってくる。『源氏物語』が、いつの間にか『方丈記』や『徒然草』に近づいてきていた。正確に言うならば、室町時代における「源氏理解」は、鎌倉時代における『方丈記』や『徒然草』といった、思弁的な人生論の書物の出現を受けて、変化してきたのではないか。『源氏物語』を人生論や人生観の文学として読む読み方は、『方丈記』や『徒然草』への内容理解と連動している。『壽命院抄』が第一段で読み取ったように、『徒然草』の究極のテーマもまた、「三界唯一心」と関わってくるかもしれない。そのことに留意しながら、『徒然草』を読み進めてゆこう。

2．政道論と古典文学

＊第二段とその絵画化

『徒然草』第二段は、理想の政治論である。為政者における贅沢の戒めが書かれている。

古の聖の御代の政をも忘れ、民の愁へ、国の損なはるるをも知らず、万に清らを尽くして、いみじと思ひ、所狭き様したる人こそ、うたて、思ふ所無く見ゆれ。

この段の他にも、倹約の勧めが散見され、政治への関心が垣間見られる。

＊『徒然草絵抄』が描いた第二段

ところで、『徒然草絵抄』という江戸時代の注釈書は、「絵注」とも言うべき珍しいスタイルの注

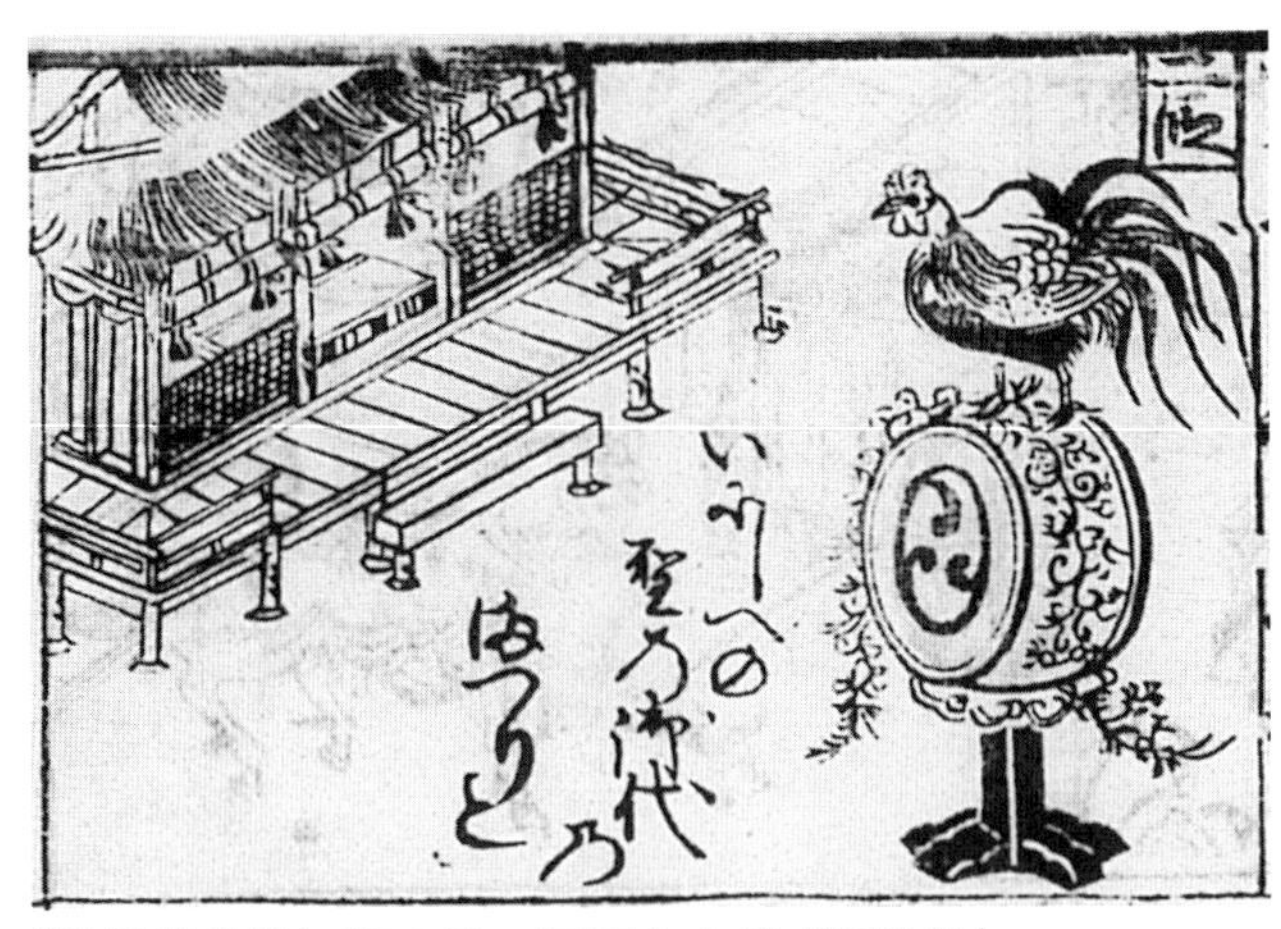

『徒然草絵抄』第２段。画面右上が「諫鼓鳥」。

釈書で、『徒然草』の本文の意味内容を絵画で示している。第二段の注を、上に掲げてみよう。

向かって左側の建物は、中国古代の聖帝たちの質素な宮殿で、「茅茨、剪らず。采椽、削らず」（屋根に葺いた茅の先端を切り揃えず、垂木は丸太のままで四角に削らなかった）という故事を絵画化している。右側の鳥は、「諫鼓鳥」である。古代の聖帝は、政道を諫める者のために鼓を置いたが、良い政治が続いたために、鼓を鳴らす者がおらず、そのために苔が生し、鶏の遊び場となった。ちなみに、江戸の神田祭の山車にも、諫鼓鳥が乗っており、江戸時代には城中に入ったとされる。

「茅茨、剪らず」は、『壽命院抄』と『野槌』が、『徒然草』の表現の背後に読み取っている。そこでは諫鼓鳥の指摘はないが、善政のシンボルとして、江戸時代の庶民には親しかった。だから、『徒然草絵抄』では諫鼓鳥も描かれていたのであろう。

＊政道論としての『源氏物語』

『徒然草』第二段は、政治の理想のあり方を直接に述べていた。一方で、室町時代の後期になると、『源氏物語』を政道論の書として読む解釈が生まれている。宗祇は、「雨夜の品定め」を、政道に携わる者に必要な「人を見る目の大切さ」を女性論に託して述べたものとして、理解していた（『雨夜談抄』）。

鎌倉時代の初めには、藤原俊成の「源氏見ざる歌詠みは、遺恨のことなり」という言葉が象徴するように、『源氏物語』は歌人の必読書だった。その後、時代と共に『源氏物語』の読まれ方は変遷し、室町時代後期には、「三界唯一心」や「政道論」になっていた。心のあり方も政治のあり方も、現実を生きるうえでの教訓として理解される時代が、もうすぐそこにやってくる。『徒然草』第二段の政道論も、政治教訓として、江戸時代の読者の心に抵抗感なく入ってゆくことができた。

3．心の友は、どこにいるのか

＊第十二段と『伊勢物語』

『徒然草』第十二段は、自分と語り合える「心の友」の不在を嘆く段である。

同じ心ならむ人と、しめやかに物語して、をかしき事も、世の儚き事も、心無く言ひ慰まむこそ嬉しかるべきに、然る人、有るまじければ、つゆ違はざらむと向かひ居たらむは、一人有る心地やせむ。

互ひに言はむほどの事をば、げにと聞く甲斐有るものから、いささか違ふ所も有らむ人こそ、「我は、然やは思ふ」など、争ひ憎み、「然るから、然ぞ」とも、打ち語らはば、徒然慰まめと思へど、げには、少し託つ方も、我と等しからざらむ人は、大方の由無し事言はむ程こそあらめ、まめやかの心の友には、遙かに隔たる所の有りぬべきぞ、侘びしきや。

このように第十二段は、兼好が思索を巡らせながら書いているので、この段を絵画化するのは、非常に難しく思えるのだが、『なぐさみ草』には、この段の挿絵が載っている。王朝風の貴公子が、一人で部屋の中に端座している絵柄である。そして、『野槌』も『なぐさみ草』も、第十二段に出てくる「我と等しからざらむ人」という一節を捉えて、『伊勢物語』第百二十四段の在原業平の歌、「思ふ事言はでぞただに止みぬべき我と等しき人し無ければ」を指摘している。つまり、『なぐさみ草』の挿絵は、業平が孤独を託っている姿だったのである。『なぐさみ草』によって『徒然草』を読んだ当時の人々は、業平の歌が注釈で指摘されているので、挿絵と併せて理解が深まっただろう。

＊心の回路を開いた第十三段

兼好は、『徒然草』第十二段で、「まめやかの心の友」の不在に苦しんでいた。この孤独は、現実の人間関係によっては、癒し難かった。ところが、次の第十三段で兼好は、この隘路を突破している。「まめやかの心の友」が、目の前に現れてくれたのである。

一人、燈火の下に、文を広げて、見ぬ世の人を友とするぞ、こよなう慰む業なる。文は、『文選』の哀れなる巻々、『白氏文集』、『老子』の言葉、『南華の篇』。この国の博士どもの書ける物も、古のは、哀れなる事、多かり。

前章ですでに見たように、「見ぬ世の友」は成語・慣用語になっている。「文＝書物」こそ、「心の友」なのだった。『伊勢物語』では、「我と等しき人」を求めて得られなかった業平は、次の段で、辞世の和歌を詠んで身罷った。それが『伊勢物語』の最終段だった。『徒然草』では、精神の袋小路を突破して、書物の世界で、心の渇きを癒す「魂の会話」を交わすことができた。これが、兼好の思索の強靭さであり、『徒然草』の魅力である。そして、このことに気づくのも、『徒然草』を連続して読み進めるからこそである。もし、第十三段だけを切り出して読んだのならば、読書の楽しみを述べた段になる。しかし、その背景には、兼好の抜き差しならぬ孤独感があるのだ。

高嵩谷「兼好読書図」。

＊兼好読書図の成立

『徒然草』第十三段の影響力は、大きかった。兼好の肖像画の絵柄を、この段が決定づけたと言ってもよいほどである。つまり、本を読む姿の兼好が、肖像画の基本型となった。ただし、書見台に本を載せていたり、机の上に広げた本を読んでいたり、くだけた図柄としては、腹這いになって本を読んでいたりする絵もある。また、読んでいた本から、ふと視線を上げて、物思いに耽る絵柄もある。架蔵している「兼好読書図」は、高嵩谷（一七三〇〜一八〇四）が描き、鹿都部真顔（一七五三〜一八二九）が賛を書いたものである。

兼好像としては、読書図の他にもう一つ典型化しているのが、序段を描いた絵柄である。「徒然なるままに、日暮らし、硯に向かひて」という書き出しを描いており、こちらは「兼好執筆図」と呼称できよう。ただし、いずれの肖像画も、兼好を墨染の僧服を纏った姿で描いている。しかも、『なぐさみ草』の挿絵は、序段も第十三段も、高齢のように見える。

ここで、少し先の段であるが、『徒然草』の第四十三段を読んでみたい。

> 春の暮れつ方、長閑に艶なる空に、賤しからぬ家の、奥深く、木立、物古りて、庭に散り萎れたる花、見過ぐし難きを、差し入りて見れば、南面の格子、皆下ろして寂しげなるに、東に向きて、妻戸の良き程に開きたる、御簾の破れより見れば、容貌、清気なる男の、年、二十歳ばかりにて、打ち解けたれど、心憎く、長閑なる様して、机の上に、文を繰り広げて、見居たり。如何なる人なりけむ、尋ね聞かまほし。

「二十歳ばかり」の「容貌、清気なる男」が、机の上に広げた本を一心に読み耽っている。『なぐさみ草』のこの段の挿絵は、室内で本を読む青年を、庭から僧服の男（兼好なのだろう）が覗き込んでいる。この青年こそが、兼好の「あらまほしき肖像画」ではないだろうか。「如何なる人なりけむ、尋ね聞かまほし」と書いて余韻を持たせているが、そこに一つの理想像を見たのだろう。『壽命院抄』は、この第四十三段に関して、「此ノ段、又、『枕草子』ノ面影ニテ書キタリ。之ヲ考フルニ及バズ」と述べる。『枕草子』のどの段とは特定できないけれども、『枕草子』の雰囲気が漂っているという見解である。

たとえば、私には『枕草子』の次のような段が思い浮かぶ。

好き好きしくて、一人住みする人の、夜は、何らに有りつらむ、暁に帰りて、やがて、起きたる、未だ、眠た気なる気色なれど、硯、取り寄せ、墨、濃やかに、押し磨りて、事無しびに任せてなどは有らず、心留めて書く、真広げ姿、をかしう見ゆ。(中略)久しく眺めて、経の、然るべき所々など、忍びやかに口遊びに、し居たり。奥の方に、御手水、粥などして、唆せば、歩み入りて、文机に押し掛かりて、書をぞ見る。面白かりける所々は、打ち誦んじたるも、いと、をかし。

「一人住みする人」は、青年であろう。青年と若さへの共感の念において、『枕草子』と『徒然草』は類似していると、私は感じる。なおかつ、『徒然草』第十三段と第四十三段とは、深く関連していると思う。

第十三段は、青春の日々をわずかに通り抜けた読書人の読書である方が、ふさわしい。人生とは、何か。これから、自分は、どのように生きたいのか。青年は「見ぬ世の友」の助言を得ようとして、古の賢人たちと会話を繰り返す。しかし、おそらくその答えは、書物だけからでは、得られなかっただろう。「心、更に、答ふる事、無し」という『方丈記』が想起される。

＊鷗外、敦、そして兼好

森鷗外の『妄想』には、万巻の書を読んだ主人公の告白として、「一人の主にも逢わなかった」

という一節がある。鷗外のこの思いと同様のことが、読書人兼好にもあったであろう。

中島敦は、膨大な読書体験を「遍歴」という短歌に詠んでいる。その最後は、次の一首である。


遍歴りていづくにか行くわが魂ぞはやも三十に近しといふを

三十歳まで、書斎の読書人として生きてきた中島敦の、嘆きである。翻って、『徒然草』第十三段。「一人、燈火の下に、文を広げて、見ぬ世の人を友とするぞ、こよなう慰む業なる」とある。

本当に、兼好の心は、読書と書物によって、慰められたのだろうか。もし、慰められたのであれば、『徒然草』を書く必要があったのだろうか。読書人として満足できていれば、文章を書く人間になる必然性はなかったのではないか。

『徒然草』は、もう少し先に、新たな人生の転換点を書いている。書物の与える「知の喜び」の大きさは、現実を生きる「生の喜び」と、必ずしも直結しない。その危機からの脱出を、次の章では見届けたい。これは、壮年や老年になった出家者の変貌ではなく、青春期をひたすら読書に費やしてきた読書人の変貌だと考えられる。

第十三段を基にして兼好の肖像画を描くならば、中島敦が「はやも三十に近しといふを」と詠んだ年齢がもっとも相応しいように思う。

引用本文と、主な参考文献

・『徒然草』は、岩波書店の「日本古典文学大系」「新日本古典文学大系」、小学館の「日本古典文学全集」「新編日本古典文学全集」、新潮社の「新潮日本古典集成」などで注釈付きで読めるが、私が繰り返し参看してきたのは、次の三つである。

・安良岡康作『徒然草全注釈』(上下、角川書店、一九六七〜六八年)

・三木紀人『徒然草全訳注』(全四巻、講談社学術文庫、一九七九〜八二年)

・稲田利徳『徒然草』(貴重本刊行会、二〇〇一年)

・島内裕子『徒然草』(ちくま学芸文庫、二〇一〇年)
本文校訂・現代語訳・各段ごとの評言を付したので、わかりやすく読んでいただけると思う。

・『壽命院抄』『野槌』『なぐさみ草』の三大古注釈書を一覧したものとしては、吉澤貞人『徒然草古注釈集成』(勉誠社、一九九六)があり、『なぐさみ草』の挿絵もすべて収録されている。

発展学習の手引き

・『徒然草』は、興味のある段だけを抜き出して読むよりも、序段から最終段まで通して読む「連続読み」によって、兼好という人物の人格形成のプロセスが追体験できる。ぜひ『徒然草』全段の「連続読み」を試みてほしい。

9 隘路からの脱出

《目標・ポイント》『徒然草』前半部の最大の山場である第三十八段、第四十段、第四十一段を読みながら、読書人兼好からの脱皮がいかにしてもたらされたのかを、江戸時代の注釈書を参考にしながら見届ける。

《キーワード》 第三十八段、第四十段、第四十一段、書物の中から人の中へ

1．読書人の陥穽

＊マラルメの詩句

マラルメの「海の微風」という詩に、「すべての書は読まれたり、肉は悲し」（小林秀雄訳）という一節がある。万巻の書を読み、知性や理性を極めてなお、この世の真実に到達できないもどかしさや絶望感が語られている。この詩の少し先には、倦怠が希望によって懊悩（おうのう）する、という一節もある。そして、平穏な日常生活から脱出して、見知らぬ天地への旅に、今まさに船出しよう、たとえ難破しようとも、と歌うのである。

世の中のこと、自分のこと、さまざまな疑問を解決しようとして、読書家は、書物の中に沈潜する。一冊読んで、それなりの解答が得られたとしても、心の底から納得できる解答は得られず、さ

らに別の書物の中に入ってゆく。この繰り返しが、いつしか書物への不信感を自覚させることがある。すべての書物は読んでしまった。いざ、未知の世界へ。

＊森鷗外と太宰治

森鷗外が、ベルリン留学中に「歌妓」を詠んだ漢詩がある。

　万巻の文章、無用に属す。多（た）とす。君が隻闋（せきけつ）、人の頤（おとがひ）を解（と）くを。

「隻闋」とは歌の一曲が終わるという意味。「頤を解く」とは、顎をはずすのが原義で、大笑いすることだが、ここでは喝采し歓声をあげて喜ぶという意味であろう。万巻の書物が与えてくれる知的な喜びよりも、歌姫の歌う一曲の方が人間を喜ばせてくれるというのである。学問研究よりも、現実の美しい女性との交流の方が人生の喜びを直接感じさせてくれる。この漢詩に詠まれている心情は、そのまま太田豊太郎の迷いを語る『舞姫』と繋がっている。

万巻の書という点で、先に触れたマラルメ（一八四二～九八）の詩句が連想される。マラルメの方が、森鷗外（一八六二～一九二二）よりも二十歳年上だが、彼らのほんの一節の詩句から、理性と情念の拮抗を意識する近代文学者たちの姿が、相似形を描いているのが垣間見（かいまみ）られる。

鷗外に憧れていた太宰治の短編『花吹雪』にも、読書の限界を語る場面がある。「いつもびくびくして、自己の力を懐疑し、心の落ちつく場所は無く、お寺へかよって禅を教えてもらったり、或（ある）いは部屋に閉じこもって、手当り次第、万巻いや千巻くらいの書を読みちらしたり、大酒を飲んだり、女に惚れた真似をしたり、さまざまに工夫してみたのであるが、どうしても自分の生き方に自信を持てなかった」。

マラルメも鷗外も太宰も、書物を通して真理に到達する術の模索と、現実の自分も含めた人間の身体性とのせめぎ合いに苦悩している。

＊兼好における書物と身体

『徒然草』の冒頭部には、女性の官能への畏れを語る段がある。

> 世の人の心惑はす事、色欲には如かず。人の心は、愚かなる物かな。（第八段）
>
> 然れば、女の髪筋を縒れる綱には、大象も、良く繋がれ、女の履ける足駄にて作れる笛には、秋の鹿、必ず寄る、とぞ言ひ伝へ侍る。自ら戒めて、恐るべく、慎むべきは、この惑ひなり。（第九段）

この連続章段には、生身の人間の身体性への畏れがある。第十三段で、「一人、燈火の下に、文を広げて、見ぬ世の人を友とするぞ、こよなう慰む業なる」とまで書いた兼好にも、読書人の陥穽が待ち受けていた。観念によってだけでは、生身の肉体を持った自分を制御しきれないのである。

2．『徒然草』第三十八段に見る兼好の危機

＊古注釈書で読む『徒然草』

『徒然草』の第三十八段は、兼好が自分自身と向き合った、きわめて重要な段である。青年期をひたすら読書に費やしてきた兼好は、人生の目的を自問して、明確な答えを見出せなかった。ここ

で擱筆（かくひつ）される可能性も大きかったくらい、兼好の精神の危機が明らかになる段なので、江戸時代の古注釈書を参看しながら、じっくり読んでみよう。

以前にも触れたが、『徒然草』の章段の区切り方は、本文のみの版本も、本文と注釈からなる注釈書も、近世初期から、ほぼ一致していた。『徒然草』は、誰が区切っても、自ずと区切り方が一致するくらい内容展開が、明確だったからである。ただし、北村季吟は、そのような章段区分に飽きたらず、『徒然草文段抄』を著し、さらに一歩踏み込んだ。それが、各段をさらに「節」に区切るという方法論の提示だった。これは自分独自の工夫であると、解説で自負している。『徒然草』には、短い段も多いので、すべての段をさらに細かく節に区切るわけではないが、ある程度まとまった長さの場合、節に区切るのは、内容への理解を深める有効な方法である。

『徒然草文段抄』は、第三十八段を七つの節に区切っているので、ここではそれに倣って読み進めるが、その際に季吟の読解法自体も検証してみよう。

＊第三十八段の第一節

名文名句に満ちた『徒然草』の文章は、まるで格言のように人々の心に到達する。それらは、章段の冒頭、または末尾の文が多い。第一節は、この段の主題を提示する名文であり、約言である。

名利（みやうり）に使はれて、静かなる暇（いとま）無く、一生（いつしやう）を苦しむるこそ、愚かなれ。

季吟は、この段が『荘子』盗跖（とうせき）（盗石）篇に多くを拠っているとする『壽命院抄』の説を紹介している。ちなみに、季吟の師である松永貞徳は『なぐさみ草』で、兼好を「道人（どうじん）」（ドウニン、とも）と称え、「この兼好法師、古今に独歩せるものならし」とまで、兼好の老荘思想の実践を高く評価する。貞徳は、この段を、兼好が大所高所からの教戒として理解している。

＊第三十八段の第二節

第二節は、富貴、すなわち、財産・財宝を、人生の至上の価値として追い求めることの空しさを説く。人生の目的を一つずつ検証してゆく過程で、最初に否定されたのが、財産であることは、ある意味で常識的である。原文を読んでみよう。

財多ければ、身を守るに貧し。害を買ひ、累ひを招く媒なり。身の後には、金をして北斗を拄ふとも、人の為にぞ煩はるべき。愚かなる人の、目を喜ばしむる楽しみ、また、あぢきなし。大きなる車、肥えたる馬、金玉の飾りも、心有らむ人は、うたて、愚かなりとぞ見るべき。金は山に捨て、玉は淵に投ぐべし。利に惑ふは、勝れて愚かなる人なり。

古注釈書は、この節の文章が、『文選』『白氏文集』『唐書』『荘子』の引用の綴れ織りであることを指摘している。兼好の「読書人宣言」ともいうべき第十三段では、愛読書として、「文は、『文選』の哀れなる巻々、『白氏文集』、『老子』の言葉、『南華の篇』。この国の博士どもの書ける物も、古のは、哀れなる事、多かり」と述べていた。『南華の篇』は、『荘子』のことである。確かに、兼好はこれらの漢籍をよく読みこんでおり、自家薬籠中のものとして、第三十八段でも自在に引用しているのである。

＊第三十八段の第三節

第三節は、高い地位や官位を求めることの空しさを説く。

埋もれぬ名を、永き世に残さむこそ、あらまほしかるべけれ。位高く、やんごとなきをしも、勝れたる人とやは言ふべき。愚かに拙き人も、家に生まれ、時に遇へば、高き位に昇り、奢りを極むるも有り。いみじかりし賢人・聖人、自ら卑しき位に居り、時に遇はずして止みぬる、また多し。偏に、高き官・位を望むも、次に愚かなり。

ここも、「埋もれぬ名を、永き世に残さむ」の部分が、『白氏文集』の「骨を埋めて、名を埋めず」による表現であり、読書家である兼好は、書物から得た知識や表現によって、論理的に、論を進めている。

＊第三十八段の第四節

第四節は、たとえば学者としての名誉・名声を求めることもまた、空しいと言う。その論拠もまた、数々の典拠による。

智恵と心とこそ、世に勝れたる誉れも残さまほしきを、つらつら思へば、誉れを愛するは、人の聞きを喜ぶなり。誉むる人・譏る人、共に世に留まらず。伝へ聞かむ人、またまた、速やかに去るべし。誰をか恥ぢ、誰にか知られむ事を願はむ。誉れは、また譏りの本なり。身の後の名、残りて、更に益無し。これを願ふも、次に愚かなり。

季吟は、すでに先行する注釈書である『壽命院抄』や『野槌』が、「身の後の名、残りて、更に益無し」の典拠として『晋書』の「我をして身の後の名を有らしめば、即時一盃の酒に如かず」を挙げていることを示したうえで、季吟自身の指摘として、『列子』の「身の後の余名、豈、枯骨を潤すに足らんや」を挙げている。兼好が書物から得た知識教養で表現した原典を、江戸時代の注釈者たちは、綿密に探索して、明らかにしている。このような出典研究が、古注釈書の基本である。

＊第三十八段の第五節

第五節は、第四節で述べたことへの反論を想定した書き方であり、補説とも取れる。けれども、次節と繋げてもよいだろう。季吟はこの一文を独立させて、第五節としているが、現代の注釈書では、次節と繋げて読む解釈が多い。季吟があえて独立させたのは、この一文を、キー・センテンスとして、重視しているからであろうか。

ただし、強ひて智を求め、賢を願ふ人の為に言はば、智恵出でては偽り有り。才能は、煩悩の増長せるなり。

「智恵出でては偽り有り」は、『老子』の「智恵出でては、大偽あり」により、「才能は、煩悩の増長せるなり」も、古注によれば仏典の『大智度論』に拠るという。兼好は、自らの人生で体験したことや見聞したことを根拠としているのではなく、書物の中で得た観念的な知識を根拠として、立論している。その危うさが、次第に浮上してくる。

＊第三十八段の第六節

第六節は、これまでの論を踏まえて、真理に達するとは、どういうことなのかを述べる。

伝へて聞き、学びて知るは、真の智にあらず。いかなるをか、智と言ふべき。可・不可は、一条なり。いかなるをか、善と言ふ。真の人は、智も無く、徳も無く、功も無く、名も無し。誰か知り、誰か伝へむ。これ、徳を隠し、愚を守るにはあらず。もとより、賢愚・得失の境に居らざればなり。

ここにも、『荘子』の「斉物論篇」と「逍遙遊篇」からの引用がある。林羅山は、儒学者の立場から、兼好が読書体験を総動員して書き記したこの第三十八段を読んで、大きな物足りなさを感じている。それは、道教（老荘思想）と仏教（天台宗）とで理論武装して構築された兼好の論に、「儒教」が不足しているという感想である。「我が道＝儒教（朱子学）」は、「一人＝個人」の利益や宝を求めるのではなく、「天下＝万民」の利益や宝を求めている。この立場を兼好が知って、「工夫＝思索」に努めれば、別の結論が出ただろうし、『徒然草』には別の内容が書かれていただろうし、兼好は別の生き方ができただろう、と羅山は惜しんでいる。

確かにこの時点で兼好は、自己矛盾に陥っている。「伝へて聞き、学びて知るは、真の智にあらず」と、兼好は書いているが、この段の言葉自体が、兼好の言葉ではなく、まさに書物によって伝聞したさまざまな知識教養によって、論述されているからである。

＊第三十八段の第七節

第七節は、この段の結論である。

迷ひの心を以て、名利の要を求むるに、かくの如し。万事は皆、非なり。言ふに足らず、願ふに足らず。

「万事は皆、非なり。言ふに足らず、願ふに足らず」とは、人生で価値のある物は、見つからない、というのである。ただし、限定条件が付いていて、「迷ひの心を以て、名利の要を求むるに」とある。「迷ひの心」から離れることができ、「名利の要」を求めない心境に達していれば、「万事は皆、非」ではなくなるのだろうか。『徒然草文段抄』を著した北村季吟は、この段の言葉を用いて、「万事は皆彼岸桜よ一盛り」という、安原貞室への追悼句を残している。「万事は皆、非」と「彼岸桜」の掛詞である。

羅山は、『徒然草』第三十八段の注釈の結論部分に、「曾点が見解」という言葉を出している。この言葉について、羅山は詳しい説明を加えず、また、この言葉が、どのように第三十八段と結びつくのかも書かずに、読者の思索に任せている。曾点は、曾参（曾子）の父親で、息子と共に孔子の弟子だった。『論語』の先進篇に、孔子と弟子たちの会話がある。孔子が、「お前たちが、もしも、自分を知る者と出会えたなら、何をしたいか」と尋ね、弟子たちは、次々に願いを口にする。曾皙（曾点）は、「暮春には、春服、既に成る。冠者、五六人、童子、六七人、沂に浴し、舞雩に風し、詠じて帰らん」と述べ、孔子の賛同を得た。

羅山は、第三十八段の読後感として、「曾点が見解」という一言で、この話を示唆した。儒教にも理想の人生が描かれていることを、兼好に教えたかったのだろう。ちなみに、超俗の近代文学者・吉田健一には、「詠帰」と揮毫（きごう）した色紙がある。曾点の見解に、吉田健一も賛意を表している。

羅山は、自分を重用してくれた徳川家康が没した後、不遇であった。師の藤原惺窩（せいか）も、羅山の次男も相次いで亡くなり、羅山本人も永い闘病生活を送った。このような閉塞期に、羅山は『徒然草』と向かい合い、自分の「智」を総動員して、兼好の「智」と正面から向かい合った。精神の危機に直面していた羅山だからこそ、『徒然草』第三十八段は面白いと思うと同時に、そうではないという批判も感じたのだろう。兼好の生き方に、危うさを見たのであろう。

けれども、兼好は、第三十八段を書いたことによって、自ら脱皮を遂げたのである。

＊「自由に書く」ことの効能

兼好の思考回路の限界は、「書物の世界」を基盤として、その中で論理を組み立て、現実の世の中を把握しようとする点にあった。だからこそ、その論理が破綻して、「万事は皆、非なり」という、思考の果てにまで来てしまった。これ以上、書き綴ることも、空しいことになり、『徒然草』の扉は閉ざされてしまう可能性もあった。

けれども、『徒然草』は、なおも書き継がれてゆく。「テーマを定めずに自由に書く」という執筆スタイルの採用によって、あるテーマ、この場合、「人生、いかに生きるべきか」「人生の真の目的は何か」といった根源的なテーマの追究は、一旦、休止する。そして、おそらく、ある程度の時間を置いて、再び、心を過ぎる何ものかが見えてきたとき、ふとした記憶や情景が、書き継がれる。新たに書き継ぐことによって、広い世間の中へと兼好は、一歩踏み出す。

3．危機からの脱出

＊第四十段の深層

第四十段は、ふと心に浮かんできた不思議な娘のエピソードである。

　因幡の国に、何の入道とかや言ふ者の娘、容貌良しと聞きて、人数多、言ひ渡りけれども、この娘、ただ栗をのみ食ひて、更に、米の類を食はざりければ、「かかる異様の者、人に見ゆべきにあらず」とて、親、許さざりけり。

　小林秀雄の『徒然草』（『無常といふ事』所収）が、高く評価した段である。このエッセイも、昭和十七年という、危機の時代に書かれていた。危機感を抱いている小林だからこそ、この段が「珍談」を書いたのではないと、見抜いたのである。

　小林は明言していないけれども、私は、狭い自分一人の世界に閉ざされた兼好の自画像が、この娘であったと感じる。『なぐさみ草』の挿絵には、栗を盛り上げて食べる娘の後ろには、冊子や巻物などの「書物」が、何冊も並べられている。知識や教養を身に付けた娘であることを、自ずと象徴する描き方のように思われる。この娘は、「もう一人の兼好」であり、兼好は、「もう一人の因幡の娘」であった。兼好が、この風変わりな娘の話を書き留めたのは、兼好が自画像を描いたことと同じ意味がある。周囲から閉ざされた自分だけの世界。その自分の心が、どれほどのものを書物から受け取っていたとしても、自分の周りには、もっと広い生き生きとした世界が、今まさに日々、動いている。その現実世界を動かしているのは、今まであずかり知らなかった、多くの人々の暮らしと心なのである。

＊賀茂の競べ馬

転機は、ある日、突然に訪れる。その日、実際に目の前で起きなくても、過去の出来事がふと甦ってきて、転機が訪れることもある。第四十段に連続する第四十一段で、兼好が見知らぬ人々と、言葉によるコミュニケーションを成立させた日の出来事が書かれているのは、決して見逃すことのできない、『徒然草』の大きな転換点である。

それが、兼好が何歳の時だったかはわからない。『徒然草』の挿絵付きの版本の多くは、第四十一段の兼好を、法服を着た僧体で描く。けれども、序段以来、『徒然草』の章段の流れに寄り添って読んできて感じるリアリティとしては、兼好は、青春後期の、いまだ出家前で、まるで、本章の最初に紹介したマラルメの「海の微風」のように、読書に倦み、広い世間への船出を秘かに願っている青年の姿が似つかわしい。兼好が新生した瞬間は、次のように描かれている。

> 五月五日、賀茂の競べ馬を見侍りしに、車の前に、雑人立ち隔てて見えざりしかば、各々下りて、埒の際に寄りたれど、殊に人多く立ち混みて、分け入りぬべき様も無し。
>
> かかる折に、向かひなる棟の木に、法師の登りて、木の股に突い居て、物見る、有り。取り付きながら、いたう眠りて、落ちぬべき時に目を醒ます事、度々なり。これを見る人、嘲り浅みて、「世の痴れ者かな。かく危き枝の上にて、安き心ありて、眠るらむよ」と言ふに、我が心に、ふと思ひしままに、「我らが生死の到来、唯今にもやあらむ。それを忘れて、物見

て日を暮らす。愚かなる事は、猶、勝りたる物を」と言ひたれば、前なる人ども、「真に、然にこそ候ひけれ。最も、愚かに候」と言ひて、皆、後ろを見返りて、「ここへ、入らせ給へ」とて、所を避りて、呼び入れ侍りにき。

かほどの理、誰かは思ひ寄らざらむなれども、折からの思ひ掛けぬ心地して、胸に当たりけるにや。人、木石にあらねば、時にとりて、物に感ずる事、無きにあらず。

兼好の言葉は、「今、ここ」で生きている生身の人々の心に響いた。「見ぬ世の友」ではなく、直接に話しかけたり、直接に話しかけられたりする人々と、兼好は初めて心の交流を感じたのである。彼らは、聖人でも、君子でも、士大夫でもない。今を生きる、名も無き庶民である。その普通の人たちと話ができた。初めて、自分の発する言葉が、生身の人々に受け入れられ、彼らは兼好を自分たちの輪の中に招き入れた。兼好にとって、世界が変わった瞬間の記憶。それを再生して書き留めた時、『徒然草』を書き続ける兼好の人生も変わってゆく。

書物の中から、人の中へ。文学が、外界に向かって歩み始める。

＊『白氏文集』

『徒然草』の古注釈書は、第四十一段の末尾の、「人、木石にあらねば、時にとりて、物に感ずる事、無きにあらず」が、『白氏文集』からの引用であり、『伊勢物語』でも用いられた表現だと指摘している。「人は、木石にあらず。皆、情有り」を引用しているのである。また、「痴れ者」が、『源氏物語』の帚木巻に使われている言葉だという指摘も、『徒然草』の注釈書には見える。だから、その点から言えば、第四十一段は、まだ書物の世界との繋がりがある。けれども、確実に、兼好は、「世の中へ出る」ための第一歩ならぬ、「第一声」を口にした。そして、それを「由無し事＝筆遊び」として書き留めることができた。

　兼好は、『徒然草』の中で、自分自身の実人生のことは、ほとんど触れない。けれども、『徒然草』の背後に密やかに織り込められている、兼好の悩みや感慨を読み取ってゆくならば、兼好という一人の生身の人間の、喜びも哀しみも、『徒然草』が体現していることを実感できる。

＊上賀茂神社

「競べ馬」が行われるのは、上賀茂神社である。上賀茂神社には、今でも「樗の木」がある。また、『徒然草』の第六十七段には、上賀茂神社で、在原業平と藤原実方を祀った末社について、兼好がその場に来合わせた神官に尋ねる場面がある。この段にも、兼好の実人生の一齣が書かれている。

　賀茂の岩本・橋本は、業平・実方なり。人の、常に言ひ紛へ侍れば、一年参りたりしに、老いたる宮司の過ぎしを呼び止めて、尋ね侍りしに、「実方は、御手洗に影の映りける所と侍れば、橋本や、猶、水の近ければ、と覚え侍る。吉水の和尚、

　　月を愛で花を眺めし古の優しき人はここに在原

と詠み給ひけるは、岩本の社とこそ承り置き侍れど、己れらよりは、なかなか御存知などもこそ候はめ」と、いと恭しく言ひたりしこそ、いみじく覚えしか。

「吉水の和尚」は、鴨長明と同時代を生きた、慈円のことである。この第六十七段は、青年兼好

ではなくて、「和歌四天王(してんのう)」としての名声を勝ちえた時期のことと思われる。「私たちより、むしろ、あなた様の方が、よく御存じでしょう」と、兼好から訊かれた神官が答えているからである。

上賀茂神社の境内には、『源氏物語』の作者である紫式部がたびたび参詣した片岡社もある。また、『方丈記』の作者である鴨長明は、下鴨神社の神官の出身であるが、上賀茂神社の賀茂重保(しげやす)とも親しかった。

ともあれ、この上賀茂神社の境内は、『源氏物語』とも『方丈記』とも深く関わり、『徒然草』の新展開がもたらされた場所なのである。

次章からは、兼好の自在な「筆の遊び(すさ)」によってもたらされた散文領域の飛躍的拡大を、一つ一つ確認してゆきたい。

引用本文と、主な参考文献

・安良岡康作『徒然草全注釈』（上下、角川書店、一九六七〜六八年）
・三木紀人『徒然草全訳注』（全四巻、講談社学術文庫、一九七九〜八二年）
・稲田利徳『徒然草』（貴重本刊行会、二〇〇一年）
・島内裕子『徒然草』（ちくま学芸文庫、二〇一〇年）
・吉澤貞人『徒然草古注釈集成』（勉誠社、一九九六年）

発展学習の手引き

・『徒然草』を読む年齢によって、本章で取り上げた章段の読後感は大きく変わってくるだろう。悟り澄ました高僧の教えなのか、自分の人生の前に立ちふさがる壁に苦闘する青年の悩みなのか。『徒然草』を読むたびに感じる「清新さ」は、第三十八段から第四十一段に至る文章の流れの中に、とりわけ感じられるように、私には思える。ちなみに、本章で取り上げなかった第三十九段は、法然上人にまつわる、融通無碍（ゆうずうむげ）な発言のエピソードであり、その直前の第三十八段の峻厳さを緩和している。第三十八段以前の段も含めて、発展学習として、読んでいただきたい。

10 『徒然草』の描く人間、そして心

《目標・ポイント》『徒然草』に描かれた人間に注目することにより、『徒然草』が物語や説話とどのように異なるのかを考察する。『徒然草』の文学性の特徴を明確化し、あわせて、『徒然草』全体に伏流する「心」をめぐる兼好の思索の深化を把握する。

《キーワード》人間、物語、説話、松下の禅尼、弘融僧都、大福長者、心、佐藤直方

1. 人間を描く文学

＊「人の中」での出会い

前章で見たように、『徒然草』第四十一段で兼好は、「書物の中から、人の中へ」という劇的な転換を成し遂げた。兼好は、観念的な書物の中から、現実的な人の中へと軸足を移した。世間には、驚くほど多彩な人たちがいることに気づき、兼好の目に映る世界は大きく変わった。人々の言葉や行動が、兼好の物の見方に新しい広がりをもたらすようになる。本章では、『徒然草』の新たな展開を、『徒然草』に描かれた「人間と心」に焦点を絞って考える。

＊物語が描く人間と、説話が描く人間

文学は、人間を描くものである。たとえ、動物や植物の世界を描く作品であっても、擬人化されている。神話では、英雄や怪物が極端に誇張されて描かれる。物語では、男女の恋愛が中心テーマであるため、恋愛対象となる女性たちの個性が、さまざまに描き分けられる。

たとえば、『源氏物語』にも、優美で教養の高い女性たちだけが登場するのではない。個性的な性格や風貌の女性たちも描かれている。その中で、特に精彩を放つのが、末摘花（すえつむはな）や源典侍（げんのないしのすけ）などの存在である。室町時代の『伊勢物語』研究や『源氏物語』研究には、「物語の誹諧（はいかい）」という言葉が出てくる。「誹諧」は、「俳諧」と同じ意味である。『古今和歌集』には、滑稽な内容の「誹諧（はいかい）歌（か）」がある。それになぞらえて、物語の筋の中で滑稽な場面や人物造型を、細川幽斎（ゆうさい）は「物語の誹諧」と命名したのである。世間の人々から見て、常識外の滑稽な言動を取ったり、独特な価値観や美意識を持つ人物たちは、「物語の誹諧」を担う、物語になくてはならぬ存在だった。

物語文学から説話文学に目を転じてみよう。説話には、「語り伝えられた事実譚（たん）」という大枠があり、虚構の作品である物語とは一線を画すが、たとえば『今昔物語集』という名称に端的なように、物語と説話は近接する面もある。物語も説話も「人間を描く文学」であり、「出来事を描く文学」だからである。

原則として、説話に出てくる人物は、実在の人物であることが前提である。個々の説話は、全般的に言えば短い話が多いが、話自体は、滅多にない驚くような出来事が中心である。「珍談」「奇談」「怪奇談」「霊験譚」などを、人物中心に描くのが説話の大きな特徴である。そして、そのような話を通して、人々に何らかの示唆を与えるという姿勢がある。仏教説話集では、教訓色が濃厚だ

が、世俗説話においても、人間の生き方や心の持ち方の指針を示す書き方になっている。

＊散文の誹諧

『徒然草』を、既成の文学ジャンルに当てはめるのは、難しい。『徒然草』は、物語文学でもなく、説話文学でもなく、日記でもない。「随筆」と呼ばれることが多いが、この呼称は、作品自体の具体的な内容を喚起しないので、ジャンル名としては異色である。けれども、本章では「人間を描く文学」という視点を立てることにより、作品としての『徒然草』の特徴を新たに提起したい。

『徒然草』とは、「物語が描く人間」と「説話が描く人間」とを融合したスタイルで人間を描いた文学である。繰り返しになるが、『徒然草』は物語でもなければ説話でもない。それにもかかわらず、数多くの人間が登場する。けれども、『徒然草』の人間たちは、話の筋を展開させるために、あるいはある出来事の当事者として、招来された人々ではない。『徒然草』は、話の筋や、何か特別な出来事を必要とせずに、しかも文学として成立している点で、独自の世界を切り拓いた。その独自性を支える大きな基盤が、『徒然草』において両立している、誹諧性と教訓性なのである。

『徒然草』には多彩な内容が、書き綴られている。明確な話の筋立てもなければ、特別な出来事が次々と起こるわけでもない。にもかかわらず、『徒然草』の伝本は、収められている内容も順序も、ほぼ同一の状態で伝わってきた。すなわち、これまでに脱落する箇所もなく、順序が乱れることもなかった。『徒然草』という器にしっかり収まったそのままの状態で、現代まで読み継がれてきた。その理由は、『徒然草』に書かれている内容や表現が魅力的だからだ、というだけでは不十分で、その魅力がどこから生じているのか、その源に測鉛を下ろさなければならない。

『徒然草』の魅力の源泉は、生き生きとした人間が描かれていることにあり、その描かれ方がどことなくユーモラスで滑稽味を帯びている。そういう段が、『徒然草』のあちこちに散見される。それらを「散文の誹諧」と名づけると、散文作品としての『徒然草』の重要な構成要素が浮上してくる。江戸時代の俳諧師（俳人）たちに『徒然草』が好まれたのも、この「散文の誹諧」ゆえだと考えられる。さらに文学史に徴して言うならば、「誹諧」を内包する点で『徒然草』は、日本文学の王道を形成した『古今和歌集』や『源氏物語』と同様の構造を呈していることが明確になる。

以下の考察では、個性的な人間群像を、「散文の誹諧」として『徒然草』の中に探ってみよう。

2.「人間」を描くということ

*松下の禅尼

第百八十四段は、「松下の禅尼」という女性の、ある日の言動を書き記している。松下の禅尼は、鎌倉幕府の第五代執権・北条時頼の母親である。時頼が訪れる日のために、障子の破れを継ぎ貼りしていた理由を聞かれた彼女は、「物は、破れたる所ばかりを修理して用ゐる事ぞと、若き人に見習はせて、心付けむ為なり」と、政治家の心得を息子に教えようとした真意を説明した。兼好は、「世を治むる道、倹約を本とす。女性なれども、聖人の心に通へり。天下を保つ程の人を、子にて持たれける、真に、直人には有らざりける、とぞ」と、この段を結んでいる。

しかもこの話で注目したいのは、松下の禅尼から、堅苦しさや、ぎすぎすした印象を受けないことで、彼女は、障子の継ぎ貼りにかけて、自分ほど上手な者はいないなどと、軽口とさえ受け取られるような発言をしていて、どこか楽しげに描かれている。

松下の禅尼のことは、『雑談集』という仏教説話集にも登場するが、そこでは、仏道に精進した立派な人柄が賞讃されていても、障子の継ぎ貼りの話は出てこない。兼好だけが、この言葉、この行動に深い感銘を受け、『徒然草』に書き留めた。この第百八十四段によって、「松下の禅尼」は、後世の人々の心に届く、有名人となった。

江戸時代の川柳に、「つれづれの骨は禅尼の障子なり」という一句がある。障子には、「骨」（桟）がある。また、「骨」には、「物事の中心。全体を成り立たせている核」という意味もある（『日本国語大辞典』）。つまり、松下の禅尼が我が子に教えた、倹約を本とする政治教訓は、『徒然草』という作品の中核となる思想であると、笑いに包んで言い表しているのである。

しかも、建具の「障子」が「生死」の掛詞の可能性もあることに気づく時、この川柳は、一気に『徒然草』全体を包摂するものとなる。『徒然草』の骨子が、人間いかに生きるべきかということ、すなわち「生死」に懸かっていることを的確に見抜いていた句なのである。前章で取り上げた『徒然草』第四十一段に、兼好自身の言葉として、「我らが生死の到来、唯今にもや有らむ」とあり、この部分を用例として、「生死の到来」という言葉が、『広辞苑』に立項されてもいる。

＊弘融僧都の人間味

『徒然草』には、「弘融僧都」という仁和寺の僧が、二度登場する。彼の名前は、『徒然草』に書き留められたことで、文化史的に不朽のものとなった。兼好と共に「和歌四天王」に数えられた頓阿も登場する。歌人ならば、天皇の名の下に編纂される勅撰和歌集に入集することが、不朽と永遠への道である。『徒然草』という作品は、成立してから百年近くは、人々に注目された形跡はなかったが、江戸時代には大いに読まれた。その結果、そこに登場している人物たちも、「有名人」になったのである。

「羅の表紙は、疾く損ずるが侘びしき」と、人の言ひしに、頓阿が、「羅は、上・下、外れ、螺鈿の軸は、貝落ちて後こそ、いみじけれ」と申し侍りしこそ、心勝りて覚えしか。一部と有る草子などの、同じ様にも有らぬを、見悪しと言へど、弘融僧都が、「物を、必ず一具に整へむとするは、拙き者のする事なり。不具なるこそ、良けれ」と言ひしも、いみじく覚えしなり。（第八十二段）

法顕三蔵の、天竺に渡りて、故郷の扇を見ては悲しび、病に臥しては漢の食を願ひ給ひける事を聞きて、「然ばかりの人の、無下にこそ、心弱き気色を、人の国にて見え給ひけれ」と人の言ひしに、弘融僧都、「優に、情け有りける三蔵かな」と言ひたりしこそ、法師の様にもあらず、心憎く覚えしか。（第八十四段）

今、引用に際して、直接に体験した過去を表す助動詞「き」の活用形の右に、「○」を付した。兼好は、頓阿や弘融僧都の発言を直接に聞いて感動したので、彼らの言葉を『徒然草』に書き記したのである。兼好と頓阿は、親しい関係である。『野槌』は、弘融僧都が『古今和歌集』の講説を受けたことがあり、頓阿とも交流があり、兼好とも親しかった、なおかつ、伊賀の国に居住した、と記している。ただし、これは『野槌』の初刻本には書かれておらず、再刻本で追加されている。

また、頓阿の作と伝えられる随筆に、伊賀の国分寺に住んだという『十楽庵記』がある。伊賀と言えば、兼好が没したという伝説のある国見山があり、兼好塚もある。頓阿・兼好・弘融は、「和歌」を介した深い交流があったのだろう。『十楽庵記』には、弘融の、「潔く心も仏の国分けて寺井に澄める秋の夜の月」という和歌も載っている。「潔く」と「清く」、「国分けて」と「国分

（寺）」、「澄める」と「住める」という掛詞・縁語が見事である。弘融僧都の和歌の才能は、かなりのものがあったと想像される。

弘融は法顕三蔵を「優に、情け有りける三蔵かな」と評したが、兼好も「優に、情け有りける弘融かな」と評しているのだろう。「法師の様にも有らず」という点に着目するなら、兼好は、「法師」という属性を超えた、「人間」そのものとしての弘融僧都に親しみを覚えている。私は、この言葉を兼好自身にこそ献呈したい。「人間」であることは、現実の中では、何らかの属性と切り離すことはできず、それを逃れて出家しても、法師という生き方が厳然としてある。けれども、兼好は、弘融僧都の物の見方や美意識に接して、そこに人間精神の自由な広がりを見たのであろう。

なお、伊賀の常楽寺には、兼好・頓阿・弘融僧都の三幅対の掛軸が伝えられている。

＊「達人」「名人」たちの言行録

『徒然草』には、「高名の木登り」を始め、さまざまの道の名人や達人が登場する。彼らもまた、一読忘れがたい記憶を読者の心に刻印する。しかも、彼らの口にした言葉も、「名言」として、後世では諺のように繰り返し引用されてゆく。第百十段には、双六の名人が登場している。

双六の上手と言ひし人に、その手立てを問ひ侍りしかば、「勝たむと、打つべからず。負けじと、打つべきなり。いづれの手か、疾く負けぬべき、と案じて、その手を使はずして、一目なりとも、遅く負くべき手に付くべし」と言ふ。

道を知れる教へ、身を治め、国を保たむ道も、また、然なり。

林羅山の『野槌』は、周王朝の樹立に功績のあった太公望の言葉、「勝つ事無けれども、又、負くる事無し」を引用しつつ、双六の道でも、そうなのであろうと同感している。江戸初期の博多の豪商・島井宗室（一五三九〜一六一五）は、十七ヶ条に及ぶ遺言状の「あとがき」の部分で、「『徒然草』に、双六上手の手立てに、『勝たむと打つべからず。負けじと打つべし』と書き置き候。（中略）双六上手の手立て、思ひ合はせ候へ」と書いて、「双六上手の手立て」という言葉を二度繰り返して引用している。政治・経済・軍事など、さまざまな局面で応用できる名言なのである。この「双六の上手」の名前は、明記されていないが、意外な発想の言葉によって、双六の極意を述べた名人の柔軟な物の見方に、兼好は感じ入ったのだと思われる。

＊大福長者の教え

『徒然草』に登場する名人たちの中でも、とりわけ異彩を放っているのが、第二百十七段の「大福長者」である。彼は、蓄財の道に優れ、巨富を築いた。その名言が、書き記されている。

> 或る大福長者の云はく、「人は、万を差し置きて、ひたふるに徳を付くべきなり。貧しくては、生ける甲斐無し。富めるのみを、人とす。徳を付かむと思はば、すべからく、先づ、その心遣ひを修行すべし。その心と言ふは、他の事にあらず。人間常住の思ひに住して、仮にも無常を観ずる事勿れ。これ、第一の用心なり。（以下略）」

「徳」とは、「富、財産、経済力」という意味である。「世の中が永遠であることを疑うな」というのは、仏教が説く「無常」の教えとは真っ向から対立する。けれどもそれが、大福長者自身の実人生から編み出した自信に満ちた言葉であることに、面白味がある。

江戸時代初期の仮名草子である『為愚痴物語』には、「大福長者、弟子に教ゆる事」という章があり、この『徒然草』の話が、教訓歌に巧みに変型されている。

長者山望まば千代と心得て仮にも無常を観ずべからず
宝多く有りても尽くる期は有りとその心得を常に忘るな
尽くる期の有る宝にて尽きせざる願ひを成さば何か貯まらむ
金銀は神や仏よ主君と畏れ貴み使ふべからず

兼好は、「ここに至りては、貧富、分く所無し。究竟は、理即に等し。大欲は、無欲に似たり」という感想を、この段の末尾に書いた。巨富を築いても、使わないのであれば、貧しい人と同じだからである。とは言え、大福長者の人生哲学に、兼好が興味を感じなかったならば、そもそもこのような話を書き留めることもなかったろう。新時代の新しい生き方が活写された。

樋口一葉は、明治二十四年の日記に、『若葉かげ』という題を付けた。そして、その日記の末尾に、次のように書き記した。数えで二十歳の時の日記である。

究竟は、理即に等しとぞ聞く。入りなむとする昔の迷ひと、覚め果てぬる後の悟りと、それ、大方は似たるべし。この『若葉かげ』、そも迷夢の始めか、悟道の枝折りか。枯木の後に見る人あらば、とて、

なほ繁れ暗く成るとも一木立

貧困に苦しみつつ、『徒然草』に記された大福長者の言葉の真意を、二十歳の一葉は理解していた。どこかしら、芭蕉の『幻住庵記』すら連想させる張り詰めた文体に、一葉の才能が感じられる。それは、『徒然草』の世界と深く繋がっていた。

また、「大欲は、無欲に似たり」という部分を用いて、平野万里は与謝野晶子の短歌を鑑賞している。「めでたきもいみじきことも知りながら君とあらむと思ふ欲勝つ」（『青海波』）という晶子の歌に関して、万里は、「斯うすれば富貴も得られ幸福も得られるといふ途を私はよく知つてゐる。それにも拘らず、あなたと一しよに居たいと思ふ欲の方が勝つて貧しい暮しを続けてゆくのです。大欲は無欲に似たりでせうか」という鑑賞文を書いている。「貧富、分く所無し」という部分も含んでいて、近代文学者による『徒然草』享受の具体例に加えることができよう。

＊生き方を語る人々

『徒然草』に描かれた人間像を「散文の誹諧」という観点から抽出してみた。これらの段に登場する人間たちは、いわゆる滑稽な話の中の、滑稽な人物ではない。けれども、ここに挙げた人々と、その描き方には共通する側面がある。それは、その人物の、簡潔明晰な発言が書き留められている点である。松下の禅尼の言葉、弘融僧都の言葉、双六名人の言葉、大福長者の言葉。この四人は、固有名詞を持つ人もいれば、無名の人物もいる。無名であっても、双六名人や大福長者と書かれているので、彼らの人物像はありありと目に浮かぶ。そして何よりも、その人ならではの個性的な言葉が、これらの段を読む物の心に刻印される。

これらの人々の発言が、どこかしらユーモアさえ感じさせるのは、人間存在への信頼が伝わってくるからだろう。その言葉を発した人物の実人生から生み出された具体性を持っており、その点が、これらの言葉に肉声を付与している。「散文の誹諧」としての『徒然草』の人間たちは、自らの人生を通して獲得した自分自身の言葉によって、人間精神の普遍性を体現している。

3.「心」を描くということ

*人の心

前章で述べたように、第四十一段が転換点となって、「書物の中」から「人の中へ」と、兼好が歩みを進めたことが、その後、どのような形で、『徒然草』の執筆に反映されたかを見てきた。けれども、「人間」に焦点を当ててみると、『徒然草』には、「人の心」という言葉が、何箇所も使われている。しかも、第四十一段以前にも出てくる。具体的に示そう。

人の心は、愚かなる物かな。（第八段）
事に触れて、打ち有る様にも、人の心を惑はし、（第九段）
風も吹き敢へず移ろふ、人の心の花に、慣れにし年月を思へば、（第二十六段）
かかる折にぞ、人の心も顕れぬべき。（第二十七段）

これだけの用例があるのは、『徒然草』が「人間」と「心」を凝視しているからではないか。

＊米沢市上杉博物館蔵『徒然草図屏風』

米沢市上杉博物館所蔵の『徒然草図屏風』は、『徒然草』の多くの段を描き込んだ優品である。右隻の右上の場面は、この屏風の最初の絵柄だが、机に向かい、筆を持って思案している墨染衣の男性を描いているところから、明らかに序段の絵画化である。すなわち、この絵柄から始まるすべての絵は、『徒然草』の世界であり、屏風の右上に位置する兼好の筆が生み出した世界なのである。

では、左隻の左下、この屏風の最後の場面には、何が描かれているだろうか。部屋の中で、僧が鏡に自分の顔を映している絵柄である。これは、第百三十四段である。その冒頭を、引用する。

「高倉の院の法華堂の三昧僧、某の律師とかやいふ者、或る時、鏡を取りて、顔をつくづくと見て、我が容貌の醜く、あさましき事を余りに心憂く覚えて、鏡さへ疎ましき心地しければ、その後、長く鏡を恐れて、手にだに取らず、更に、人に交はる事なし。御堂の勤めばかりに会ひて、籠もり居たり」と聞き侍りしこそ、有り難く覚えしか。

賢げなる人も、人の上をのみ量りて、己れをば知らざるなり。我を知らずして、外を知るといふ理、有るべからず。然れば、己れを知るを、物知れる人と言ふべし。（下略）

ここには、「己を知る」ことの大切さが書かれている。したがって、この段を最後に位置させた『徒然草図屏風』の制作意図は、「己を知れ」というメッセージだった。『徒然草』自体が、「己を知る」ための「鏡」である。己を知ることは、己の心を知ることである。『徒然草』のキーワードは、「心」だった。前章で述べた「三界は、唯、心一つなり」という言葉も蘇ってくる。

＊佐藤直方

林羅山が儒学者の立場から、第三十八段を批判したことは、前章で取り上げたが、その羅山も、『徒然草』第二百十一段では、「兼好も、ただの人にあらず」と述べて、深い共感を示している。その前半部分を、掲げてみよう。

> 万の事は、頼むべからず。愚かなる人は、深く物を頼む故に、恨み、怒る事あり。勢ひ有りとて、頼むべからず、強き者、先づ滅ぶ。財多しとて、頼むべからず、時の間に、失ひ易し。才有りとて、頼むべからず、孔子も、時に遇はず。徳有りとて、頼むべからず、顔回も、不幸なりき。君の寵をも、頼むべからず、誅を受くる事、速やかなり。奴従へりとて、頼むべからず、背き走る事有り。人の志をも、頼むべからず。必ず、変ず。約をも、頼むべからず。信有る事、少し。

羅山は、『丙辰紀行』の中で、伊豆大島を見ながら、『徒然草』第二百十一段を踏まえて、世の中の信じがたさを嘆いた。

> 術有りとて、頼むべからず。役優婆塞が鬼神を使ひしも、広足が讒によりて流され、力有りとて、頼むべからず。鎮西の八郎が大弓を引きしも、信西が謀にて移さる。

そして、山崎闇斎門下の儒学者である佐藤直方（一六五〇～一七一九）は、弟子たちへの座談を記した『学談雑録』を残した。そこには、「我ガ心サヘ、頼マレヌ。ココハ、兼好ガ、ヨク云テオイタ。何時、如何様ナル心ガ出来ヤウヤラ知レヌ」とある。『徒然草』のどの段を念頭に置いたか、明示されていないが、第二百十一段の、「人の志をも、頼むべからず。必ず、変ず。約をも、頼むべからず。信有る事、少し」という部分である可能性が高い。「人の志」は、「人の心」と、同じ意味である。人の心の頼みがたさを嘆く兼好の心を、佐藤直方の心はしっかりと受け止めている。

直方には、『徒然草』から気に入った章段を抜き書きした『辨艸』と『しののめ』という写本がある。彼が書き抜いた『徒然草』の章段を読んでいると、「人の心」と関わる内容であることが見えてくる。佐藤直方は、『徒然草』を「心」がキーワードである思索の書だと理解し、それに関わる章段を書き抜いたのである。『徒然草』には仏教や老荘思想が散見される。したがって儒学者たちは、『徒然草』を特別に優れた古典であるとは、理解してこなかった。けれども、羅山も直方も、『徒然草』における普遍性を帯びた思弁的な段には、共感を示している。

＊『徒然草』の辿り着いた「心」とは

『徒然草』は、第二百四十三段で擱筆されるが、その終わりも近くなった第二百三十五段は、兼好の「心」についての思索の、ほとんど最終結論が示される。

> 主ある家には、漫ろなる人、心のままに入り来る事無し。主無き所には、道行き人、妄りに立ち入り、狐・梟様の物も、人気に塞かれねば、所得顔に入り住み、木霊など言ふ、怪しからぬ形も、顕るる物なり。

また、鏡には色・形、無き故に、万の影、来りて映る。鏡に、色・形、有らましかば、映らざらまし。

虚空、良く、物を容る。我らが心に、念々の、恣に、来り浮かぶも、心といふ物の、無きにや有らむ。心に主、有らましかば、胸の中に、若干の事は、入り来らざらまし。

『徒然草』は、「心にうつりゆく由無し事」を書くことから始まった。兼好は、「心」なるものの実態に迫りたかった。その結論が、「心といふ物の、無きにや有らむ」だった。心とは、どこから来てどこに行くとも知れぬ雑念が、次々と通り過ぎ、下手をすると怪しげな想念が住みついてしまう、空ろな場所である。また、鏡の前では、何ものであれ映らない物はないように、心には、どんな異形な想念も映し出され、心はそれを拒否できない。茫漠としてとりとめもなく、統べるものがそもそも最初からないもの。それが心というものの実体、いや、「自分の心」の実体だった。

そういう「心」を持った「人間」として、自分は生きているし、ほかの人たちも生きている。このような「虚空としての心」の実態は、近代文学でも主題化されている。村上春樹の『海辺のカフカ』の人物造型は、『徒然草』で兼好が追究した心のありようとも、深いところで、水脈が繋がっているように感じられる。

引用本文と、主な参考文献

・本章で触れた『徒然草』に関する考察の参考文献としては、島内裕子『徒然草文化圏の生成と展開』（笠間書院、二〇〇九年）を参照されたい。林羅山・佐藤直方・樋口一葉に及ぼした『徒然草』の影響力を測定している。

発展学習の手引き

・『徒然草』に登場する人々の魅力は、どこから来ているのか、また、どの人物に魅力を感じるか、『徒然草』を読みながら考えてみよう。
・『徒然草』を、「心」というキーワードに注目しながら、連続読みしてみよう。

11 『徒然草』の説話と考証

《目標・ポイント》 多彩な内容が展開している『徒然草』の中から、説話的な章段と、考証的な章段を取り上げて、その本質を考える。その際には、『徒然草』以前や『徒然草』以後の作品、美術化された作品なども視野に収める。

《キーワード》 説話、『枕草子』、土大根、仁和寺の法師、考証、有職故実、灸、鹿茸、宝剣

1. 説話的な章段

*文学作品におけるテーマ性と多様性

本章では、『徒然草』の多彩な内容の中から、説話的な章段と、考証的な章段とを取り上げる。説話とは、一般的に言って、面白い話であり、考証とは、物事の起源を探索したりすることで、知的ではあるが地味な分野である。したがって、説話と考証は、『徒然草』の章段の中で、両極に位置すると言ってもよいものであるが、これらを同時に視野に収めることで浮上してくる『徒然草』の文学性について、考えを深めたい。

「筆の遊び(すさび)」として、心に思い浮かぶ内容を自由に書き記してゆくのが「随筆」だとすれば、『枕草子』と『徒然草』は大変によく似ている。当然のことながら、『枕草子』も『徒然草』も、和歌

文学のような韻文ジャンルではない。また、いくつもある散文ジャンルのうち、どれにも分類できない。物語でも、説話でも、日記でも、紀行文でも、軍記でも、歴史でもない。けれども、思い浮かんだことを書くという執筆方針によって、テーマの限定を受けずに何でも自由に書けるので、今挙げたようなさまざまな文学ジャンルの要素をすべて含み込むことが可能である。

『枕草子』にも、説話的な部分がある。たとえば、「社は」と書き始められた列挙章段（「物尽くし」章段）で、「蟻通の明神」という社の名前を書いたことから、紀貫之が蟻通の明神に和歌でお祈りをして、馬の病気が治ったという和歌説話に筆が及ぶ。この話が、さらに、老人の知恵の力で難題を解決したという長大な説話を呼び込んできて、詳しく語られている。

＊「土大根」の外敵退治

説話文学の大きな特徴は、面白い話や珍しい話や、信じられないような出来事などが書かれている点にある。『徒然草』は説話文学ではないが、説話的な段も含まれている。

『徒然草』の第六十八段は、「土大根」（大根）が活躍する段である。しかもこの段は、ごく小さな軍記物の雰囲気さえ漂わせて、『徒然草』の中でも、異色の段である。全文を掲げよう。

> 筑紫に、某の押領使など言ふ様なる者の有りけるが、土大根を万にいみじき薬とて、朝ごとに二つづつ、焼きて食ひける事、年久しくなりぬ。或る時、館の中に人も無かりける隙を計りて、敵襲ひ来りて囲み攻めけるに、館の中に、兵二人出で来て、命を惜しまず戦ひて、皆、追ひ返してげり。いと不思議に覚えて、「日頃、ここに物し給ふとも見ぬ人々の、かく戦ひし給ふは、如何なる人ぞ」と問ひければ、「年頃頼みて、朝な朝な召しつる土大根らに

候」と言ひて、失せにけり。
深く信を致しぬれば、かかる徳も有りけるにこそ。

最後の「かかる徳も有りけるにこそ」の「ける」は「発見・気づき・驚き」のニュアンスがあるが、残りの「けり」は、すべて伝聞した過去を表す助動詞である。すなわち、作り物語や説話の文体である。『徒然草』の最初の注釈書である『壽命院抄』は、「土大根ヲサヘ信ズレバ、カク奇特アリ。況ンヤ仏神ヲヤ、ノ心也」と述べて、信仰心のあり方をこの段から読み取っている。一方、『なぐさみ草』の著者である松永貞徳は、「作り事には、あらざるべし。世には、不思議の有る事なり」と述べている。

このリアリティは、どこから来ているのだろうか。この段から強いリアリティを感じたのだろう。徳も有りけるにこそ」に、その秘密があるのではないか。末尾の一文、「深く信を致しぬれば、かかる

＊末尾の一文

『今昔物語集』では、説話を語り終えた後で、語り手（編纂者）のコメントが付いていて、「……トナム、語リ伝ヘタルトヤ」と結ばれる。『徒然草』第六十八段の話が、もしも、『今昔物語集』に入っている説話であるならば、末尾の一文は、「深く信を致しぬれば、かかる徳も有りけるにこそとなむ、語り伝へたるとや」となるのだろう。

話の結び方に特徴が見られるのは、説話だけではない。たとえば、『伊勢物語』の第一段には、昔男の春日野での恋愛を語り終えた後で、語り手が、「昔人は、かく、いち早き雅をなむ、しける」と語り納める。このコメント部分が、物語で語られる世界を立体化させ、語り手からのメッ

セージを発信する。これが、『源氏物語』になると、語り手のコメントやナレーションである「草子地（そうしじ）」となって、方法論が確立する。

『徒然草』は、冒頭の一文や末尾の一文が切り出され、名言・名句として、繰り返し、後世の人々によって言及された。たとえば、第五十一段では、「亀山殿（かめやまどの）の水車（みずぐるま）」のエピソードが語られる。後嵯峨上皇が、水車を設置して、庭園に川の水を引き込もうとしたのだが、うまくゆかなかったので、水車作りの専門家である宇治の里人たちに造らせたら、うまく回ったという話である。この段の最後に、「万（よろづ）に、その道を知れる者は、やんごとなきものなり」という兼好の評言があって、この話の輪郭が明確になる。しかも、この一言は、水車の故事に限らない点が重要である。その道の専門家の優れた技術や心の持ちようは、どのような状況や場面にも使えるからである。

『徒然草』の説話的章段は、一つの話題を語り終えた後で、兼好がそこから結論を導き出すコメント部分が普遍性を帯びている。語られる話題自体は、極めて個別的な事実談として書き留められているのだが、末尾に、その出来事に限定されない普遍性を持つ言葉が付けられることで、深い教訓性を帯びてくる。教訓は、いつの時代の、誰にでも通用してこそ、活用度が高くなる。いつの時代にも読者を引きつける『徒然草』の魅力は、説話集の纏（まと）め方や、物語文学の「草子地」とも通底する、読者に直接語りかけるような文章技法と無縁ではないだろう。

＊「土大根説話」の余波

第六十八段に描かれた土大根の話は、この段の雰囲気からすると、どこかしら、のどかな昔話のような、また夢の中の出来事のような印象も受けるのだが、国内の治安維持のために置かれた押領使の館が襲撃されたのだから、現実の出来事としては、激闘だったことが想像できる。それだけに、ダイナミックな段である。したがって、さまざまな挿絵や、画帖などで、この段は絵画化されることが多い。もちろん、大根が擬人化されて描かれていることは言うまでもない。

『徒然草絵抄』の挿絵では、二人の武士の兜の上（裏）に、葉付きの大根が乗っており、それで彼らが大根の精であることがわかる。ちなみに、大根自体が描かれずに、兵士姿だけの描き方もあり、その場合には、敵と味方の区別が付きにくい。

『徒然草絵抄』の第68段。左側の二人の武士が大根の精であることが明瞭。

この段は、江戸時代の川柳にも好んで取り上げられた。その中に、「色白な兵二人出て防ぎ」という句がある。大根だから「色白」なのだが、この句は、一つの連想を誘う。突如として「黒い兵」が現れて、窮地を救われたという話があるからである。

徳川家康の伝記『松平崇宗啓運記』には、大坂の陣で、徳川軍が形勢不利に陥った時、突然に黒装束の武者が現れて、敵を全滅させた。不思議に思って持仏の厨子を開けてみると、大黒天の姿が見えなかったので、常日頃、家康が信心していた大黒天が助けてくれたことがわかった、という話である。「身命を惜しまず、敵に向かひて働く」とある表現は、『徒然草』第六十八段の「命を惜しまず戦ひて」という箇所を強く連想させる。

謡曲のスタイルで書かれた文学作品として、「近世謡曲」と総称されるジャンルがあるが、その中にも『土大根』という作品があり、この段を脚色している。ただし、強盗たちが、寺の建立のための資金を持っていた僧侶を襲う話に変更されている。夢幻能のスタイルで、夢のような構成になっている。

2．仁和寺章段における説話性と教訓性

＊仁和寺章段の説話性

『徒然草』は、興味を持った段を順不同に読んでも面白く読めるが、章段の配列順に連続読みすると、新しい視点から読むことができる。第五十二段から第五十四段までは、連続して仁和寺の僧侶たちの話である。場所・登場人物・出来事が明確であること、および、一読したところでは滑稽な話とも受け取れるので、これらは、説話章段として一括できる。

＊鼎かぶり説話とその命脈

この三つの連続章段は、最初が、石清水八幡に参詣に出掛けた仁和寺の僧の失敗談（第五十二段）、次が、宴会の座興でかぶった鼎が抜けなくなって大怪我をした仁和寺の僧の話（第五十三段）、そして最後が、野外に出掛けて、あらかじめ埋めておいた弁当を取り出して楽しく食べようとした仁和寺の僧侶たちの失敗談である。これらの段に共通するのは、自分たちだけの狭い世界での言動が、外界に通用しないことから生じる失敗を書いている点である。

ここでは、第五十三段の鼎かぶりの失敗談を中心に見てゆこう。

　これも、仁和寺の法師。童の、法師に成らむとする名残とて、各々遊ぶ事有りけるに、酔ひて、興に入る余り、傍らなる足鼎を取りて、頭に被きたれば、詰まる様にするを、鼻を押し平めて、顔を差し入れて、舞ひ出でたるに、満座、興に入る事、限りなし。

この後で、鼎を頭からはずそうとしても取れず、皆の興は一挙に冷めた。この場面も、好んで絵画に描かれている。鼎が抜けなくなった僧は、医者に連れて行かれても抜けず、思い切って引っ張って、怪我はしたものの一命は取り留めた、という結末である。ちょっとしたことから大変な事態になり、大怪我をした話であるから、笑い話では済まされない。

松永貞徳の『なぐさみ草』は、この段に「兼好の慈悲」を読み取り、この本を読まない読者は、同じような間違いをしかねないから、この段だけでも『徒然草』から書き抜いて「あまねく後世に知らせたき事なり」と称賛している。「徒然を見て冗談をしつこ無し」（『徒然草』を読んだならば、仁和寺の法師のような悪ふざけをしてはならないと、わかるだろう）という江戸時代の川柳は、『なぐさみ草』と同様の感想から作られたのだろう。宴会などで、その場の雰囲気をさらに盛り上げようとする人間心理、それを面白がって拍手喝采する人々。いつの世にもありがちな光景であろう。だからこそ、貞徳も川柳作者も、この段を貴重な日常教訓として読んだのである。

＊近代の寓話

この段は、近代に入ると、実話としてよりも、寓話として読まれるようになる。鼎をかぶって抜けなくなったという状況を、近代の時代性の中で、受け止めている。

芥川龍之介は箴言集『侏儒の言葉』（昭和二年）で、「政治的天才」は、「民衆を支配する為には大義の仮面を用いなければならぬ」が、「一度用いたが最後、大義の仮面は永久に脱することを得ないものである。もし又強いて脱そうとすれば、如何なる政治的天才も忽ち非命に仆れる外はない」と述べ、それが『徒然草』の仁和寺の僧を襲った喜劇の再現となりかねないと皮肉っている。寺田寅彦は『徒然草の鑑賞』というエッセイで、「鼎をかぶって失敗した仁和寺の法師の物語は傑作であるが、現今でも頭に合わぬイズムの鼎をかぶって踊って、見物人をあっと云わせたのはいいが、あとで困ったことにな」る人がいる、と述べている（昭和九年）。

芥川も寺田も、喜劇とか傑作（ここでは皮肉を込めた意味）という一般的な言葉で評しているが、彼らは、この鼎が抜けなくなった話の深層に触れる解釈をしている。中世の説話を近代的に解釈し直して、近代人の生き方に警鐘を鳴らしているのである。

＊「先達」と「風流の破子」

第五十三段の前後に位置する第五十二段と第五十四段も、概観しておこう。

第五十二段は、仁和寺の法師が、石清水八幡宮までお参りに行ったところ、麓（ふもと）にある末社の極楽寺や高良（こうら）大明神などだけを拝んで、ここが石清水八幡宮であると勘違いした話である。最後の一文には、「少しの事にも、先達（せんだち）は、あらまほしき事なり」とある。何事にも通じる名言である。

第五十四段は、仁和寺の法師たちが、野外の遊楽を楽しくしようと趣向を凝りすぎて、かえってうまくいかなかった話である。わざわざ弁当を双ケ岡に埋めておいて、後で掘り出すことを巧んだのに、それを目撃していた人物によって盗まれてしまい、弁当が見つからずに、果ては喧嘩（けんか）にまでなってしまう。最後の一文は、「余りに興有（きょうあ）らむとする事は、必ず、あいなき物なり」と締めくくられている。あまりに趣向を凝らして面白くしようとすると、必ず詰まらぬことになる、という教えである。この一文は、先ほどの鼎かぶりの話にも通じており、第五十三段と第五十四段をまとめた結論とも言えよう。

『徒然草』の説話的な章段は、語られる説話の内容だけでも十分に面白く、一読忘れがたいのだが、語り納める兼好の一言が、人間心理の陥穽を鋭く衝（つ）く。

第五十二段・第五十三段・第五十四段と、三つ並んで、仁和寺の法師が登場した。そう言えば、仁和寺から見える双ケ岡も、一の岡、二の岡、三の岡と並んでいる。兼好の墓所とされる石碑のある長泉寺は、一の丘の麓に位置している。なお、熱田神宮所蔵の『徒然草図屏風』（伝住吉如慶筆）は、『徒然草』の第五十二段から第五十四段までを、一双に描いたものである。

3．考証章段の位相

＊有職故実とは

「有職故実」という言葉がある。『日本国語大辞典』によれば、「公家や武家の儀礼・官職・服飾・法令・軍陣などの先例・典故をいう」と説明されている。

　この定義に従うならば、最大の「有職故実」は、「言葉」であり、「文化」である。『徒然草』の第二十二段には、「何事も、古き世のみぞ慕はしき。今様は、無下に卑しくこそ成りゆくめれ」と書き出されている。兼好は、具体例として、「かの、木の道の匠の作れる美しき器物も、古代の姿こそ、をかしと見ゆれ」と述べる。『源氏物語湖月抄』の著者でもある北村季吟は、この箇所について、『源氏物語』帚木巻の「雨夜の品定め」にある、「万の事に、準へて思せ。かの、木の道の匠の、万の物を、心に任せて作り出だすも」という言葉を用いていると指摘する。その通りであろう。だが、このような本質的な指摘は、季吟の『徒然草文段抄』以前の『壽命院抄』『野槌』『なぐさみ草』ではなされていなかった。

　兼好は、理想の文化が、『源氏物語』『古今和歌集』『伊勢物語』、そして『枕草子』の書かれた時代にあったことを見抜いている。けれども、「何事も、古き世のみぞ慕はしき」とは言いながらも、兼好は古ければ何でも良いと言っているわけではないのだ。なぜならば、兼好の「あるべき文化」の基準は、奈良時代やそれ以前の古代にあるのではなくて、王朝文化を尺度にしていたからである。なおかつそれは、『源氏物語』や『枕草子』そのものでもない。

言うならば、『源氏物語』が「今様（いまよう）」（今風、現代風）に近づき、「今様」の側も『源氏物語』に近づく。それは、昔でも、今でもない、「あるべき世界」を言葉の力で作り出すことなのだった。『徒然草』の世界は、そこに成立した。

『徒然草』はまぎれもなく古典なのだが、古典の中では、最も新しい。単に古典を良しとするのではなく、古典の側にも現代に近づいてきてもらわなければならない。『徒然草』は、それを成し遂げることができた。

＊『徒然草』の言葉

「何事（なにごと）も、古き世のみぞ慕（した）はしき」と兼好が書いた次の第二十三段は、「衰へたる末（すゑ）の世とは言へど、なほ、九重（ここのへ）の神さびたる有様（ありさま）こそ、世付（よづ）かず、めでたき物なれ」と書き始められる。ここでの「九重」には、「宮中」「都」という二つの意味が考えられる。この第二十三段には、「夜御殿（よるのおとど）」（天皇の寝所）や「内侍所（ないしどころ）」（三種の神器の一つである神鏡を安置する建物）などという言葉が出てくるので、「九重」は「宮中」の意味だと考えられる。季吟の『徒然草文段抄』にも、「内裏を言へり」とある。ところが、季吟以前には、「都ノ事ナリ。一条ヨリ九条マデノ事ナリ」（『壽命院抄』）、「都の内を云（い）ふ。一条より九条まであり」（『野槌』）、「都の内を云ふ。一条より九条まであり」（『なぐさみ草』）とあって、「都」の意味で「九重」を理解していたのである。

江戸時代初期の三大注釈書が、揃いも揃って「九重」の意味を取り損なったのは、兼好の「九（ここの）

重の神さびたる有様」という言葉遣いの中に原因があった、と私は考える。

『後撰和歌集』に、「神さびて古りにし里に住む人は都に匂ふ花をだに見ず」（詠み人知らず）という歌がある。そのように、「神さぶ」という動詞は、華やかな都に対して、荒れ果てた旧都や古い神社や古木などを指すことが多い。都は、新しくて、活気に満ちているものだった。『源氏物語』で「神さぶ」が用いられると、時代遅れの、大昔の、という揶揄のニュアンスが生じる。

『徒然草』の「衰へたる末の世とは言へど、なほ、九重の神さびたる有様こそ、世付かず、めでたき物なれ」と書かれている宮中は、『源氏物語』や『枕草子』の時代の華やかな宮中ではない。「衰へたる末の世の宮中」なのである。それは、本来の、あるべき宮中ではない。今の衰え果てた時代の中に、辛うじて残っている「宮中」の名残なのだ。

だから、今、自分が、『徒然草』の中に書き留めておかなければ、この美しい世界は、消えてなくなってしまう。その危機感が、「九重」を「神さびた」空間と表現する兼好の言語感覚にも反映している。現在の宮中が、神秘性や理想性を失っていることへの危機感が、『徒然草』の考証章段の背後にある。

＊灸と鹿茸

『徒然草』は全部で二百四十四段から成るが、考証章段は約七十段もある。けれども、内容的に絵画化するに不向きな内容が多い。挿絵の多い『なぐさみ草』でも、考証章段については挿絵のない段が多い。

ただし、例外もある。東京藝術大学大学美術館蔵『徒然草画巻』全三巻を熟覧したことがある。合計で五十三図が、描かれている。むろん、有名な段が多いのだが、男が自分の足にお灸を据えている絵柄が二枚もあったのは、意外な感じがした。このような情景が、わざわざ絵になるとは思っていなかったからである。『徒然草』のこの段と、直後の段とを引用しておこう。

　四十以後の人、身に灸を加へて、三里を焼かざれば、上気の事あり。必ず、灸すべし。（第百四十八段）

　鹿茸を、鼻に当てて嗅ぐべからず。小さき虫、有りて、鼻より入りて、脳を食む、と言へり。（第百四十九段）

『徒然草』の名場面が揃っている五十三図の中で、二図というのは、かなりの頻度である。ただし、鹿茸の絵は、ない。『なぐさみ草』では、逆に、灸の挿絵はなくて、鹿茸の挿絵がある。『壽命院抄』以下の古注釈書は、『黄帝明堂灸経』を引くが、そこには「男子三十已上」とあるので、兼好が「四十以後」と書いているのが、興味を引く。『壽命院抄』の著者である秦宗巴は医師である。また、『徒然草文段抄』の北村季吟も、若い頃は医師だった。彼らは「三十」と「四十」の違いに気づかなかったのだろうか。

　ところで、松尾芭蕉の『おくのほそ道』には、序文で「三里に灸据ゆるより」とある。その直前に、「漫ろ神の、物に憑きて、心を狂はせ、道祖神の招きにあひて、取る物、手に付かず」とある。旅立ちを控えて、健脚にするために三里に灸を据えた、と解釈されている。ところが、『徒然草』の「三里を焼かざれば、上気の事あり」を考え合わせれば、「漫ろ神」や「道祖神」の招きで昂ぶった気持ちを鎮めるため、とも考えられなくもない。芭蕉の旅立ちは、元禄二年（一六八九）

三月、数えの四十六歳だった。「四十以後の人」と一致している。あるいは、芭蕉は『徒然草』の第百四十八段を念頭に置いて、このように書いたのだろうか。

東京藝術大学美術館蔵『徒然草画巻』の二枚の灸の図は、俳画風な描き方であり、芭蕉の旅立ちの場面も連想させる。あるいは、この絵を描いた絵師たちの脳裏には、『おくのほそ道』の冒頭の一節が過ぎっていたのかも知れない。ちなみに、この『徒然草画巻』の成立は、享和二年（一八〇二）であり、芭蕉が没した元禄十五年（一七〇二）の、ちょうど百年後にあたる。

第百四十九段の「鹿茸」については、古注釈書は『本草綱目』の記述を引用している。ただし、『本草綱目』では、鼻に入って虫となる、とある。それを、「脳を食む」と書いたのは、兼好の独自性なのか、それともそのような記述が他書にあったのだろうか。

『なぐさみ草』の挿絵では、男が鹿茸を嗅いでいるようである。すべての段に絵で注を付けた『徒然草絵抄』の挿絵には、「薬種」という文字が見えるので、場所は漢方薬を扱う薬種商であろうか。主人の示した鹿茸を嗅いでいる客（男）の姿が描かれている。『徒然草』の本文では、「嗅ぐべからず」なのだが、嗅がない場面は描けないので、『なぐさみ草』も『徒然草絵抄』も、「鹿茸を嗅ぐ」場面を描いているのが面白い。

この二つの段は、兼好の読書体験から得られたものと考えられる。このほか、故事・故実に詳しい人物の発言を聞いたり、そういう人の振る舞いを見聞したことも、『徒然草』の考証章段には書かれている。

＊考証と教訓と

『徒然草』第百七十八段は、宮中で行われる神楽に関わる考証章段である。

或る所の侍ども、内侍所の御神楽を見て、人に語るとて、「宝剣をば、その人ぞ持ち給ひつる」など言ふを聞きて、内なる女房の中に、「別殿の行幸には、昼の御座の御剣にてこそ有れ」と、忍びやかに言ひたりし、心憎かりき。
その人、古き典侍なりける、とかや。

「忍びやかに言ひたりし、心憎かりき。」と、自分自身が直接に体験したり見聞したりした過去を表す助動詞「き」が、二度も用いられている。女房の発言を、兼好はその場に居あわせて、実際に聞いたのである。そして、感動したのである。天皇が神楽を御覧になる際に、供の者が捧持しているのは、清涼殿に置かれている剣であって、三種の神器の宝剣ではない。その事実を知らない「侍ども」の誤った理解を、故実に詳しい女房が糺した、という話である。

兼好の生きている「末の世」は、正しいしきたりが失われているし、正しいしきたりへの人々の理解も薄れている。希薄になりつつ「正しいしきたり」の規範を知っていて、それを守ろうとしている人々に、兼好は共感を示すのである。

ただし、安徳天皇が壇ノ浦で入水した際に、「宝剣」は失われてしまった。だから、兼好の時代に、「内侍所」に安置されている「宝剣」は、平安時代以来の「宝剣」そのものではない。王朝の有職故実は、蘇らない。けれども、人間の努力によって、美しかった文化が息づいていた時代へと近づくことができる。だから、この段は、女房への共感だけでなく、古いしきたりの意義を理解しない同時代人への強烈な批判でもある。

『なぐさみ草』は、この段に関して、知ったかぶりをして嘘を話す人物を笑止だと述べている。

つまり、「或(あ)る所の侍(さぶらひ)ども」の態度を批判するのが、この第百七十八段の「大意」だと理解しているのである。『なぐさみ草』の著者である松永貞徳に学んだ北村季吟も、『徒然草文段抄』で、「この段は、我(わ)が境界(きやうがい)にあらずして、知らざる事を、率爾(そつじ)に言ふべからずとの戒めに書ける物語なり」と述べている。「境界」は、得意とする分野、知っている範囲、つまり、自分の領域という意味である。そう言えば、『徒然草』第百九十三段には、「己(おの)れが境界(きやうがい)にあらざる物をば、争ふべからず、是非(ぜひ)すべからず」とある。貞徳や季吟は、ここと第百七十八段とを響き合わせたのである。一つの読み方であろう。考証的な章段は、説話的な章段と同じように教訓性を持つのである。

言葉やしきたりをめぐる有職故実を考証する章段からは、兼好の「昔」と「今」に寄せる思いが浮かび上がってくる。それでは、「昔」と「今」の関係性を、どのように捉えたらよいのだろうか。次の章では、兼好の時間認識を考えてみよう。

引用本文と、主な参考文献

・江戸時代の川柳は、岡田三面子(さんめんし)編著・中西賢治校訂の『日本史伝川柳狂句』(全二十六巻、古典文庫、一九七二〜八二)に網羅されている。別巻として、「総目次・索引」があるので、作品別や人名別で検索しやすい。

・『徒然草』の絵画化については、島内裕子『徒然草文化圏の生成と展開』(笠間書院、二〇〇九年)を参照されたい。

発展学習の手引き

・「説話的な章段は面白く、考証章段は面白くない」と感じている人も、いるかもしれない。けれども、江戸時代には「考証随筆」というジャンルが隆盛に向かい、さかんに書かれた。真理・真実への飽くなき探求心の結果なのである。曲亭馬琴の『燕石雑志(えんせきざっし)』や山東京伝(さんとうきょうでん)の『骨董集』などである。近代に入っても、幸田露伴の随筆も、考証や言葉に関するものが多い。それらを読みながら、「随筆」の一つのスタイルとしての考証性について、考えてみよう。

12 『徒然草』における時間認識

《目標・ポイント》『徒然草』に書かれた季節の推移と、無常の認識、さらに、今この瞬間を生きる存命の喜び、という三つの論点から、兼好の時間認識の広がりと深まりを考察する。

《キーワード》第十九段、第百五十五段、第百六十六段、第九十二段、第九十三段、時間、季節、無常、今

1. 季節という時間認識

＊『徒然草』第十九段

本章では、『徒然草』という作品を通して、時間とは何かについて考える。人間の時間認識の基本にあるのは、『古今和歌集』の部立(ぶだて)に表れているような「春夏秋冬」の季節感であろう。この季節感を、一つの段に集約したのが、『徒然草』の第十九段である。

『なぐさみ草』を著した松永貞徳は、貞門俳諧の総師である俳諧師であるが、細川幽斎から「古今伝授」を受けた歌人でもあった。貞徳の家集『逍遙集(しょうようしゅう)』には、三千首以上の和歌が納められている。その中に、『徒然草』を踏まえたものも、かなり存在している。

住み果てぬ憂き世の中の理を空に知れとや月も行くらむ
住み果てぬこの蓬生の宿ながら主と思ふ我ぞはかなき

一首目の「住み果てぬ憂き世」は、『徒然草』第七段の「住み果てぬ世に、醜き姿を待ち得て、何かはせむ」という一文から「住み果てぬ世に」を切り出して、「住み果てぬ憂き世の中」という和歌の言葉続きに仕立てているところが、眼目である。二首目は、「蓬生」の「よ」が「世」の掛詞で、「住み果てぬこの世」の意味となり、やはり第七段を意識している。「蓬生の宿」は、『源氏物語』の蓬生巻をも踏まえている。

このように、和歌にも、『源氏物語』にも、『徒然草』にも通じていた貞徳は、『なぐさみ草』第十九段の「大意」で、次のような主旨の感想を書いている。「古典文学を読む人は、現代でもたくさんいるだろうが、この『徒然草』第十九段のように、古典文学を巧みに解釈し直して書き連ねることのできる人物は、ここ最近では誰もいないだろう。もしも天皇から、『源氏物語』のような物語を新しく書けと命じられたならば、兼好が書きなずむことがありそうには思えないほど、流麗な筆の勢いである」。この評言を読むと、貞徳が、兼好の文章と文体を、紫式部と肩を並べるほど優れていると明確に認識していたことが、よくわかる。

林羅山の『野槌』でも、「この段の兼好の筆力は、どうして紫式部・清少納言の天才二人に劣ることがあろうか」という趣旨の賛辞を贈っている。羅山は思想家であるから、文体だけでなく、文体に込められた思想をも高く評価したのだと思われる。

『源氏物語湖月抄』と『枕草子春曙抄』を著した北村季吟も、『徒然草文段抄』で、この段の兼好の筆力について、「古今未曾有なり。これ、その『源氏物語』『枕草子』にも劣るまじき所なるべし」と感嘆している。

『徒然草』が、近世の人々にも模範となるべき「古典」であることを決定的にしたのが、この第十九段だと言ってよい。それでは、この段は、どこがそれほどまでに優れているのだろうか。

＊第十九段の書き出し

第十九段は、最初に主題を提示している。

　折節の移り変はるこそ、物毎に哀れなれ。

『壽命院抄』は、ここで、重要な指摘をしている。「此ノ段、『枕草子』・『源氏物語』ナド、所々ヲトリテ書キタルナリ。幻巻ニ、別シテ、十二箇月ノ哀レヲ欠カサズ書キノセタリ。此ノ段ニモ、十二箇月ノ風景ヲ略シテ載セタリ」。この指摘は、『野槌』でも踏襲されている。

『源氏物語』の四季と言えば、まず、玉鬘十帖で、光源氏が新築した六条院に巡ってきた「最初の一年」が、四季折々の喜びと共に、数々の巻で描かれた。つまり、一年の季節の移ろいを描くのに十巻を費やして、描き切った。そして、幻巻では、光源氏が六条院で過ごす「最後の一年」が、四季折々の悲しみと共に描かれる。ただし、幻巻は玉鬘十帖と違って、一つの巻に四季を凝縮している。けれども、一つの巻とは言いながら、やはり長く、たくさんの和歌を含んでいる。

それに対して、第十九段は、『徒然草』の章段の中では長い部類に入るが、ほんの二頁ほどの分量であり、長さは幻巻に比ぶべくもない。しかも、和歌や漢詩を豊富に連想させるけれども、その中に和歌を一首も含まない、純粋な散文である。第十九段に書かれているのは、一年に及ぶ時間の経過であるが、それを凝縮して再構成するためには、何をどう書き、何を省略するか、十分に思索を練ることが必要である。『徒然草』の「思索する文体」が、ここに誕生した。

さて、「折節の移り変はるこそ」という書き出しであるからには、ごく普通に考えると、「春」から書き始めると思うのだが、その後に続く言葉を、「物毎に哀れなれ」と書いた兼好の脳裏には、なぜか「秋」という季節が思い浮かんだ。それは、次のような和歌に代表される季節感があるからではないだろうか。

大方の秋をば言はず物毎に移ろひ行くを哀れとぞ見る （『続後撰和歌集』藤原雅経）

雲の色野山の草木物毎に哀れを添へて秋ぞ暮れ行く （『玉葉和歌集』為相女）

「物毎に」と「哀れ」が用いられた和歌は、ほとんどが「秋」を詠んでいる。そこで、兼好はすぐに春の情景に取りかからずに、まずは一言、「秋」に触れずにはいられなかったのだろう。だからこそ、「物の哀れは、秋こそ勝れと、人毎に言ふめれど、それも然る物にて」と書いたのだろう。それでは、春はどのように書かれているだろうか。

＊第十九段の春

春のすばらしさは、次のように書かれている。

「物の哀れは、秋こそ勝れ」と、人毎に言ふめれど、それも然る物にて、今一際、心も浮き立つ物は、春の気色にこそあめれ。鳥の声なども、殊の外に春めきて、長閑なる日影に、垣根の草、萌え出づる頃より、やや春深く、霞み渡りて、花も漸う気色立つ程こそ有れ、折しも、雨・風、打ち続きて、心慌たたしく散り過ぎぬ。青葉に成り行くまで、万にただ、心をのみぞ悩ます。花橘は、名にこそ負へれ、猶、梅の匂ひにぞ、古の事も立ち返り、恋しう思ひ出でらるる。山吹の清げに、藤の覚束無き様したる、すべて、思ひ捨て難き事、多し。

「物の哀れは、秋こそ勝れ」と、「秋」を出しておきながら、「それも然る物にて」という一言で、時間を一気に、春へと引き戻す。そのうえで、改めて早春から桜の開花、そして落花、青葉まで、まるで映像で映し出されたかのような、切れ目のない文章である。時間の移ろう順序に従って、早春・仲春・晩春と叙述されるが、描かれている景物を書き出してみると、初草・鶯の初音・霞・桜・青葉・花橘・梅・山吹・藤という展開である。春の季節の進行に沿っているようでいて、青葉から花橘で、初夏を一瞬先取りしておいて、花の香りの繋がりで、進みすぎた季節の時間を巻き戻し、ここに梅を出し、山吹・藤で夏に繋いでゆく。このような自在な書き方も、散文ならではのことである。これが、勅撰和歌集の配列ならば、桜の落花の後に、梅を取り上げて配列することはできない。心に浮かぶことを自由に書き綴る、散文なればこその書き方である。

＊第十九段の夏

夏の情景は、春が花を中心としていたのに対して、灌仏（四月八日の釈迦生誕の灌仏会）、祭（四月の二の酉の賀茂祭）、五月五日の端午の節供、田植え、六月の夕顔と蚊遣火、六月祓が取り上げられる。月ごとの行事によって夏の季節の推移を描き、人間の生活と季節が分かちがたく結びついていることを、今更ながら実感させられる。

＊第十九段の秋

秋は、この段の冒頭で、一度はやや軽く流すような印象であったが、もう一度、高く評価し直す苦心が見られる。

> 七夕祭るこそ、艶めかしけれ。漸う夜寒に成る程、雁鳴きて来る頃、萩の下葉色付く程、早稲田刈り干すなど、取り集めたる事は、秋のみぞ多かる。また、野分の朝こそ、をかしけれ。言ひ続くれば、皆、『源氏物語』・『枕草子』などに言古りにたれど、同じ事、また今更に言はじとにもあらず。思しき事言はぬは、腹膨るる業なれば、筆に任せつつ、あぢきなき遊びにて、かつ、破り捨つべき物なれば、人の見るべきにもあらず。

『源氏物語』と『枕草子』の書名を出すことで、一気に平安時代にまで時間が巻き戻される。それが、「筆に任せつつ、あぢきなき遊び」と謙遜された「筆の遊び＝随筆」の力なのである。『なぐさみ草』は、秋と冬の間に、『源氏物語』と『枕草子』を挿入したのは、「緩やかにして、詰まらぬ筆法なり」と述べている。「詰まらぬ」は、流れが滞らないという誉め言葉である。

＊第十九段の冬と新年

冬に入っても、「さて、冬枯の気色こそ、秋には、をさをさ劣るまじけれ」、「春の準備に取り重ねて」などと、前の季節や、次の季節を挿入しつつ、時間をゆったりと流れさせてゆく。その滞りなさは、年末から元旦にかけての、御仏名・荷前・追儺・四方拝など、宮中行事が確実に実行されることに象徴されている。そして、最後は、大晦日から元旦の朝へと、滞りなく続く。

かくて、明けゆく空の気色、昨日に変はりたりとは見えねど、引き替へ、珍しき心地ぞする。大路の様、松立て渡して、華やかに嬉しげなるこそ、また、哀れなれ。

『壽命院抄』は、「此ノ結句、折節ノウツリカハリ、又、春ニ立チカヘリタルト書キタル景気、尤モ、甘心スベキノミ」と、絶賛している。『なぐさみ草』は、発端と首尾が相応しており、これは平仮名で書かれてはいるが、漢詩文の筆法と同じだ、と称賛している。

つまり、これらの古注釈は、第十九段が、元旦の朝、再び、一年が始まる時点で筆を収めていることに注目して、そこを絶賛した。敷衍して言うならば、この書き方によってこそ、一年が再び確実に始動し、四季は移り変わることによって、循環する時間が体現できる。そのことを兼好は、はっきりとこの段で提示したのが、画期的だったのである。

第十九段が時間を描く筆法には、いくつかの特色があった。過去を回想して時間を巻き戻すことも、未来を予想して時間を先取りすることもできるが、時間は、ゆるやかに過去から未来へと流れる。だが、時として「古典」の挿入によって時間の進行が停止し、大きく時間軸が動く。それが、考えながら自由に物事を書き綴る、すなわち散文の力なのである。そのことは、時間を変え、時間を作り出す力が、散文それ自体にあるということなのである。だから、すべてのものを容赦なく破壊する「無常」という時間に立ち向かう力も、『徒然草』が確立した散文には備わっている。その点に、さらに考察を進めてゆこう。

2. 無常の到来

＊季節と生死

『徒然草』の第百五十五段は、「世に従はむ人は、先づ、機嫌を知るべし」という印象的な一文で書き始められている。人が、世間の約束事に従って生きてゆこうとするならば、何よりも大切なのは時機を図ることだ、というのである。ところが、その時機を図ることの意味合いが、四季の移ろいに託して検証し直され、否定される展開になっている。それはなぜか。

　春暮れて後、夏になり、夏果てて、秋の来るにはあらず。春は、やがて夏の気を催し、夏より、既に秋は通ひ、秋は、則ち寒くなり、十月は、小春の天気、草も青くなり、梅も蕾みぬ。

　季節の交替は、きちんと入れ替わるのではなく、変化はすでに密かに内在している。そのことを兼好は、自然観察によって、はっきりと見抜いている。とは言え、それでも、「四季は、猶、定まれる序有り」とされる。だが、その言葉は、直ちに、「死期は、序を待たず」という一文によって、意味を失う。無常の到来は、迅速であるだけでなく、突然なのである。

　死は、前よりしも来らず。予て、後ろに迫れり。人皆、死有る事を知りて、待つ事、しかも急ならざるに、覚えずして来る。沖の干潟、遙かなれども、磯より潮の満つるが如し。

林羅山の『野槌』は、朱子学者である程子が、海水の満ち引きを見ながら宇宙の本質を考察したことを、詳しく語る。海北友雪の描いた『徒然草絵巻』（サントリー美術館蔵）に描かれている海辺の閑居と、そこで物思いに耽っていると見える人物は、僧形であるが、程子のイメージも重ね合わされているように感じられる。友雪は、『徒然草』の全段を絵画化するにあたり、林羅山の『野槌』に書かれている注釈の内容を、大いに参照しているからである。

死の到来は、確実であるだけでなく、突然でもある。この事実を、よくよく認識しておくことの大切さを、『徒然草』はさまざまの段で、繰り返し語ってゆく。そこから、『徒然草』は無常観の文学だという理解がなされることになった。ただし、「無常観の文学」というよりも、無常を含めた時間の諸相に思索を巡らせる文学であると把握した方が、より一層、正確に『徒然草』を理解できるのではないか。すなわち、無常の実体を明晰に把握する文学である。

＊雪仏のはかなさ

江戸時代の人々は『徒然草』を日常生活に活用できる教訓書として歓迎したが、中世の混乱期を生きた人々の間では、『徒然草』の無常観への共鳴がなされた。心敬（一四〇六〜七五）は、歌人正徹の弟子である。ちなみに、正徹（一三八一〜一四五九）こそは、『徒然草』の文学的な価値を発見した最初の人物である。彼の弟子であった心敬もまた、連歌論書『ひとりごと』で、次のように書いている。

> まことに、唯今をも知らぬ幻の身をば忘れて、常住有所得のみに落ちて、さまざまの能芸・学問・仏法などとて、罵り合へる、愚かなるかな。ただ、春の雪にて、仏を作りて、そ

のために堂・塔婆などを構へ侍るが如くなり。

ここは、『徒然草』の第百六十六段で述べられている無常観への共鳴が書かれている。

人間の営み合へる業を見るに、春の日に雪仏を作りて、その為に金銀・珠玉の飾りを営み、堂を建てむとするに似たり。その構へを待ちて、良く安置してむや。人の命、有りと見る程も、下より消ゆる事、雪の如くなる中に、営み待つ事、甚だ多し。

『ひとりごと』に書かれている「幻の身」という表現は第百六十六段にはないが、「物皆、幻化なり」（第九十一段）とか、「如幻の生」（第二百四十一段）という表現はある。また、『白氏文集』に、「幻世春来夢、浮世水上泡」という漢詩句があり、それを和歌に詠んだ大江千里の「幻の身とし知りぬる心にははかなき夢と思ほゆるかな」という和歌もある。この『白氏文集』は、『源氏物語』で柏木が「泡の消え入る」ように死去したとある箇所の典拠として、『河海抄』などが指摘しているので、中世後期の知識人たちの共通教養となっていた。『源氏物語』で引用されていた漢詩と、『徒然草』の散文とが響き合い、応仁の乱のもたらした「乱世＝無常の世」の形容として受け止められたのである。

さて、はかない物の代名詞となった、春の雪で作った雪仏だが、松尾芭蕉の弟子である服部嵐雪は、江戸から義仲寺にある師の墓に詣でて、追悼句を手向けている（『枯尾花』）。

この下(した)にかく眠るらむ雪仏(ゆきぼとけ)

この句の直前には、「終(つひ)に、その神、不竭(つきず)。今も見給(たま)へ、今も聞き給(たま)へとて」とある。十月二十五日のこととある。それに先だって、十月二十二日に興行された追悼句会で、嵐雪は、「幻世春来夢」を踏まえて、「十月を夢かとばかりさくら花」と詠んでいる。

「雪仏は、いつか融けることがあるだろうが、芭蕉が俳諧の道に賭けた精神は、永遠に竭(つ)きない」と、嵐雪は歌っている。消えない雪仏が、ある。兼好が『徒然草』で、無常の到来を覚悟せよと、繰り返し警鐘を鳴らし、人間の命のはかなさを警告し、雪仏の比喩を書いた時、この『徒然草』の雪仏も、決して消えることなき確固とした存在として、後世の人々の心に宿り続けたのである。ここにも、兼好の散文の力がある。明治時代の樋口一葉も、次のような詞書で和歌を詠んだ。

ことし三月、花開きて、とる筆いよいよ、いそがはし。あはれ、此事終り、かの事はてなば、一日、静かに花みむ、と願へども、嵐は情のあるものならず。一夜の雨に、木のもとの雪、おぼつかなし。つくづく思ふに、雪仏の堂塔をいとなむに似たり。

風ふかば今も散るべき身を知らで花よ暫(しば)しとものいそぎする

3.「今」という永遠の現在

＊「唯今の一念」

『徒然草』第九十二段は、有名な段であるので、記憶にある人も多いだろう。

或る人、弓射る事を習ふに、諸矢を手挟みて、的に向かふ。師の云はく、「初心の人、二つの矢を持つ事勿れ。後の矢を頼みて、初めの矢に等閑の心あり。毎度、ただ得失無く、この一矢に定むべし、と思へ」と言ふ。僅かに二つの矢、師の前にて、一つを疎かにせむと思はむや。懈怠の心、自ら知らずと雖も、師、これを知る。この戒め、万事に渡るべし。

道を学する人、夕べには朝有らむ事を思ひ、朝には夕べ有らむ事を思ひて、重ねて懇ろに修せむ事を期す。況んや、一刹那の中において、懈怠の心有る事を知らむや。何ぞ、唯今の一念において、直ちにする事の、甚だ難き。

『なぐさみ草』は、「万人の心の緩まる事を、戒めたる義なり」と述べる。確かに、その通りだろう。『徒然草文段抄』は、「何ぞ、唯今の一念において、直ちにする事の、甚だ難き」という箇所について、「油断する事を、兼好の嘆息する言葉なり」と注釈している。これも、その通りだろう。ただし、それだけではないように思えるのは、『徒然草』の無常観を身に沁みて理解していた心敬に、次のような和歌があるからである。

唯今を誰も惜しまで愚かにも弱りゆく身の末を待つかな(『心敬集』)

この心敬の歌は、『徒然草』第九十二段というよりは、第百八段の影響を受けていると考えられる。第百八段には、「寸陰、惜しむ人無し。これ、良く知れるか、愚かなるか」とある。心敬の歌の「唯今を誰も惜しまで愚かにも」という部分と一致している。この第百八段には、「唯今の一念、空しく過ぐる事を、惜しむべし」ともある。

「唯今の一念」というキーワードが、第九十二段と第百八段で共通しているのが重要だろう。そう考えれば、二本の弓矢のエピソードは、「油断の戒め」だけでなく、「唯今の一念」の大切な字眼であると思われてくる。

＊第九十三段

第九十三段は、直前の第九十二段と「連続読み」することで、兼好の主張が、はっきりと見えてくる。長い段であるが、兼好が「無常の世」といかに向き合うかを述べた重要な表現を含むので、全文を引用しよう。

「牛を売る者、有り。買ふ人、『明日、その値を遣りて、牛を取らむ』と言ふ。夜の間に、牛、死ぬ。買はむとする人に、利有り。売らむとする人に、損有り」と語る人、有り。

これを聞きて、傍なる者の云はく、「牛の主、真に、損有りと雖も、また大きなる利有り。その故は、生有る者、死の近き事を知らざる事、牛、既に然なり。人、また同じ。図らざるに、牛は死し、図らざるに、主は存ぜり。一日の命、万金よりも重し。牛の値、鵞毛よりも軽し。万金を得て、一銭を失はむ人、損有りと言ふべからず」と言ふに、皆人、嘲りて、「その理は、牛の主に限るべからず」と言ふ。

また云はく、「然れば、人、死を憎まば、生を愛すべし。存命の喜び、日々に楽しまざらむや。愚かなる人、この楽しびを忘れて、労がはしく、外の楽しびを求め、この財を忘れて、危く他の財を貪るには、志、満つ事無し。生ける間、生を楽しまずして、死に臨みて、死を恐れば、この理、有るべからず。人皆、生を楽しまざるは、死を恐れざる故なり。死を、恐れざるにはあらず。死の近き事を、忘るるなり。もしまた、生死の相に与らずと言はば、真の理を得たりと言ふべし」と言ふに、人、いよいよ嘲る。

この世は無常だから、死の到来は防げない。それなら一体どこに、人間が有限の生を生きる意味があるのか。それに対する回答として、兼好が見出したのが、「人、死を憎まば、生を愛すべし。存命の喜び、日々に楽しまざらむや」という打開策だった。

『徒然草』を人生の指針とした中野孝次の著作に、『存命のよろこび』という本がある。また、美術史家で歌人の会津八一は、私塾で教えていた学生たちに示した「学規」四箇条の筆頭に、「一ふかくこの生を愛すべし」と掲げた。どちらも『徒然草』の第九十三段を踏まえていよう。

これまでもたびたび言及してきた、すぐれた注釈書の『なぐさみ草』を著した松永貞徳には、「憂き身とも今日は思はずながらへて命の見する花盛りかな」という和歌がある（『逍遙集』）。「花下言志」という、漢詩や和歌で好まれた題で詠まれた歌である。命存えて満開の桜を見る時には、生きる辛さも忘れて、生きる喜びで一杯になる、という意味である。これもまた、『徒然草』

第九十三段と通じている。

さて、この第九十三段は、「皆人(みなひと)」とあるから、複数の人々が会話を交わしているという設定である。ある人の発言に、「傍(かたへ)なる者」が反論した。それに対する再反論があり、それに対して、「傍(かたへ)なる者」が再々反論したが、「皆人」の共感を得るには到らなかった。「皆人」は真理に遠く、「傍(かたへ)なる者」だけが真理を知っていたからである。この問答には、直接体験を意味する「き」もなければ、伝聞を示す「けり」もない。まことに不思議な文体である。

これは推測であるが、あるいはこの段は、問答体で思索を深めようとした兼好の叙述スタイルだったのかもしれない。兼好は、時として、「自問自答」の叙述スタイルを取ることがある。兼好は、有限な時間を生きる自分の生が、「永遠」に触れることがあり、それが生きる喜びだ、と感じたのであろう。ゲーテの『ファウスト』のように……。『徒然草』第百八段の「我等(われら)が生ける今日(けふ)の日」もまた、有限の時間について思索を深めた兼好の「生きる根拠」を象徴する言葉である。この第九十三段の叙述スタイルについては、次章でさらに分析を加えたい。

＊林羅山の評言

江戸時代の川柳に、「筆ゆゑに兼好人に評を受け」という句がある。これは、『太平記』にあるように、高師直(こうのもろなお)の艶書（恋文）を兼好が代筆したため、後世の人から悪評を受けたという意味にも解釈できるが、私は、「兼好は『徒然草』で、自分の考えを大胆に書き記した。そのために、後世の学者たちから、その思索の妥当性について、さまざまに評された」という意味だと理解したい。

『徒然草』に、全身全霊で立ち向かって批評したのは、『野槌』を書いた林羅山だった。

第九十三段に関しても、羅山は長文のコメントを記している。兼好の仏教的な思想を理解したうえで、なおかつ、朱子学者の羅山は批判を書かずにはいられないのだ。羅山は、「見ぬ世の友」である兼好と、紙上の対話を展開しているのである。

羅山は、言う。君子は、命の大切さを十二分にわかっているが、義のために生を捨てる時がある。また、仁のために、身を殺すこともある。兼好が第九十三段で主張した「存命の喜び、日々に楽しまざらんや」という結論は、朱子学者の死生観と対置させた時に、どのように最終的な評価がなされるべきだろうか、と。羅山も、回答は保留している。けれども、今を生きる私たちが、繰り返し『徒然草』を読み、自らの人生に向き合う時、兼好に替わって、羅山に反論できる、新しい現代の読み方を示すことができるのではなかろうか。

引用本文と、主な参考文献

・島内裕子『徒然草』（ちくま学芸文庫、二〇一〇年）
・兼好の時間認識については、島内裕子『兼好　露もわが身も置きどころなし』（ミネルヴァ書房、二〇〇五年）を参照されたい。

発展学習の手引き

・『徒然草』を「時間認識」「無常観」という観点から、通読してみよう。無常を教える書物なのか、無常を乗り越える書物なのか、考えてみよう。

13 批評文学としての『徒然草』

《目標・ポイント》 『徒然草』を批評文学という観点から評価した場合に、どのような章段を取り上げれば、新たな視点を設定できるだろうか。問答体への着目、『枕草子』などとの比較、『徒然草諸抄大成』や小林秀雄の見解の再検討などにより、第九十三段に焦点を当て、文体と思想の両面から考察する。

《キーワード》 小林秀雄、『枕草子』、『無名草子』、第九十三段、『徒然草諸抄大成』

1．批評の文体

＊小林秀雄の『徒然草』

『徒然草』は、日本文化の普遍性を指し示す「古典」であると同時に、最先端の文学として通用する「現代性」を合わせ持っている。それは、『徒然草』の「批評精神」にこそ秘密がある。本章では、批評文学という観点から『徒然草』を捉え直したい。

小林秀雄の『徒然草』というエッセイ（『無常といふ事』所収）は、昭和十七年（一九四二）八月、文芸誌『文學界』に掲載された。『徒然草』の批評性の核心を問う、まことに鋭い批評だった。発表されてから七十年以上が経過しても、小林の批評の尖鋭さはそのままである。

＊『三教指帰』の方法

「批評」あるいは「評論」の始発を考えるにあたって、まず最初に、空海（弘法大師）が二十四歳の時に著した『三教指帰』（七九七年）から始めたい。『三教指帰』は、五人の架空の人物による対話劇であり、儒教・道教・仏教の優劣が話し合われる。異なる価値観や信条を持つ人物が一つの場所に集まって、意見をぶつけ合うという方法は、近代の中江兆民の『三酔人経綸問答』（一八八七年）でも踏襲されている。

厳密な意味での対話劇ではないが、儒教の聖典である『論語』は、「子、曰く」で始まる「言行録」である。一人称の語りで真理を語るという迫真性、リアリティが、思想界でも有効だと考えられ、多用されたのである。仏教の経典でも、「如是我聞」（このように私は聞いた）という語句が冒頭に置かれ、釈迦の言葉を実際に聞いた阿難尊者の記憶で、釈迦の思想が記されている。

＊『源氏物語』の方法

『源氏物語』にも、評論的な部分がある。女性論である帚木巻の「雨夜の品定め」には、男たち四人が登場している。恋愛の道の先達である「左の馬の頭」が、最も回数が多く、かつ長く発言して、議論をリードしている。むしろ、彼の独擅場の観がある。また、頭中将と藤式部丞も、発言している。光源氏だけは、終始、聞き役に回った。男たちだけの蘊蓄話というスタイルは、どことなく夏目漱石の『吾輩は猫である』（一九〇五〜〇六年）を連想させるものがある。

今、例示した二つの文学作品での知識人男性たちの会話には、最初に挙げた『三教指帰』のような、異なる思想から生じる鋭い対立を際立たせてゆくドラマ性はなく、登場人物たちの会話のスタイルを取ることで、「身体性」や「具体性」などのリアリティを持たせようとする意図なのだと思われる。

『源氏物語』には、他にも対話や会話による、興味深い場面がある。螢巻の「物語論」は、光源氏と玉鬘との対話の中で展開される。絵合巻の絵画論は、「絵合」という物語絵の優劣を競うゲームの場で、二つのグループに別れた人々が、相手の推奨する物語のマイナス面を指摘するスタイルでの批評であり、やはり、広義の会話（対話）に含まれる。ただし、「雨夜の品定め」のように、一人の人間が、一貫して会話をリードする場合には、「述懐＝独白体」に近づいている。

＊会話と問答の文学誌

鎌倉時代初期に書かれた『無名草子』は、我が国で最初の物語評論である。ここでは、女性たちの会話体で場面が進行してゆく。『無名草子』で評論の対象となっているのは、主として物語であるが、そもそも、物語というジャンルは、本質的に会話体であり、だからこそ「語り手」の草子地（ナレーションの部分）を必要としていた。

平安時代の歴史物語である『大鏡』を「歴史評論」の先駆として位置づけるならば、大宅世継と夏山繁樹という二人の老人の会話体で書かれていること自体が注目される。聞き手役として「青侍」が設定されている。人生経験が豊かな翁と、人生経験の乏しい若者の組み合わせであり、青侍は「雨夜の品定め」における光源氏のような役割である。また、物語の注釈書や歌学書で、二人の人物の問答スタイル、あるいは師説の「聞書」というスタイルも、愛好された。

＊『枕草子』と『無名草子』の比較

以上のように、会話体・対話体・問答体は、人々がある事柄に対して、論点の所在を明確にしたり、論点を深めたりするために採られる形式であり、そこに批評のスタイルを見出すことができる。これは、自分の心に思い浮かんだことや感じたことを書き記す「筆の遊び」とは、微妙に違っている。それでは、「筆の遊び」と「会話体」とは、どのような関係にあるのだろうか。

『枕草子』に、「文＝手紙」のすばらしさを述べる段がある。

> 「珍し」と言ふべき事には有らねど、文こそ、猶、めでたき物なれ。遙かなる世界に有る人の、いみじく覚束無く、「如何ならむ」と思ふに、文を見れば、唯今、差し向かひたる様に覚ゆる、いみじき事なりかし。

この『枕草子』は、一人称で書かれており、「覚ゆる」の省略されている主語は「我＝清少納言」である。すなわち、『枕草子』の「筆の遊び」の文体である。一方、会話体を採用した評論である『無名草子』には、次のようにある。「又」という言葉から始まっているのは、「前の女房の発言を受けて、又、別の女房が発言したことには」という意味であり、何人かいる女房たちが一人ずつ口にする発言を、その場にいる皆が傾聴する設定になっている。

> 又、「この世に、いかで、かかる事ありけむと、めでたく思ゆる事は、文こそ侍れな。『枕草子』に返す返す申し侍るめれば、事新しく申すに及ばねど、猶、いと、めでたき物なり。（中略）」と言へば、又、「（中略）」など、言ふ人あり。

『無名草子』で、二箇所に使われている「侍り」は、語り手が聞き手を意識した丁寧表現である。『源氏物語』の「雨夜の品定め」でも、会話体なので、時として「侍り」が用いられて、臨場感を醸し出している。「文」のすばらしさを述べた『枕草子』の文章を読み直せば、これが一人称の文体で、しかも自分自身を聞き手として書かれたものであることが、明瞭となる。自分以外の聞き手もいなければ、この文章を読む読者の存在も、作品の中では、直接には意識されていないと言ってよいだろう。

＊『徒然草』の始発と展開

『徒然草』は、序段の「徒然なるままに、日暮らし、硯に向かひて、心にうつりゆく由無し事を、そこはかとなく書き付くれば、あやしうこそ物狂ほしけれ」以来、「筆の遊び」として書き進められた。書くに従って、兼好の問題意識は研ぎすまされ、知識教養の源泉であった書物が、いつのまにか八方ふさがりの隘路となってしまい、遂に第三十八段では、そこから脱出する術を見出せない虚無的な境地に陥ってしまった。けれども、第四十一段で、世間の人と初めて「会話」が成立したことが大きな転換点となって、兼好の文学世界は広い外界への通路が開けてきたのだった。

『徒然草』のこれ以降の章段では、印象深い一言を口にした人物を紹介し、それに対する自分の意見を書き記す段などが、目立ってくる。このような書き方は、「問答体」「会話体」の中に含まれるだろう。「筆の遊び」が、自ずと「内なる自己との対話（会話劇）」となり、さらに他者の存在が認識されてくることによって、批評に血が通い始めるのである。

2.『徒然草』の会話体

＊第九十三段の文体を考える

『徒然草』の中で、最も会話が意識的に用いられたのは、第九十三段だろう。前章では、この段を、「無常を越える思想」として高く評価した。それは、この段の思想に着目したからだが、「死を憎まば、生を愛すべし。存命の喜び、日々に楽しまざらむや」という独自の思想は、どのような文体と論述スタイルに支えられていたのだろうか。そのような「批評としての会話劇」について、江戸時代に数多く書かれた『徒然草』の古注釈書は、どのような理解を示しているのだろうか。

ここに、『徒然草諸抄大成』という注釈書がある。著者は、浅香山井（久敬）で、加賀の前田家に仕えた武士である。貞享五年（一六八八）の刊行であり、それ以前に刊行された数々の『徒然草』の注釈書を総覧した大部の注釈書である。しかも、単に諸説を寄せ集めただけでなく、段落の構成をわかりやすくレイアウトし、自分の見解も述べている。これから、『徒然草諸抄大成』の区切りに従い、その理解するところを参考にしながら、第九十三段を再読・熟読し、その批評精神の依ってきたるところを突きとめ、なおかつ古注釈の限界を探り、小林秀雄への道筋を発見したい。

＊第九十三段の第一節

『徒然草諸抄大成』は、第九十三段冒頭の「牛を売る者、有り」の部分に、「一段の問答の起りを、先づ書き出したり」という、『徒然草盤斎抄』の注釈を掲げて、第九十三段の「問答」に着目している。それでは、第九十三段の第一節を掲げてみよう。

「牛を売る者、有り。買ふ人、『明日、その値を遣りて、牛を取らむ』と言ふ。夜の間に、牛、死ぬ。買はむとする人に、利有り。売らむとする人に、損有り」と語る人、有り。

浅香山井は、この第九十三段を三つの節に分ける。ちなみに、『徒然草文段抄』は、四つの節に区切っている。山井は、兼好の執筆意図を、次のように推測する。

此ノ節ハ、先ヅ、牛ノ死ニシ事ニ得失ノアルヲ云ヒテ、末々ニ問答シテ、畢竟、兼好ノ存念ノ所へ、云ヒオトサンタメニ、仮ニ、牛ノ一事ヲ、マウケテ、書ケリ。此ノ段モ、前段ノゴトク、詩ノ興ノ体ナルベシ。

「興」とは、漢詩の六義（六種類の分類）の一つで、ある物や出来事に関連して、それから引き起こされた自分の感情や考えを述べるスタイルのことである。ある具体例を挙げたうえで、それに対する感想を書き記す。この感想部分が「批評」なのである。具体例との対話なのである。興味深いことに、山井は、兼好が「存念ノ所」、すなわち、批評の着地点をあらかじめ決めておいて、それに合わせて、以下の「問答」を書き記したのだ、と推測している。「問答＝対論」が激しければ激しいほど、兼好の「存念」も明晰になる。

兼好の企図した通りに問答が展開するのであれば、「売った牛が、相手に渡す前に死んだ」という問答のスタートライン自体も、兼好の創作だった可能性がある。ただし、創作とは思えないリアリティが、第九十三段の対話劇にはある。むしろ、この段の着地点をあらかじめ決めておいたのは、論評している側の浅香山井ではなかったのか。

＊第九十三段の第二節

『徒然草諸抄大成』の考える第二節は、次の通りである。

これを聞きて、傍なる者の云はく、「牛の主、真に、損有りと雖も、また大きなる利有り。その故は、生有る者、死の近き事を知らざる事、牛、既に然なり。人、また同じ。図らざるに、牛は死し、図らざるに、主は存ぜり。一日の命、万金よりも重し。牛の値、鵞毛よりも軽し。万金を得て、一銭を失はむ人、損有りと言ふべからず」と言ふに、皆人、嘲りて、「その理は、牛の主に限るべからず」と言ふ。

季吟の『徒然草文段抄』は、発言者が交替した箇所、つまり、「『……損有りと言ふべからず』と言ふに」の次で、節を分かち、「皆人、嘲りて、『その理は、牛の主に限るべからず』と言ふ」の部分だけを、一つの節として独立させている。けれども、山井は、一続きの節と見た。会話者の交替を重視する季吟と、文章の流れを重視する山井の見解の違いが、表れている。対話劇という観点からは、季吟の側に立ちたいという気がする。

さて、山井は、この第二節を、次の第三節で開陳される「兼好ノ本意」を述べる準備だと理解する。牛が死んだことで、命のはかなさを知った男には、「大キナル利」があった。山井は、まだ第三節も始まっていないのに、「兼好ノ本意」を述べた第三節の趣旨を、この段階で語ってしまう。山井の心からは、「着地点」が離れないのである。

サレドモ、長命ハ、兼好ノ本意ニハアラズ。次ノ節ノ「生死ノ相ニアヅカラヌ」ト云フ、一所ヲ書クベキタメニ、一旦、存命ノヨロコバシキ事ヲ書ケリ。サハ云ヘド、出世ニ於イテハ、存命スルホドノ宝ハナキゾ、（中略）トナリ。

浅香山井は、兼好が第九十三段で精緻に組み立てた論理構成の「着地点」、すなわち、この段の最重要キーワードが「生死の相に与らず」である、と見た。そして、その次に重要な言葉が、「存命の喜び」である、と認定した。この解釈は、現代ではあまり見かけず、特異な判断である。江戸時代を生きた、浅香山井の武士としての覚悟にも通底するのだろうが、『徒然草』の「問答」スタイルに着目しながら、その眼目を読みはずしたのが、まことに惜しまれる。

＊第九十三段の第三節

それでは、『徒然草諸抄大成』が考える兼好の着地点を、熟読しよう。

また云はく、「然れば、人、死を憎まば、生を愛すべし。存命の喜び、日々に楽しまざらむや。愚かなる人、この楽しびを忘れて、労がはしく、外の楽しびを求め、この財を忘れて、危く他の財を貪るには、志、満つ事無し。生ける間、生を楽しまずして、死に臨みて、死を恐れば、この理、有るべからず。人皆、生を楽しまざるは、死を恐れざる故なり。死を、恐れざるにはあらず。死の近き事を、忘るるなり。もしまた、生死の相に与らずと言はば、真の理を得たりと言ふべし」と言ふに、人、いよいよ嘲る。

『徒然草文段抄』でも同じ区切りだが、問答体にこだわるならば、末尾の「人、いよいよ嘲る」のみで、一つ節を設けてもよいだろう。むしろ、そうした方が、それに対する「再々反論」を、読者が「傍なる者」に替わって、口にする契機が得られる。この時、『徒然草』の読者は一人の批評家となっている。

山井の見解は、既に第二節で書かれていたが、ここでは、まず、「此ノ節ハ、彼ノ愚人ドモガ嘲リシニツキテ、又、兼好ノ答ヘナリ」と、述べていることに注目しよう。山井によれば、「傍なる者」は、兼好本人なのであり、その発言が兼好本人の思想である。

生を愛し、死を憎むのは、昔から今に至るまで変わることのない人間の本性であるが、愚人が生を愛し、死を憎む理由が、仏教の真理である「理」と違っていることを、兼好は指摘したのだ、とする。そして、「畢竟ハ、生死ノ相ニアヅカラヌコトヲ云ヒ止メテ、一段ヲ結シタリ。是、向上ノ工夫、筆ニモ及ビ難シ」と述べる。「向上」は、「最高、最上」の意味だろう。

＊第九十三段の「一段之統論」

『徒然草諸抄大成』は、最後にこの段全体を総括するに当たって、『徒然草句解』の解釈を示して、締めくくっている。すなわち、牛が死んだことを具体例として挙げることで、兼好はそこから、二つの真理を抽出した、とするのである。「生死」を超越して生きることが第一の真理であり、人が死を憎む心をなくせないのならば「生ヲ愛スベキ」であるというのが第二の真理となる。それなのに、それさえもできない人は「至愚ノ人」だと批判するのが、この段を書いた「兼好ノ本意」だと言うのである。

『徒然草句解』は、一六六一年刊行の、高階楊順による注釈書である。『徒然草諸抄大成』は、江戸時代初期の第九十三段に対する解釈を、妥当な説として抽出したのだった。

けれども、第四十一段の賀茂の競べ馬の場面を思い出してみよう。兼好は、自分を世間の外に置いて人々を批判するのではなく、自分も含めて人間にありがちな価値判断を懐疑していた。

現実にあったことであれ、架空の出来事であれ、一つの具体例を最初に提示し、価値観の異なる者同士の対話劇を展開させる。その対話劇の中で、世間の人々の常識と大いに異なることを述べる言葉に力があるのは、著者である兼好本人の思想が代弁されているからである。それが、人々から理解されなかったとすることで、かえって、兼好の発言の尖鋭さが照射される。

人間は、世の無常がもたらす生死の苦しみから、脱することはできない。だからこそ、新たな観点から具体策として述べた、「人、死を憎まば、生（しやう）を愛すべし。存命（ぞんめい）の喜び、日々に楽しまざらむや」という、兼好の発した渾身の言葉が、読者の心に響く。この部分こそが、この段の鍵であり、世間の人々の愚かさを告発するのが兼好の眼目なのではない。

＊注釈書から批評へ

第九十三段の会話体スタイルは、『徒然草』の批評精神の一つの頂点と言えるだろう。そして、同時に批評を成立させる批判精神が会話体という文体に宿ることも、気づかせてくれる。

自問自答も、自己ともう一人の自己の対話と考えれば、批評の生まれる場所であろう。もう一人の自己は、「他者」という言葉とも置換可能である。ならば、自己と他者との距離感を正確に測定すること、あるいは他者を鏡として自己の姿を正確に映し出すことも、批評が持つ機能であろう。

『徒然草』は、第三十八段で、自問自答による現実の否定を書いた。そして、第四十一段では、他者との会話の成立によって、競べ馬見物の人の輪のなかに招き入れられた自分自身の新しい門出を書いた。けれども、第九十三段では、会話の不成立という新たな危機的な状況を描き出した。このような思索の試行錯誤によってこそ、兼好の視界は開けてゆく。第九十三段では、「人、いよいよ嘲る」とあった、その後の「傍（かた）へなる者」の反論こそが、この段の要なのである。無常の到来は、誰でも知っている。だが、人間は無常を越えることはできない。それならば、どう生きるのがよいか。仏教の教義である「無常の戒め」で終わらずに、人生の前に立ちふさがる壁に苦悩し、壁が越えられなければ、新たな生き方として何があるのか。そのことを問い続けた兼好。彼が閲（けみ）した精神のドラマに、『徒然草』の達成があり、それこそが現代に届いた兼好からのメッセージなのではないだろうか。「『徒然草』を読む」とは、兼好と会話を交わすことに他ならない。

江戸時代に隆盛を見た『徒然草』の注釈書は、次の第十四章で詳しく紹介するが、「教訓性」に重きを置くのが、大きな特徴である。注釈書によって、「教訓性」や「人生論」の重点の置き方が変わってくる。けれども、羅山と兼好の思想家同士の対話はあったものの、兼好が発した問いかけに対する真の理解は、批評家である小林秀雄の出現を待たなければならなかった。

『徒然草』が批評文学の異名として現代に立ち顕れてくるのは、このような思索の持続性が、『徒然草』の文体に明確に顕れているからであり、そのことをはっきりと理解できる読者が現れて来るためには、近代まで待たなければならなかった。

3．小林秀雄『徒然草』の批評精神

＊「文章の達人」

小林秀雄のエッセイ『徒然草』には、すでに本書の第七章や第九章などでも言及したが、改めて小林秀雄が『徒然草』から読み取ったものを検討してみたい。まず、驚くのは、小林の『徒然草』論が、「……でない」「……していない」という否定形を多用していることである。これは、「万事は皆、非なり。言ふに足らず、願ふに足らず」（第三十八段）という、『徒然草』の自問自答の文体と大変によく似ている。昭和十七年当時、小林も日本社会も、精神の隘路からの脱出を求めていたのだろう。それが、否定形の多用となって表れたのではないだろうか。

小林のエッセイ『徒然草』は、兼好の「苦い心」を読み取るところから始まる。つまり、洒脱な読み物という世間の常識的な見方とはまったく逆な「辛辣」な作品が『徒然草』なのだ、と小林は見抜いた。「教訓性」や「仏教の教え」は、否定される。

小林は、「純粋で鋭敏な点で、空前の批評家の魂が出現した文学史上の大きな事件」として、『徒然草』の成立を位置づける。小林は、フランス文学を専攻した広い視野に立って、日本の中世文学を論評した。そのうえで、兼好の魂を「空前の批評家」と称したことの意味は、重い。

西洋の文学が我が国に輸入されてから、近代日本には「批評家」が氾濫した。ところが、小林の目には、彼らが「批評家」を称していても、「皆お目出たいのである」と、その批評意識の低さを批判する。「『万事頼むべからず』そんな事がしっかりと言えている人がいない」、とも言っている。

ここで小林が高く評価した「万事頼むべからず」は、『徒然草』第二百十一段の冒頭の一文、「万の事は、頼むべからず」である。『徒然草』全段の中から、本物の批評家の発する言葉の典型として小林が摑み取ったのは、この懐疑精神であり、兼好の魂の内なる対話劇だった。

小林の『徒然草』で、特に注目したいのは、次の一節である。

彼の厭世観の不徹底を言うものがあるが、「人皆生を楽まざるは、死を恐れざるが故なり」という人が厭世観なぞを信用している筈がない。

前章と本章とで、熟読してきた『徒然草』第九十三段の言葉である。『徒然草諸抄大成』は、この段の要は、「生死の相に与らず」という部分にあると読解していた。小林は、そうではなく、「人皆、生を楽しまざるは、死を恐れざる故なり」の部分を高く評価した。

世間の人々を高みから教え諭す部分にではなく、世間の人々の、「無下に卑しくなる時勢とともに現れる様々な人間の興味ある真実な形」を、一つも見逃さずに書き留める筆の力に、小林は批評精神の発露を見た。小林自身が自問自答を繰り返した批評精神が、問答体・会話体・自問自答などで世界の真実を到達しようとする兼好の批評精神と、強く共振したのである。

＊『徒然草』が書かなかったこと

小林の批評意識が鋭いのは、『徒然草』に書かれてあること以上に、書かれなかったことを読み取る眼光の鋭さである。そこが小林と注釈書の最大の相違点である。一般に注釈書は、先行する注釈を取り込んで、急速に膨大化する傾向がある。ところが、詳細に研究すればするほど、作品自体から離れてしまうという皮肉な現象が生じがちである。「徒然なる心がどんなに沢山なことを感じ、どんなに沢山な事を言わずに我慢したか」と述べたことは、小林秀雄ならではの慧眼であった。小林秀雄は、論の最後に、『徒然草』第四十段の全文を書き写している。ここでは、一般的な本文と表記に改めて引用しておく。

因幡の国に、何の入道とかや言ふ者の娘、容貌良しと聞きて、人数多、言ひ渡りけれども、この娘、ただ栗をのみ食ひて、更に、米の類を食はざりければ、「かかる異様の者、人に見ゆべきにあらず」とて、親、許さざりけり。

小林は、この段で兼好が言わなかったことが何であるか、書かずに筆を置いた。ここで書かなかったことが、その後の小林の批評の世界を切り拓いた。小林秀雄の『徒然草』を読んで以来、その問題意識を受け継ぎたいと思ってきた私は、本書の第九章「隘路からの脱出」において、自分なりの解釈を打ち出した。

兼好は、ある時には会話体で語りかける文体を採用していた。文学という会話劇の観客であることに留まらず、舞台に立って会話に参加すること、それが読書行為の醍醐味であろう。

『徒然草』の第四十段は、禅の世界で言う「公案」なのだと、私は思う。この公案が、何を意味しているのか。読者は、その回答を、兼好と自分との時空を越えた会話を通して見出してゆく。それが可能な作品として『徒然草』があり、その手本を小林秀雄は示してくれた。兼好が言い止したところ、小林が言い止したところを、現代の私たちが見出してこそ、古典は生き続ける。次なる読者が受け継いでこそ、批評精神の継承が可能となる。

引用本文と、主な参考文献

・『徒然草諸抄大成』の活字本は、日本図書センターから一九七八年に、すみや書房から一九六八年（室松岩雄編）に、それぞれ刊行されている。また、版本は、たとえば早稲田大学古典籍総合データベースで、全巻の画像が公開されている。

・小林秀雄『モオツアルト・無常という事』（新潮文庫、一九六一年）

発展学習の手引き

・『徒然草』について言及した近現代の文学者たちの批評やエッセイを、自分自身の読後感と比較しながら読んでみよう。彼らは、『徒然草』のどこに、共感したり、反発したりしたのだろうか。

14 江戸時代の『徒然草』

《目標・ポイント》 江戸時代において、『徒然草』が『源氏物語』などと肩を並べる古典となり、『徒然草』や、その注釈書が、まさに同時代文学として意識され、江戸時代の絵画や文学を作り出したことを確認する。また、本居宣長の「もののあはれ」と『徒然草』の関係について考察する。江戸時代における『徒然草』の影響力の具体例として、横井也有の『鶉衣』を取り上げる。

《キーワード》 注釈書、本居宣長、もののあはれ、横井也有、『鶉衣』

1．古典中の古典となった『徒然草』

＊注釈書が意味するもの

文学作品は、書かれてから時間が経(た)つにつれて読みにくくなる。日本語の変化は大きくなっているし、社会情勢も、文化的背景も、さらには価値観も変化する。それでも、なおかつ、人々に読み継がれた作品は「古典」と呼ばれるようになり、読まれ続けることで新しい日本文化を作り上げてゆく。

ただし、古典が読み継がれるためには、言葉の意味や、文脈の解きほぐしや、文化的背景の説明など、読者を手助けしてくれる「注釈書」が必要となる。その結果、文化的な影響力を持つ作品ほど、たくさんの注釈書が生み出されることになる。

日本文学の中で、近代以前に豊富な注釈書を誇る古典を、仮に五つ挙げるならば、『源氏物語』、『古今和歌集』、『伊勢物語』、『徒然草』、そして『小倉百人一首』だろうか。『徒然草』は、これらの中で最も遅れて「古典」となった作品でありながら、王朝文学と肩を並べている。ちなみに、『小倉百人一首』に選ばれた歌人のほとんどは、王朝時代の人々である。江戸時代の『徒然草』は、読者にとっては同時代文学と意識されていたと思われるほど、広く読まれ、愛され、親しまれ、「徒然草文化圏」を形成していった。

＊『徒然草』の注釈書のラインナップ

近世前期における『徒然草』の注釈書の主要なものを、挙げてみよう。

①『壽命院抄』（秦宗巴・慶長九年・一六〇四年・二巻二冊）
②『野槌』（林羅山・元和七年・一六二一年・十四巻十三冊）
③『鉄槌』（青木宗胡・慶安元年・一六四八年・四巻四冊）
④『なぐさみ草』（松永貞徳・慶安五年・一六五二年・八巻八冊・挿絵入り）
⑤『徒然草古今抄』（大和田気求・万治元年・一六五八年・八巻八冊・挿絵入り）
⑥『徒然草抄（盤斎抄）』（加藤盤斎・寛文元年・一六六一年・二巻十三冊）
⑦『徒然草句解』（高階楊順・寛文元年・一六六一年・七巻七冊）
⑧『徒然草文段抄』（北村季吟・寛文七年・一六六七年・七巻七冊）

⑨『増補鉄槌』（山岡元隣・寛文九年・一六六九年・五巻五冊）
⑩『徒然草諺解』（南部草壽・寛文九年・一六六九年・五巻五冊）
⑪『徒然草大全』（高田宗賢・延宝六年・一六七八年・十三巻十三冊）
⑫『徒然草参考』（恵空・延宝六年・一六七八年・八巻八冊）
⑬『徒然草直解』（岡西惟中・貞享三年・一六八六年・十巻十冊・人名略伝と器物図）
⑭『徒然草諸抄大成』（浅香山井・貞享五年・一六八八年・二十巻二十冊）
⑮『真字寂寞艸』（岡西惟中・元禄二年・一六八九年・二巻二冊）
⑯『徒然草吟和抄』（著者未詳・元禄三年・一六九〇年・五巻五冊・挿絵入り）
⑰『徒然草絵抄』（苗村丈伯・元禄四年・一六九一年・二巻二冊・挿絵入り）
⑱『徒然草集説』（閑壽・元禄十四年・一七〇一年・二巻十五冊）
⑲『つれづれ清談抄』（岡西惟中・元禄十四年・一七〇一年・十巻）
⑳『徒然草拾穂抄』（北村季吟・宝永元年・一七〇四年・七巻）

このほかにも、『金槌』（一六五八年）、『徒然草摘議』（一六八八年）などがあり、膨大な数である。このうち、『壽命院抄』『野槌』『なぐさみ草』『徒然草文段抄』『徒然草諸抄大成』については、これまでにもしばしば言及してきた。現代でも参看すべき注釈書である。百年間、つまり一世紀の間に、これだけの注釈書が刊行されたのは、衰えることのない『徒然草』人気を証し立てている。

なお、③の『鉄槌』、⑨の『増補鉄槌』も、広く読まれた注釈書である。江戸時代の川柳にも、

「鉄槌で徒然草を細かにし」、「野槌でくだき鉄槌で細かにし」などと、『鉄槌』のことが詠まれている。『鉄槌』の注釈姿勢が、「細か」だとされるのは、林羅山（道春）の『野槌』が、「徒然を槌でたたいた道の春」という川柳で詠まれているように、『徒然草』の根本思想に真っ向から挑んだことを踏まえ、それを『鉄槌』がさらに細かく文章や語句を嚙み砕いて、読者にわかりやすくした、と穿っているのである。『徒然草』を注釈する作業が、植物の草を槌でたたいて細かにする仕種に喩えられている。

＊『源氏物語』研究から『徒然草』研究へ

『源氏物語』の注釈書は、藤原定家以来、一条兼良、宗祇、三条西実隆など、各時代の最高の知識人たちが全力を傾注した。細川幽斎も、中院通勝（一五五六～一六一〇）が中世源氏学の集大成である『岷江入楚』を著述する際に協力した。中院通勝は、江戸時代の出版文化と美術を考える際に重要な「嵯峨本」と呼ばれる古典籍の本文校訂を行ったと考えられるが、『徒然草』にも嵯峨本がある。また、『徒然草』の写本の一つに、細川幽斎の三男である幸隆（一五七一～一六〇七）が所持していたものがある。細川家の学問と『徒然草』との深い関わりを覗わせる資料である。つまり、「古今伝授」の系譜に連なる文化人たちが、『源氏物語』を活用する時代を夢見て注釈研究を行ってきた。それらの人々が、『古今和歌集』や『伊勢物語』と並んで、『徒然草』をも重視したのである。「古今伝授」の中に、『徒然草』の秘伝が含まれるようになったのも、その一環であろう。

『徒然草』の最初の本格的な注釈書は、『壽命院抄』であるが、ここには『河海抄』などの『源氏物語』研究の成果が流れ込んでいる。『徒然草』の難解な語句の語注は、『河海抄』に書かれている『源氏物語』の語注を、辞書がわりにして解説することができたからである。

三条西家や細川幽斎の「古今伝授」の系譜に連なる松永貞徳の『なぐさみ草』が挿絵付きで出版され、『徒然草』は読みやすく、わかりやすい古典としてのポジションを獲得した。そして、『湖月抄』の著者であり、江戸幕府の歌学方に迎えられた北村季吟が、『徒然草文段抄』と『徒然草拾穂抄』という二つの注釈書を完成することで、『徒然草』は爛熟する元禄文化の中心に据えられ、ここから近世文化の主流へと育っていったのである。

＊注釈書で古典を読む

江戸時代だけでなく明治時代初期（あるいは中期）までは、『源氏物語』を読むことは季吟の『湖月抄』を読むことと同じ意味だったし、『枕草子』を読むことは、やはり季吟の『春曙抄』を読むことだった。『徒然草』には、『湖月抄』や『春曙抄』のような、唯一と言える決定版はない。むしろ、先に挙げたような、たくさんの注釈書で『徒然草』が読まれたことが、『徒然草』の解釈を広げ、日本文化の中に「浸透」してゆくことを可能にした。

とは言え、羅山の『野槌』は、近世の仮名草子や近松門左衛門の作品にも、影響を与えている。また、江戸時代は儒学（朱子学）が重視されたので、全国の藩で儒者が活躍した。黒沢石斎は、林羅山の弟子であるが、松江藩の儒官となった。彼の著した出雲国の地誌である『懐橘談』には、出雲の国と関係の薄い『徒然草』からの引用がたくさんなされている。また、羅山の『野槌』からの引用も多い。『徒然草』の物の見方、『徒然草』の表現スタイルが、全国に浸透してゆく過程で、『徒然草』の注釈書もまた、『徒然草』と共に浸透していったのである。

美術の世界でも、『野槌』の影響力は大きい。これまで何度か紹介してきた海北友雪の『徒然草絵巻』（サントリー美術館蔵）には、『徒然草』本文には書かれていないことが、たくさん絵として

海北友雪「徒然草絵巻」（サントリー美術館蔵）の第129段の部分。

描き込まれている。例えば、『徒然草』第百二十九段の本文には、次のような記述がある。

すべて、人を苦しめ、物を虐ぐる事、賤しき民の志をも奪ふべからず。また、幼き子を賺し、脅し、言ひ辱めて興ずる事、有り。

意外なことに、友雪は、金色の葉っぱを手に持って、子どもに示す大人の女性と、わざと鬼のように恐い表情を作っている人物とを描いている。それは、『野槌』で、「幼き子を賺し」という『徒然草』の語句に関連して、「釈典に、小児の泣く時、黄葉を金なりとて、小児に与ふ。（中略）日本にも、昔、大和の元興寺に鬼ある事、『本朝文粋』道場法師伝に見えたり。この故に、小児を脅すに、顔をしかめて、『元興寺』と言ふ」とあることを絵画に仕立てているのである。

絵師や絵巻を見る人にとっては、『徒然草』を読むことと『野槌』を読むことが、同じ意味を持っていたのである。古典の注釈書もまた、「新しい古典」なのだった。

2.『徒然草』と「もののあはれ」

＊『徒然草』第三段と第四段

『徒然草』が始まって早々の第三段は、色好みを肯定する内容である。全文を示してみよう。

> 万にいみじくとも、色好まざらむ男は、いと寂々しく、玉の卮の当無き心地ぞすべき。
> 露・霜に潮垂れて、所定めず惑ひ歩き、親の諫め、世の譏りを慎むに心の暇無く、あふさきるさに思ひ乱れ、然るは、独り寝がちに、まどろむ夜無きこそ、をかしけれ。然りとて、ひたすら戯れたる方にはあらで、女に容易からず思はれむこそ、あらまほしかるべき業なれ。

『壽命院抄』は、「あふさきるさ」と「をかしけれ」の二つの言葉に関して、『源氏物語』の用例を挙げている。『野槌』も、それを踏襲している。ところが、松永貞徳の『なぐさみ草』に至って、新しい解釈が出現した。貞徳は、この段と、次の第四段を「連続読み」することで、『徒然草』と『源氏物語』とを大きく結びつけてみせた。第四段は、短い段で、「後の世の事、心に忘れず、仏の道、疎からぬ、心憎し」。これが、第四段の全文である。

貞徳は、兼好の本意は第四段にあるが、まず、第三段で恋路を誉めておいて、第四段で恋路を戒めるという手法を採用した、と結論づけた。前段で誉めあげているから、次の第四段が効果的なのだ、と言うのだ。そのうえで、貞徳は第三段の注釈の最後で、重要なコメントを述べる。

恋せずは人は心のなからましもののあはれもこれよりぞ知る

この段は、この歌を以て見るべし。

貞徳が引用したのは、藤原俊成の歌である。第二句は、「人は心も」の形が多い。第四段に関しては、『壽命院抄』が『源氏物語』宇治十帖の薫を引き合いに出し、『なぐさみ草』もそれを踏襲している。儒学者の羅山は『野槌』で、第三段は人間の本性としての「色好み」に触れているが、第四段は仏道のことだからであろうか、何も述べていない。

貞徳の連続読みを継承し、発展させたのが、北村季吟の『徒然草文段抄』である。季吟は第三段で、貞徳が挙げた俊成の歌を用いて自説を述べる。

和歌の道には、春・夏・秋・冬・恋・雑と六つの道を立てて、翫ぶ中に、人の心を和らげ、もののあはれを知らしむる事も、恋路に如くは無し。まことに、貴賤・老少・鳥獣の上までも、生あるものの心に離れぬ業なれば、四季の次に、必ず、この題を出だして詠み、口遊び侍る事、外の道には、いまだ聞こえざれば、和国の道の奇特なるべし。兼好も歌人にてありければ、かやうに書けるにて侍らむ。彼の俊成卿の歌をもちて、この段を理られたる師説も、面白く、捨て難き事なるべし。

季吟の『徒然草文段抄』は、第四段でも貞徳の『なぐさみ草』を引用しているが、いつの間にか、『なぐさみ草』にさえ書かれていない自分の見解を書き始める。すなわち、『徒然草』の第三段が好色を勧めているように見せて、実は第四段で好色を戒め、仏道を勧めているのは、最初に光源氏の好色を肯定的に描いたうえで、最終的には読者を「出離生死」させる「なかだち」とすることを目的とする『源氏物語』全編の構造と一致しているのだ、と季吟は言うのだ。

中世の古今伝授の文化人たちが繋いできた『源氏物語』の研究史が、『徒然草』冒頭部の第三段と第四段で、早くも結晶したのである。このように、江戸時代の初期には、『徒然草』は「中世の『源氏物語』読み」の蓄積を前提として展開されていた。その要に、「もののあはれ」があり、「もののあはれ」を人間に知らしめるのが『源氏物語』であり『徒然草』だとされたのである。この場合の「もののあはれ」とは、恋愛の苦悶を通して、悟達の境地に入るという意味なのだった。『河海抄』（一三六二年頃）が、『源氏物語』の主題に関して、「好色の媒」から「菩提の縁」に至ると説いた教えを、踏襲しているのである。

＊本居宣長と『徒然草』

このような『源氏物語』の解釈、および『徒然草』の解釈に異を唱える思想家が、江戸時代後期に出現した。本居宣長である。宣長は、北村季吟が『湖月抄』で集大成した藤原定家以来の源氏学の分厚い蓄積に、たった一人で挑戦した。宣長の代表作『玉の小櫛』は、『湖月抄』の解釈の浅い点や間違いを一つ一つ訂正し、『源氏物語』は世の中を正しくするための政道の書であるとか、『源氏物語』は極楽往生の勧めであるなどとする主題解釈を一掃し、それに替わって「もののあはれ」という新たな主題を提示した。

その宣長は、若い頃には『徒然草』の言葉を用いて文章を書き綴るなど、『徒然草』を愛読していた痕跡もあるが、『玉勝間（たまかつま）』という随筆では、兼好と『徒然草』とを酷評している。ただし、宣長は『徒然草』の注釈書は書かなかった。『源氏物語』には、語釈や、文脈の理解、光源氏の年齢計算など、宣長が訂正しうる注釈書の間違いがたくさんあった。だから、『玉の小櫛』で、それらを一つ一つ具体的に論破し、「もののあはれ」という新しい主題の正当性を高らかに宣言できた。

けれども、『徒然草』は、『壽命院抄』以来、わずか一世紀の間に、たくさんの注釈書が書かれ、語釈や文脈の理解は正確で、ある意味で飽和状態にあった。『なぐさみ草』や『徒然草文段抄』が述べる『徒然草』の主題解釈に対しては、宣長は違和感があったかもしれない。貞徳と季吟は、「もののあはれ」という言葉を用いて、『徒然草』全体にわたる主題解釈を、早くも冒頭部の第三段と第四段で展開し、それが『源氏物語』全編の主題だとも宣言していた。このことと、宣長の「もののあはれ」思想とはどのような関係があるのだろうか。

宣長が、いつ、どのような契機で、「もののあはれ」という言葉と出会い、いつから自分の思想の核心に据えたのかは、よくわからない。『源氏物語』に関しては「もののあはれ」論を存分に展開できたが、「もののあはれを知る」ことの大切さを宣長より先に述べていた『徒然草』の古注釈を批判するのは、理論構築がはなはだ難しい。場合によっては、自分の「もののあはれ」論の足を引っ張りかねないからである。

貞徳や季吟は、『源氏物語』と『徒然草』の読みを通して、人間は恋の苦しみの限りを尽くすことで悟りに到達できる、とする人間観を確立していた。宣長は、悟りや救済は問題ではなく、恋の苦しみの限りを尽くすことに人間の本質があると見た。すなわち、宣長は、中世源氏学以来の、恋の苦悩が救済を実現させるという、因果律による主題解釈を断ち切ったのである。

けれども、宣長は『徒然草』に書かれている内容は人間の本性に背いていると批判するだけで、こう読むべきだという注釈書は書かなかった。

ところで、俊成の「もののあはれ」の歌は、恋を歌っていたが、実は、そういう「もののあはれ」の用例は少ない。ほとんどは、秋などの景物に触発された「もののあはれ」の歌である。これは、光源氏と藤壺、柏木と女三の宮の愛を「もののあはれ」の典型だとする宣長にとっては、不利である。しかも、宣長自身、「問はばやなもののあはれを知る人に月見る秋の夜半の心を」という秋の歌がある。

また、恋の「もののあはれ」を歌った俊成には、『法華経』を称えた、「限り無き命となるもなべて世のもののあはれを知ればなりけり」という歌がある。まさしく貞徳や季吟の言う通りで、第三段から第四段へという流れによって、「恋愛の苦悩を通して仏道の悟りに至る」のが「もののあはれ」なのである。俊成の二首の「もののあはれ」の用例は、そのことを補強している。

いささか細部にこだわったのは、古典解釈を一変させ、日本文化を大きく転換させた本居宣長の「もののあはれ」という文化論を相対化し、その形成のプロセスに迫る材料として、『徒然草』の第三段と第四段とがあるということを、確認したかったからである。『徒然草』は、日本文化のターニング・ポイントである宣長思想の形成とも、深く関わっている。

3. 横井也有の『鶉衣』

＊『猫自画賛』

室町時代までは、『源氏物語』と『伊勢物語』の影響力が絶大だったが、近世に入ると『徒然草』の影響力は、『源氏物語』の影響力と肩を並べるほど大きくなった。ここでは、横井也有という俳人を取り上げて、『徒然草』の影響力の実態を確認してみよう。

横井也有（一七〇二～八三）は、尾張徳川藩に仕えた上級武士で、風雅を愛した。俳文集『鶉衣』がある。彼の俳文には、さまざまな古典が引用されて、古語が綴れ織りとなっているが、『徒然草』も重要な役割を果たしている。『鶉衣』に収められている俳文の『猫自画賛』は、平安時代の絵の名人である巨勢金岡の描いた清涼殿の馬は、夜ごと絵から抜け出して、萩を食い荒らしたと伝えられるが、自分の描いた猫は、絵から抜け出すことはなかろう、とユーモラスに語っている。

朧月夜に浮かれぬのみぞ、玉の卮の当無しとや、謗られぬべき。

「朧月夜」は、『源氏物語』花宴巻で、光源氏が「色好み」の心に任せて、朧月夜と弘徽殿の細殿で契ったことをかすめているのだろう。それに対して、自分の描いた猫の絵が、春の朧月夜の夜にも浮かれないのは、『徒然草』の第三段で、「玉の卮の当無き心地ぞすべき」だと兼好が謗っているような、「色好まざらむ男」、いや「色好まざらむ猫」だと面白がっているのである。

先ほど、『徒然草』第三段を論じた『徒然草文段抄』の説を引用したが、そこには、こう書かれていた。「恋路に如くは無し。まことに、貴賤・老少・鳥獣の上までも、生あるものの心には離れぬ業なれば」。也有は、『徒然草文段抄』で『徒然草』を読んだのではないだろうか。

＊『題像文』

巨勢金岡の馬のエピソードは、也有のお気に入りだったようで、『題レ像文』にも登場する。

> 人の「見よ」とて、携へ来たる一軸を開けば、上に、我が句の書き添へてあり。さては、この翁は、我が姿を写せるにこそありけれ。老いの手に、鏡も捨てて、久しければ、我が面影は、我、忘れにたり。今は、この絵よりも劣りぬらむものをと、あさましく、かつ、懐かしく、暫し、見惚れぬるうちに、傍らの童の、口さがなくて、詠みける、
>
> 　金岡が馬に倣はば夜は出でて萩の戸棚の餅や捜さむ
>
> いと憎けれど、如何はせむ。

まさに「花より団子」で、「萩」の花ではなくて「お萩」、つまり「ぼた餅」を捜して食べることだろう、という笑いである。文末の「いと憎けれど、如何はせむ」は、王朝文学を意識したものだろう。『枕草子』の「大進生昌が家に」の段に、「いと憎く、腹立たしけれど、如何はせむ」とあるし、『伊勢物語』第十五段にも、「さる、さがなき夷心を見ては、如何はせんは」とある。

　さて、ここでの問題は、「老いの手に、鏡も捨てて、久しければ、我が面影は、我、忘れにたり」の部分である。ここには、『徒然草』第百三十四段が踏まえられているのではないか。

「高倉の院の法華堂の三昧僧、某の律師とかやいふ者、或る時、鏡を取りて、顔をつくづくと見て、我が容貌の醜く、あさましき事を余りに心憂く覚えて、鏡さへ疎ましき心地しければ、その後、長く鏡を恐れて、手にだに取らず、更に、人に交はる事なし。御堂の勤めばかりに会ひて、籠もり居たり」と聞き侍りしこそ、有り難く覚えしか。

本書の第十章で、「己れを知ることの大切さ」を論じた時に、引用した段である。岩波文庫『鶉衣』の注では、『徒然草』第百三十四段の影響は指摘されていない。つまり、影響関係の痕跡がないほどに、也有は『徒然草』を咀嚼・吸収し尽くしていたからであろう。

横井也有に見られたような『徒然草』との深い関係性が、江戸時代のさまざまな作品の中に浸透している。近世以降の「徒然草文化圏」を形成してきた要因は、数多くの『徒然草』の注釈書の出現であった。そして、学校教育を通して、近代日本でも『徒然草』は日本人の人格形成に寄与してゆくことになった。

引用本文と、主な参考文献

・『徒然草』の古注釈については、島内裕子『徒然草文化圏の生成と展開』(二〇〇九年、笠間書院)でも言及したが、その後、『放送大学研究年報』の第三十号(『徒然草拾穂抄』)、第三十一号(『徒然草句解』)、第三十二号(『徒然草吟和抄』)、第三十三号(『徒然草絵抄』)でも考察した。
・『徒然草』の古注釈書の多くは、たとえば早稲田大学の古典籍ライブラリーなどで、画像が公開されている。
・堀切実校注『鶉衣』(上下、岩波文庫、二〇一一年)。
・横井也有の閑居記と『方丈記』との関係については、島内裕子『方丈記と住まいの文学』(左右社、二〇一六年)で詳しく述べた。

発展学習の手引き

・江戸時代の任意の作品を一つ選んで、原文で読んでみよう。『徒然草』からの影響が見られない作品はほとんどないということが、驚きと共に実感されるはずである。

15 『徒然草』のゆくえ

《目標・ポイント》 『徒然草』の達成域を、第百八十九段の人生論と文体を通して考える。また、第五十五段や第百三十七段を通して、兼好の理想とする住まいについて考察し、『徒然草』という作品の書かれた意義を明らかにする。

《キーワード》 第百八十九段、第五十五段、第百三十七段、不定、住まい、兼好執筆図、散文

1．上賀茂神社からのスタート

＊人間の住む世の中

これまで『徒然草』について考えてきたが、改めて思うのは、第九章で述べた第四十一段の転換点が、いかに大きな文学史的な意味を持っていたかである。上賀茂神社で、競べ馬を見物していた兼好は、樗(おうち)の木の上で眠っている法師を見て人々が嘲っているのを聞き、「愚かさという点では、私たちの方が彼以上だ」という趣旨の言葉を、何気なく口にした。すると、その言葉は周囲の人々の心に響いた。兼好は、名も無き世間の人々と初めて会話を成立させることができた。

書物の中から人の中へと、兼好が大きく歩み出した瞬間だった。この後、兼好は、会話体や自問

自答の文体を用いつつ、抽象と具体、理想と現実を相対化する視点を獲得してゆく。そのような視点の獲得が、『徒然草』の文学世界を広げていった。

＊散文が文学になる時

兼好は、常に変化し、なおかつ矛盾に満ちた「人間と人生」に対して、自らの心を開き、他者の存在を認識し、他者の言葉に耳を傾けた。そのことが翻って、再び、兼好に自分自身の内なる声を聞き取らせるようになる。約言すれば、人生は人間の中に、さらに言うならば、普通の人間の日常の中にしか存在しないという原点を見出した。これが、日本散文文学史の画期となった。非日常の劇的な出来事や、空前絶後の登場人物を描かずして、文学たりえた『徒然草』の稀有な達成域を、最後にもう一度、振り返って、本書の総まとめとしたい。

2．「不定」という真実の発見

＊『徒然草』第百八十九段

これまで、さまざまな観点から『徒然草』の多面的な世界に分け入ってきた。時代に応じて、また読者の呼びかけに応じて、さまざまな表情を見せる『徒然草』の到達点を、二十一世紀を生きる私たちはどこに求めればよいのだろうか。

たとえば、『徒然草』の第百八十九段を読んでみよう。この段は、末尾の一文が至言であり、そこだけ切り出しても、諺や格言としてそのまま通用だろう。まずは、全文を掲げてみよう。

今日(けふ)は、その事を成(な)さむと思へど、有(あ)らぬ急ぎ、先づ出(い)で来(き)て、紛(まぎ)れ暮らし、待つ人は、障(さは)

り有りて、頼めぬ人は、来り、頼みたる方の事は違ひて、思ひ寄らぬ道ばかりは叶ひぬ。煩はしかりつる事は、事無くて、易かるべき事は、いと心苦し。日々に過ぎ行く様、予て思ひつるには似ず。一年の中も、かくの如し。一生の間も、また然なり。予てのあらまし、皆違ひゆくかと思ふに、自づから違はぬ事もあれば、いよいよ物は定め難し。不定と心得ぬるのみ、真にて、違はず。

この段は、どこにも難解な言葉はなく、現代人が直読直解できる、実に簡潔で平易な書き方である。ところが、兼好の一人称で、一貫しているように見えるが、よく読んでみると、ここには、兼好という一人の書き手の内部に、三人の話者が内在して議論を交わしているとも見なしうる。どれも、なるほどその通り、と言いたくなる例ばかりである。

まず、兼好の内なる話者Aが、「人間の予想など、すべて、はずれてしまうものだ」という具体例を列挙する。

すると、兼好の内なる話者Bが、単刀直入に、「予てのあらまし、皆違ひゆくかと思ふに、自づから違はぬ事もあれば、いよいよ物は定め難し」、と反論する。この切り返しが絶妙であり、兼好の「物事を相対化する視線」を感じさせる。そのうえで、兼好の内なる話者にして判定者であるCが、「不定と心得ぬるのみ、真にて、違はず」と結論し、AもBも納得し、読者もまた納得する。だから、このCの言葉が、名言・至言として世間に独り立ちすることとなった。

実際の文章は、BとCの発言が融合していて、どこで区切るか、やや曖昧であるが、三人の対話劇としての迫力が感じられる。

＊中心思想は何か

長い間、私は、この第百八十九段が醸し出す人間味と魅力が、いったいどこから生まれているのか不思議だったが、その秘密は、「無常観」を読者に押しつけるような説諭性が、希薄である点に求められるのではないかと思い至った。日常の生活をふだん通りに生きることで摑み取った「人生の真実」を、日常語によって、簡潔・明晰・平易に書き記しているところに、この段の特色がある。もちろん、読者によっては、この段から仏教色を感じる人もいるだろう。「老少不定」という仏教語があるように、「不定」という言葉は仏教的な無常観を根底に持っているからである。たとえば、江戸時代初期の注釈書のうち、『野槌』を著した林羅山が、そう感じている。

羅山は儒学の立場から、生があって死がないとしたら、それはかえって「無常」だろうと述べている。この「無常」は、常体、則ち世界のあるべき平常の姿という意味である。生があれば死があるのが「平常」であり、定まった理だ、と羅山は述べている。「生と死」、「水と火」、「山と沢」、「寒と暑」、「昼と夜」が二つ揃うのが世界の「平常」だ、と言うのである。

羅山がこのような感想を述べたのは、この段の「不定」という言葉に、仏教や老荘思想を感じ取り、同じような思想は儒教の「中庸」の思想にもある、と反論したかったからだろう。

だが、兼好の書き記した散文は、仏教や道教だけでなく、儒教の「平常の理」をも包摂し得ているのではないか。すなわち、『徒然草』の散文は、仏教の無常観を含み込みつつも、それ以外の思考法をも併存させている。自分を含む人間が「今」を生きる意味を思索するために編み出された文体は、世の中にあるさまざまな、そしてそれぞれに優れた思想の中から、どれかたった一つを選別せずに、自分が興味を持ち、心惹かれることを、心の中に取り込む統合力がある。その幅広さが、

『徒然草』の達成域であるから、どんな思想も宗教も、心に浮かび、心に映り、心の中を移ってゆく。

第百八十九段もまた、『徒然草』の画期となるすぐれた段である。だからこそ、『壽命院抄』は、「誠(マコト)、今日ノ上、一生ノ上、シカリ。結句、尤(モットモ)ナリ」と述べ、最後の一文に賛意を表明しているのだろう。『なぐさみ草』は、「誰(たれ)も知りたる事(こと)ながら、かやうには書き付けがたきことなり」と、兼好の文体に感嘆している。これらは、第百八十九段の表現が仏教の教えを源流としつつも、日常生活に通用する名言として理解した結果なのだと考えられる。

これほどまでに『壽命院抄』と『なぐさみ草』が絶賛するのは、この段が「散文スタイル」の一つの極致だからである。常無(な)き「無常」の世を、定まらざる「不定」の世と認識することで、私たちは日々の生活をしっかりと生き抜くことができる。その「生きる姿勢」を、この段は見事な散文として定着させている。

＊兼好の和歌と散文

ここで、散文と和歌の違いを、改めて考えてみたい。貞徳の弟子である北村季吟の『徒然草文段抄』は、この箇所の散文が、兼好本人の和歌と似ている、という独自の指摘をしている。次の歌である。

あらましも昨日(きのふ)に今日(けふ)は変はるかな思ひ定めぬ世にし住まへば

確かに、よく似ている。しかも、この歌の詞書には、「定め難(がた)く思ひ乱るることの多きを」とある。この歌の直前は恋歌であり、二首後の歌の詞書には、「世を遁(のが)れて、木曾路(きそぢ)と言ふ所を過(す)ぎしに」とあって、兼好は既に隠遁している。恋の苦しみと隠遁の間に、「あらましも」の歌が位置している。

昨日は、期待を込めて、「明日は、こうなるだろう」と思っていたことが、今日になって見ると、まったく違った事態になっている。それは恋だったり、人間関係だったり、人の命だったりするのだろう。「思ひ定めぬ」、すなわち「不定の世」に住んでいる限り、期待や希望は裏切られ、人は苦しまなければならない、という歌である。

しかしながらこの歌は、何とも常識的であり、型に嵌まった詠嘆である。「恋人の不実を嘆き、世の中の不如意(ふにょい)に苦しむ」という和歌の約束事にそのまま従っている。この歌からは、人生の展望は開けない。兼好は二条為世(ためよ)に学んで、「和歌四天王」の一人にも数えられた歌人である。二条為世の父は藤原定家の孫に当たる。すなわち、為世は定家の嫡流であり、二条家は中世和歌の正統であった。けれども、兼好は和歌の道で突出した名声を上げられなかった。「あらましも昨日(きのふ)に今日(けふ)は変はるかな思ひ定めぬ世にし住まへば」という歌も、出家直前の緊迫した心を詠んでいるのだが、読者の心にそれほどは響かない。和歌の常識と、世界観の常識にとらわれているからである。

ここで、兼好が散文で書いた『徒然草』の第百八十九段を読み直してみよう。最初に、人間の一生はすべて「不定」であることが、日常生活で起きる平凡な出来事に即して強調されている。だから、このまま、無常であることを嚙みしめて、仏道修行に励めという展開になるのかと思いきや、一転して、「不定と思っていれば、間違いがない。それが、定まったことである」という趣旨の言葉を述べている。

もちろん、和歌でも「自問自答」は可能である。ただし、さらなる視点を三十一音の中に導入するのは、かなり難しい。内なる会話劇の展開は、散文でこそ可能な表現スタイルであり、それが「奇妙」だと季吟は評価している。この「奇妙」は、並はずれて優れているという意味であり、『壽命院抄』の「尤ナリ」を意識した誉め言葉である。散文表現の極致だと季吟は言うのである。

内なる話者の独白で終わらずに、反論する話者や、最終的な判定者を次々に登場させるのが、『徒然草』の散文の力だった。兼好は、「人間はいつか必ず最期を迎える」という無常が、永遠の真実だ、と言いたいのではない。彼は人生の不思議さに自ら気づいている。だから、普遍的な「人生訓」として、この段は読者の心に沁みた。

『徒然草』はあちこちで矛盾したことを書いている、と批判されることがある。テーマを限らずに、自由に書き記すというスタイルが、自ずと自由な考えを書き記すことになり、一見すると、矛盾する発言を書き付けさせたのである。つまり、兼好は、散文で書くという行為を通して、物事を多面的に見る「相対化」の視線を獲得し、実践したのである。

3．「私」が生きる場所としての家

＊「今」を生きる「私」

それでは、「不定という真実」について述べた兼好は、どのような生き方を求めたのだろうか。「不定(ふぢやう)と心得(こころえ)ぬるのみ、真(まこと)にて、違(たが)はず」と記した兼好は、次の第百九十段を、「妻(め)といふ物こそ、男(をのこ)の持つまじき物なれ」と書き始める。「不定」の世を生きるには、自分自身を「不定」の立場に置いておくのがよく、定まった妻を持つのはよくない、という論の展開である。前の段からの自然な論の展開ではある。

一方で、「死があるからこそ生を充実させなければならない」と考える兼好は、「私」がこの世で生きる「場所」について、その理想を求めてゆく。「住まい」をめぐる思索が、繰り返しなされ、その成果が文章に定着されてゆく背景には、「生の充実」への希求がある。

＊第五十五段

『徒然草』の第五十五段は、兼好の『陰翳礼讃』であり、住まいの美学を論じている。短い段であるが、さまざまな住居論が書かれていて興味深い。本章で主として考察の対象とするのは、冒頭部の「夏の住まい」についてだが、全文を掲げてみよう。

> 家の作り様は、夏を旨とすべし。冬は、いかなる所にも住まる。暑き頃、悪ろき住居は、堪へ難き事なり。深き水は、涼しげ無し。浅くて流れたる、遙かに涼し。細かなる物を見るに、遣戸は蔀の間よりも、明かし。天井の高きは、冬寒く、燈火暗し。造作は、用無き所を作りたる、見るも面白く、万の用にも立ちて良しとぞ、人の定め合ひ侍りし。

この段は、冒頭の「家の作り様は、夏を旨とすべし」が切り出され、人口に膾炙している。家の建築・設計は、夏を中心に考えるべきであり、冬は、どんな所にも住めると、兼好は言っている。けれども、冬の寒さもまた堪えがたいので、この段に反論する人も多いだろう。その「反論」こそ、兼好が待っていたものなのである。正確に言えば、実際のところ、兼好自身は、自分の著作が、後世、これほど多くの人々に読まれるとは夢にも思わなかっただろうが、後世の読者たちの方で、進んでいろいろなことを考えるのである。そのような精神活動を『徒然草』は呼び覚ます。『徒然草』は、兼好が思索を突き詰めることによって、会話と問答、議論を呼び込んだ思想書である。だから、その問答と議論の命脈は、たいそう永く、時代を超えて兼好と後世の読者たちとの問答や対話をも可能としたのだ。

兼好は、自分の心の内なる分身たちに対論させる一方で、自分と「見ぬ世の友」との会話も行ったし、結果的に、『徒然草』を書いた兼好を「見ぬ世の友」として会話を交わす後世の読者たちの出現を確実に生み出している。兼好が望んだような後世の読者は、確かにいた。

江戸時代後期の漢詩人であり、儒者であった北条霞亭（一七八〇～一八二三）は、郷里の志摩国的矢に父の隠居所を普請するにあたり、弟に、いろいろな注意を伝える手紙を出している。その手紙に、「兼好が徒然草に、人の家は、夏をむねとしてつくるべし、とあり。夏、風いれよく、すずしき処は、ふゆもあたたかなるもの也」と書いている。冬の住まいの快適さは、既に夏の住まいの普請で実現していることになり、驚かされる。また、「むし候処に、こらへ居候事、甚、人の毒に御座候。ひよつと暑熱の入候ては、とりかへしもならず候」とも書いている。これなども、第五十五段の「暑き頃、悪ろき住居は、堪へ難き事なり」の、たいそう行き届いた解説文として読める。

ところで、この第五十五段の論述スタイルに注目すると、この段の最後まで読んだ読者は、思わず、「おやっ」と思うのではないだろうか。何と最後に、「とぞ、人の定め合ひ侍りし」とあるではないか。つまり、何人かの人々が、家の建築のあるべき姿について、議論を交わした「議事録要旨」が、この第五十五段だったのである。兼好が自分一人の心の中で考えた住居論ではなかったのだ。しかも、「侍りし」と、自分の直接体験した過去を表す助動詞「き」が用いられているから、その議論の場に、兼好が居あわせて人々の発言を聞いたことは確かだろう。そうなると逆に、ここで書かれていた発言の中で、兼好自身の言葉がどれであるのか、そもそも実際に兼好がその場で発言したのかどうかも、弁別できない書き方である。

おそらく、この段で重要なのは、兼好がこの場に居合わせたことと、論の進展を記述するスタイル自体なのであろう。冒頭部に出てくる「旨（むね）」は、第一に重んじるべき事柄という意味だが、私は「歌論」の用語を「筆の遊び（すさ）」である散文に転用したのではないかと考える。

和歌史において、『六百番歌合（ろっぴゃくばんうたあわせ）』（一一九三年）は大きな意義を持つ。歌人たちが二つのグループに分かれて、互いに相手の歌を非難し合い、最後に判者である藤原俊成（しゅんぜい）が判詞（はんし）を書いて決着させた。この判詞で「旨」という言葉がしばしば用いられていることが、脳裏を掠（かす）めるのである。

藤原季経（すえつね）が、「秋夕」という題で、「夕霧に千草（ちぐさ）の花は籠（こ）もれども隠れぬものは虫の声々（こゑごゑ）」と詠んだところ、相手からは、「秋の夕べという題なのに、これではまるで『虫』を旨（むね）としているように聞こえる」という批判がなされている。「旨」は一首の中の眼目、最終主題という意味である。

歌合にこだわったのは、「旨とすべし」という言い方が、まるで歌合のような本格的な議論を前提としているように思われるからである。家を作るとしたら、その「旨」は、春の家なのか、夏の家なのか、秋の家なのか、冬の家なのか。人々は議論して、「夏の家」を住まいを「旨」として定めた。そういう議論が、簡潔にここに書き留められたことによって、先に見たように、後世のたとえば北条霞亭が、「夏の住まい」が、人間の健康に直接関わる、きわめて大切なものであることに言及する手紙を書いたりする。『徒然草』の住居論は、快適さという価値基準を明確に文学作品の中に導入した点で画期的であり、それを承けて霞亭は、さらに人間の健康と命の尊重という視点を付け加えたのだった。『徒然草』から「今を生きる」かけがえのなさを、しっかりと受け止めた読者が確かにいた。

さて、『徒然草』の「夏の住まい」が意外な射程の長さを示していたことを確認したうえで、ここに出てきた「旨」という言葉に導かれながら、さらに思索を深めてゆこう。

『徒然草』の「旨」とは、何だったのか。この一点を衝(つ)くことが、『徒然草』をどう読むかという眼目となる。無常観なのか、生きる知恵なのか、美意識なのか、それとも、自由に散文を書き綴りながら人生について思索する文体なのか。

＊第百三十七段

近世以前の『徒然草』の写本は、上下二巻で伝来してきたのが通例であり、第百三十七段が下巻の冒頭に位置する。「花は盛りに、月は隈無(くまな)きをのみ見る物かは」と始まる長大な段であり、『徒然草』を代表する名文である。『徒然草』の文学的価値を初めて発見した正徹が称賛したのも、この「花は盛りに、月は隈無(くまな)きをのみ見る物かは」であった。「かは」という反語の文体が採用されたのは、兼好の内なる話者が、対論を希求しているからである。

花の「旨」、すなわち最高の眼目は、満開の桜であり、月の「旨」は満月である。これが、世間だけでなく、文学者の常識であり、美意識であり、価値観である。それに対して兼好は、筆の力で反論を展開してゆく。「筆の遊(すさ)び」だからこそ、『古今和歌集』以来の和歌の美意識に異を唱え、新たに別な物の見方を提示させることもできるのだ。

花の散り、月の傾(かたぶ)くを慕ふ習(なら)ひは、然(さ)る事なれど、殊(こと)に頑(かたく)ななる人ぞ、「この枝、かの枝、散りにけり。今は、見所無し」などは、言ふめる。

この部分は、世間の人々にありがちな価値観を想定して、論の展開の方向性を明確にしている。そして、第百三十七段は、兼好本人が庶幾する月の「旨」を、次のように書き記している。

望月の隈無きを、千里の外まで眺めたるよりも、暁近くなりて待ち出でたるが、いと心深う、青みたる様にて、深き山の杉の梢に見えたる、木の間の影、打ち時雨れたる叢雲隠れの程、又無く、哀れなり。椎柴・白樫などの、濡れたる様なる葉の上に燦めきたるこそ、身に沁みて、心有らむ友もがなと、都恋しう覚ゆれ。

「心有らむ友」と、心ゆくまで語り合いたい、話をしたいと語るこの文章は、「心の対話」を希求する兼好の姿を、ありありと浮かび上がらせる。この段の読者は、『徒然草』という書物の中に招き入れられて兼好と対話したり、あるいは『徒然草』という書物の中から兼好が出てきて、本を読んでいる自分の傍らで話をしているような気持ちにもなることだろう。

「都恋しう覚ゆれ」とあるので、兼好は都にはいないことになる。第百三十七段を絵画化する際には、この段の後半で語られる「祭の見物」が描かれることが多いのだが、『なぐさみ草』の挿絵では、兼好が山里で閑居しながら、庭を眺めている図になっている。雲の上には、月が見える。

この挿絵から伝わってくるのは、『徒然草』という作品こそが、兼好の理想の住まいではなかったかという思いである。自分自身の心を入れる容器としての『徒然草』。『徒然草』を執筆し、さまざまに思索を巡らすことこそが、兼好の居場所なのだ。だから、『徒然草』を広げて読む読者たちが、「都の友」ともなるのである。

＊心の住みかとしての『徒然草』

「一人、燈火の下に、文を広げて、見ぬ世の人を友とするぞ、こよなう慰む業なる」と始まる『徒然草』の第十三段は、「兼好読書図」を生み出した。そして、「徒然なるままに、日暮らし、硯に向かひて、心にうつりゆく由無し事を、そこはかとなく書き付くれば、あやしうこそ物狂ほしけれ」とある序段からは、「兼好執筆図」が誕生した。

兼好は、書物の中に、自分を見出す一方で、執筆行為を通して、自分の内なる他者を見出した。そして、「友」としての読者を見出した。自分と他者、自分と世界を結び合わせる場所を構築するプロセスの開示。それが、『徒然草』だった。

第十段や第十一段を始めとして、『徒然草』には、理想の住まいや、理想の庭について述べる段が多い。それらが、住む人の心を照らし出すからだろう。ただし、住まいの外観からだけではわからない場合もある、とも書いており、兼好の視界に死角はない。そこから判断するならば、『徒然草』という作品もまた、従来の読み方という「外観」を眺めるだけでなく、読者一人一人が『徒然草』の中に入ってゆかなければならない。

『徒然草』の究極の「旨」は、読書と執筆、思索と対話に求められるだろうと私は思うが、これもまた、一つの「読み方」である。

4. 散文という可能性

＊『徒然草』の達成域

『枕草子』『方丈記』『徒然草』という、「三大随筆」と呼ばれている散文の名作に対する私の思索と解釈を、十五章にわたって述べてきた。この三つの作品が存在したことが、いかに日本文化の風景を豊かなものにしたか。そのことを確認したかったからである。

林羅山の『野槌』の巻頭には、勅撰和歌集に入集した兼好の和歌が集成されている。その中に、「住めばまた憂き世なりけりよそながら思ひしままの山里もがな」という歌があり、『徒然草』について考え始めた第七章でも紹介した。どこにも、自分の理想の住まいはない。歌の世界でも、兼好は自分の居場所を見つけられなかった。それなのに、羅山はなぜ、『徒然草』の本文の前に兼好の和歌を集成して配置したのだろうか。兼好の散文に、兼好自身の和歌を対置することによって、『徒然草』の文学世界の輪郭を明確にする効果を感じたからではないだろうか。

羅山は、兼好の伝承歌も載せている。やはり、第七章で紹介したが、「世の中を渡り比べて今ぞ知る阿波の鳴戸は波風も無し」という歌である。阿波の鳴戸が穏やかだと思えるほど、世界は無常の脅威にさらされている。そのことは、和歌でも歌えた。では「無常の嵐」にどう立ち向かうか。それには、散文を書くことで、自分の思索の果てまで自分を連れてゆくしかない。だから兼好は書いた。そして、無常から目を逸らさなかったからこそ、生きている今を愛そうという結論に辿り着いた。

＊散文文学の達成域と現代

『方丈記』は、鴨長明の実体験と論理力によって探究され、見出された理想の人生論だった。けれども、長明は、書くことで、究極の問いかけに答えられない自分の姿を見出して、筆を擱いた。ここにも、散文で書くことで、ここまでしか書き記せないという真実と出会った著述家がいた。兼好の『徒然草』の最終段である第二百四十三段は、八歳の時に父と交わした、仏の起源をめぐる懐かしい問答の記憶を書いて擱筆された。この問答もまた、「究極の答えは出ない」という答えが出ただけだったが、『徒然草』の思索と対話の軌跡を反芻するならば、この答えこそが、真実に最も近いとも言えるのではないか。

清少納言の『枕草子』は、「テーマを定めずに書く」という画期的な散文スタイルを創始した記念碑だった。「筆遊び」だからこそ、何でも書けた。その可能性を受け継ぎ、序段に据えたのが、兼好の『徒然草』だった。

本書では、『枕草子』に関しては、「三巻本」が主流になっている現代人の文学観から自由になるために、北村季吟の『春曙抄』の本文で『枕草子』の可能性を考えた。また、現在は「大福光寺本」で読まれるのが一般的な『方丈記』を、江戸時代から明治時代まで広く読まれ続けてきた「流布本」でも読んだ。そして、『徒然草』に関しても、江戸時代の古注釈書を重視しながら読んできた。

『枕草子』『方丈記』『徒然草』。これらの散文作品を「古典」として位置づけて、その豊かな文学性と可能性を汲み上げようとした人々の願いを、現代にも蘇らせたかったからである。注釈者たちもまた、現代人にとっての「見ぬ世の友」である。清少納言・鴨長明・兼好だけでなく、注釈者たちとも対話しながら、「書くこと」が「生きること」であり、書くことが、思索に明確な姿を与えることであることを本書から読み取り、明日を生きる私たちの指針を見出していただければ、幸いである。

引用本文と、主な参考文献

・島内裕子『徒然草』（ちくま学芸文庫、二〇一〇年）
・島内裕子『枕草子』（上下二巻、ちくま学芸文庫、二〇一七年）
・『鷗外歴史文学集・第十巻』（岩波書店、二〇〇〇年）に、『北条霞亭』が収められている。

発展学習の手引き

・『枕草子』、『方丈記』、そして『徒然草』。これらの名作は、なぜ「散文」で書かれたのか。なぜ、読者の心を引きつけて止まないのか。その答えを見出すために、ぜひ、手にとって読んでいただきたい。参考文献には、私が兼好や清少納言と対話しながら試みた『徒然草』と『枕草子』の校訂と現代語訳を、ここで再び挙げたが、「思索としての読書」のお役に立てば、これに過ぎる喜びはない。

第百八十四段　157
第百八十九段　235
第百九十段　240
第百九十三段　184
第二百十一段　166
第二百十七段　161
第二百三十五段　167
第二百四十一段　195
第二百四十三段　167, 248

老子　144
老荘思想　128, 142, 167
六百番歌合　243
論語　146, 204

●わ　行
和歌四天王　116, 152, 158, 239
和歌所　53
若菜下巻　112
吾輩は猫である　204
若葉かげ　162
和漢洋　111
和漢朗詠集　36, 79, 93
脇蘭室*　112
別雷社歌合　45
私の美の世界　38
和同開珎　63
我等が生けるけふの日　120

●『徒然草』章段索引

序段　23, 123, 207
第一段　22, 124
第二段　129
第三段　225
第四段　225
第七段　187
第八段　140, 164
第九段　140, 164
第十段　246
第十一段　246
第十二段　131, 132
第十三段　112, 132, 246
第十九段　26, 186
第二十二段　23, 178
第二十三段　179
第二十六段　50, 164
第二十七段　164
第二十九段　30
第三十八段　140, 146, 213
第四十段　148, 216
第四十一段　149, 154, 164, 213, 234
第四十三段　134
第五十一段　173
第五十二段　113, 177
第五十三段　175
第五十四段　177
第五十五段　113, 241
第六十八段　171
第八十二段　159
第八十四段　159
第九十一段　195
第九十二段　197
第九十三段　198, 208
第百八段　198
第百十段　160
第百二十九段　224
第百三十四段　165, 232
第百三十七段　29, 51, 113, 245
第百三十八段　29
第百四十八段　181
第百四十九段　181
第百五十五段　193
第百六十六段　195
第百七十八段　182

万葉集　15, 69, 107
三上参次*　53
御子左家　34, 45
三島由紀夫*　102
見し世の人の記　112
御手洗川　45
御手洗の池　45
南方熊楠*　65, 82, 91
源実朝*　78, 90
源俊賢*　32
源俊頼*　92
源義経*　53
源頼朝*　53, 63, 90
見努世友　112
見ぬ世の友（仮名草子）　112
見ぬ世の友　133, 150
岷江入楚　222
夢庵記　85
昔話（吉田健一）　38
夢幻泡影　96
無常といふ事　148, 203
無名抄　53, 86
無名草子　206
村上春樹*　168
紫式部*　11, 36, 100, 114, 152, 187
紫式部日記　11, 53
紫の上*　31, 83
村田春海*　46
妄想　135
物集高見*　54
以仁王*　63
本居宣長*　227, 228
物語の誹諧　155
もののあはれ　229
森鷗外*　28, 87, 111, 135, 136, 139, 140
森茉莉*　37
文選　142
文段抄　→徒然草文段抄

●や　行

安原貞室*　146
簗瀬一雄*　68
山岡元隣*　221
山崎闇斎*　166
山上憶良*　69
夕顔巻　93
優雅と辛辣　38
有職故実　178
夢浮橋巻　100
楊貴妃*　95
横井也有*　230, 231
与謝野晶子*　163
与謝蕪村*　50
慶滋保胤*　81
吉田健一*　38, 121, 147
吉野拾遺　116
世の不思議　59
蓬生日記　111
寄人　53

●ら　行

李白*　48
略本（方丈記）　84
流水紋　45
流泉　87
類纂形態（枕草子）　18
類聚章段（枕草子）　16
流布本（方丈記）　42, 58, 75, 91, 127
ルポルタージュ　59
列挙章段（枕草子）　16, 30, 125, 171
列子　144
蓮胤*　53

藤原俊成* 34, 45, 131, 226, 243
藤原彰子* 11
藤原季経* 243
藤原佐理* 32
藤原惺窩* 147
藤原隆家* 31
藤原斉信* 32
藤原為時* 13
藤原定家* 34, 45, 74, 75, 116, 222, 239
藤原定子* 11, 31
藤原俊兼* 12, 13
藤原知家* 92
藤原長家* 34
藤原信実* 92
藤原（飛鳥井）雅経* 90, 189
藤原道隆* 31
藤原行成* 32
藤原義孝* 32
藤原良経* 99
扶桑隠逸伝 77
仏教 128, 145, 167
不定 237
筆遊び 23, 27, 41
筆の遊び 41, 152, 170, 191, 207, 244
平家物語 61, 62, 65
丙辰紀行 166
辨艸 167
法界寺 75
宝剣 183
北条霞亭* 242
方丈記 41, 57, 73, 90, 110, 123, 152, 247
方丈記宜春抄 99
方丈記諺解 68, 74
方丈記私記 61
方丈記訵説 69, 84, 98
方丈記全注釈 68
方丈記文化圏 112
方丈石 75
北条時頼* 157
傍注 19
穂組 92
法華経 98, 229
細川幽斎* 186, 222
螢巻 205
法顕三蔵* 160
発心集 53, 86
堀田善衛* 61
堀川百首 50
本草綱目 182
本多繁邦* 102
本朝遯史 77, 87

●ま 行

舞姫 139
孟嘗君* 33
前田家本（枕草子） 18
枕草子 11, 27, 42, 54, 104, 114, 125, 171, 188, 206, 231, 247
枕草子絵詞 12
枕草子春曙抄 17, 29, 187
寄枕草子恋 37
正岡子規* 86
松尾芭蕉* 43, 44, 94, 95, 109, 163, 181, 195
松君（藤原道雅）* 31
松下の禅尼* 157, 163
松平崇宗啓運記 174
松永貞徳* 18, 127, 141, 142, 176, 184, 186, 220, 227, 238
待宵の小侍従* 65
幻巻 30, 83, 188
マラルメ* 28, 138
マリアの気紛れ書き 38

東福寺　34
徳川家康*　174
徳大寺実定*　65, 66
土佐日記　53
舎人親王*　13
鳥戸野陵　34
頓阿*　159

●な　行

内侍所　183
永井荷風*　87
中江兆民*　204
中島敦*　121, 136
中院通勝*　222
中野孝次*　62, 119, 199
中原有安*　53
なぐさみ草　127, 141, 178, 186, 221, 238
梨壺の五人　15
夏目漱石*　43, 82, 91, 111, 204
夏山繁樹*　205
苗村丈伯*　221
双ヶ岡　115
双の丘　115
南部草壽*　221
匂宮*　19
二条為世*　116, 239
日記回想章段（枕草子）　16, 37
日宋貿易　63
日本書紀　13
日本文学史・上下　53
日本文学全書　53
如是我聞　204
仁和寺　175
猫自画賛　230
能因本（枕草子）　18
野田宇太郎*　94
後の潺湲亭　45
野槌　21, 117, 119, 127, 144, 159, 178, 187, 221, 226
野分巻　27

●は　行

白氏文集　79, 142, 195
白楽天*　35
秦宗巴*　21, 127, 181, 220
服部嵐雪*　195
花宴巻　230
花吹雪　139
帚木巻　126, 150, 178, 204
林読耕斎*　77
林羅山*　21, 77, 117, 127, 145, 146, 161, 166, 187, 200, 220, 223, 226, 237
光源氏*　31, 83, 188, 204, 229
樋口一葉*　36, 37, 111, 162, 163, 196
ひとりごと　194
日野薬師　75
批評文学　108
日和下駄　87
平野万里*　163
ファウスト　200
風雅和歌集　12
福原　63
福原遷都　63
藤壺*　229
伏見宮邦高親王*　80
不請の念仏　101
藤原顕頼*　99
藤原兼輔*　68
藤原公任*　32
藤原（世尊寺）伊行*　32
藤原伊周*　15, 31
藤原実方*　94, 151

漱石山房の記　87
雑談集　157
宗長*　76
宗長手記　76
草堂記　36
題像文　231
増補鉄槌　221
続寒菊集　112
存命のよろこび　120, 199

●た　行

太公望*　161
大正天皇*　35
大智度論　144
大福光寺本（方丈記）　42, 58, 75, 91
大福長者*　161
太平記　200
平清盛*　63
平重衡*　75, 76
高階楊順*　220
高田宗賢*　221
高津鍬三郎*　53
高浜虚子*　94
武島又次郎（羽衣）*　54
竹取物語　15, 53
太宰治*　139, 140
唯今の一念　198
谷崎潤一郎*　45
玉鬘十帖　27, 188
玉勝間　228
玉の小櫛　227
為相女*　189
誕生院　75
近松門左衛門*　109
蓄積　107
父の帽子　37
池亭記　81
中庸　237
長明方丈記抄　69
長明方丈記新抄　47, 65
勅撰和歌集　247
月輪　34
月輪関白　34
土大根　171
徒然草　13, 26, 41, 69, 103, 106, 125, 140, 158, 170, 188, 203, 220, 234
徒然草絵抄　129, 174
徒然草絵巻（サントリー美術館）　194, 223
徒然草画巻（東京藝術大学大学美術館）　180
徒然草拾穂抄　21
徒然草壽命院抄　21, 126, 130, 141, 172, 188, 221, 238
徒然草諸抄大成　208, 221
徒然草図屛風（熱田神宮）　178
徒然草図屛風（上杉博物館）　165
徒然草摘議　221
徒然草の鑑賞　176
徒然草文化圏　112, 232
徒然草文段抄　21, 22, 141, 178, 187, 210, 221
ディクソン*　49
定子*　→藤原定子
程子*　194
貞明皇后*　35
鉄槌　220
寺田寅彦*　176
天人五衰　102
嗟嘆（マラルメ）　28
東京大空襲　62
唐書　142
盗跖（石）篇（荘子）　141
頭注　19

鹿都部真顔＊　134
式年遷宮　52
鹿ヶ谷の謀議　60
四大種　59
四納言　36
しののめ　167
島井宗室＊　161
島津久基＊　54
下鴨神社　44, 86
釈迦＊　204
寂光院　75
拾遺和歌集　20
拾玉集　58
秋風楽　87
集約　107
十楽庵記　159
侏儒の言葉　176
壽命院抄　→徒然草壽命院抄
俊恵　45
春曙抄　→枕草子春曙抄
春夜宴桃李園序　48
承久の乱　53
正徹＊　21, 108, 194
正徹物語　108
肖柏＊　84
逍遙集　186, 199
逍遙遊篇（荘子）　145
続後撰和歌集　189
書斎記　86, 96
書物の世界　147
白河院＊　44
心敬＊　76, 194
新古今和歌集　44, 74, 90
新古典　109
神州纐纈城　117
晋書　144
新続古今和歌集　109
新千載和歌集　116
浸透　107
新訳源氏物語　45
親鸞＊　75
随想章段（枕草子）　16
随筆　16, 53
随筆評論選　54
末摘花＊　111, 155
双六の名人＊　160, 163
住まいの文学　111
須磨巻　95
住吉如慶＊　178
住吉物語　53
すらすら読める徒然草　119
すらすら読める方丈記　62
青海波　163
誓願寺　14
清少納言＊　11, 30, 125, 187, 248
清少納言枕草子抄　18
誠心院　14
醒睡笑　120
贅沢貧乏　38
政道論　131
斉物論篇（荘子）　145
石村亭　45
雪月花（上村松園）　35
瀬見の小川　45
蝉丸＊　93
泉涌寺　34
草庵文学　41
宗祇＊　84, 86, 131, 222
総合古典　108, 109
荘子　128, 141, 142, 145
曾参（曾子）＊　146
漱石山房の秋　86

ゲーテ*　200
兼好*　13, 31, 50, 108, 124, 140, 154, 173, 187, 207, 209, 234
兼好執筆図　246
兼好塚　115
兼好伝説　115
兼好読書図　133, 246
兼好法師集　117
源氏物語　11, 27, 68, 83, 93, 107, 126, 152, 155, 173, 187, 204, 220
源氏物語湖月抄　→湖月抄
源氏物語釈　32
幻住庵　95
幻住庵記　49, 94, 163
元政*　77
玄宗皇帝*　95
源典侍*　155
建礼門院（平徳子）*　63, 75
建礼門院右京大夫*　32
耕雲*　115
行人　82
高嵩谷*　133
校註日本文学叢書　54
黄帝明堂灸経　181
高師直*　200
紅白梅図屏風　45
広本（方丈記）　84
弘融僧都*　158
香炉峰　35
古今伝授　186, 223
古今和歌集　107, 157, 178, 220, 244
古今和歌集仮名序　68
国分山　95
湖月抄　19, 178, 187, 227
後嵯峨上皇*　173
古事記　106
小侍従*　66
古事談　36
巨勢金岡*　230
後撰和歌集　15, 180
後醍醐天皇*　34
五大災厄　59, 73
琴後集　46
後鳥羽院*　74
後二条天皇*　34
小林秀雄*　119, 138, 148, 203, 214〜217
小堀杏奴*　28
惟喬親王*　75
今昔物語集　172

●さ　行

柴屋寺　86
災害記　71
堺本（枕草子）　18
嵯峨本　42, 222
佐佐木信綱*　117
ささめごと　76
雑纂形態（枕草子）　18
佐藤直方*　166
更級日記　53
猿丸大夫*　95
三愛記　85
三界唯一心　127
三巻本（枕草子）　18
三教指帰　204
散策記　92
三十番歌合　13
山州名跡志　77
三条西実隆*　80, 222
三酔人経綸問答　204
散文の誹諧　157
慈円*　34, 58, 84, 98, 151

荻生徂徠＊　118
おくのほそ道　94, 181
小倉百人一首　32, 220
小野道風＊　32
小野小町＊　14, 15, 74
己を知る　165
朧月夜＊　230
思草　117
音楽記　87
女三の宮＊　112, 229

●か　行

海潮音　28
海北友雪＊　194, 223
雅宴画　28
河海抄　128, 222
花山院長親＊　115
柏木＊　112, 195, 229
花鳥余情　127
加藤千蔭＊　80
加藤盤斎＊　18, 220
兼明親王＊　81
狩野探幽＊　116
歌俳百人選　118
鎌倉幕府の成立　53
上賀茂神社　44, 151, 234
賀茂川　45
賀茂重保＊　45
賀茂神社　44
鴨長明＊　36, 41, 50, 57, 58, 73, 74, 90, 94, 151, 248
鴨長継＊　44
賀茂祭　51
歌林苑　45
枯尾花　195
河合社　73
閑居記　81, 96
閑居の気味　78
閑居の文学　71
函谷関　33
諫鼓鳥　130
閑壽＊　221
観潮楼　87
桓武天皇＊　63
基準作　81, 110
木曾義仲＊　53, 63, 94
北村季吟＊　17, 19, 30, 141, 179, 181, 187, 210, 220, 227, 238
木下長嘯子＊　80
紀貫之＊　171
宮廷章段（枕草子）　16
狂言綺語　14
京極為兼＊　12, 13
京極派　12
共有古典　126
教養古典　126
玉葉和歌集　12, 43, 189
清原夏野＊　13
清原元輔＊　13, 34
清原深養父＊　13
桐壺帝＊　96
近世謡曲　174
金槌　221
空海（弘法大師）＊　204
愚管抄　34, 58
九条兼実＊　34
朽葉色のショオル　28
国枝史郎＊　117
国見山（伊賀）　115
競べ馬　151, 234
黒沢石斎＊　223
鶏鳴狗盗　33

索引

●配列は五十音順（現代仮名遣いの発音順）。＊は人名（フルネームを原則とする）を示し，数字は原則として各章の初出ページを示す。作品名にはジャンルを付記した場合もある。『源氏物語』で巻名を明記した場合には，巻名で索引に立項した。
・『徒然草』の章段は，「『徒然草』章段索引」として，まとめて示した。

●あ　行

アーサー・ウエーリ＊　39
会津八一＊　199
葵祭（賀茂祭）　29
青木宗胡＊　220
赤染衛門＊　13
芥川龍之介＊　86, 176
浅香山井（久敬）＊　208, 209, 211, 221
吾妻鏡　90
阿難＊　204
雨夜談抄　131
雨夜の品定め　126, 178, 204, 205
蟻通の明神　171
在原業平＊　14, 132, 151
粟津　95
阿波の鳴戸　119
安元の大火　60
安徳天皇＊　63, 183
安楽庵策伝＊　120
為愚痴物語　162
十六夜日記　54
石山寺　93
泉川　45
和泉式部＊　14, 98
和泉式部集　43
和泉式部日記　54
伊勢貞丈＊　13
伊勢物語　12, 53, 65, 92, 107, 132, 150, 155, 172, 220
一条兼良＊　127, 222
一条兼良本（方丈記）　127
一条天皇＊　11, 32, 94
井原西鶴＊　109
今様　179
石清水八幡　175, 177
岩間寺　93
陰翳礼讃　241
ヴァトー＊　28
上田敏＊　28
上村松園＊　35
于革＊　13
浮舟＊　100
浮舟巻　19
宇治十帖　226
内田百閒＊　87
宇津山記　86
うつほ物語　15
海の微風　138
海辺のカフカ　168
卜部兼好＊　113
絵合巻の絵画論　205
恵空＊　221
絵注　129
延徳本（方丈記）　84
往生要集　85
応仁の乱　109, 128, 195
大江千里＊　195
大江広元＊　90
大鏡　205
大原の三寂　75
大宅世継＊　205
大和田気求＊　220
尾形光琳＊　45
岡西惟中＊　221

著者紹介

島内　裕子（しまうち・ゆうこ）

一九五三年　東京都に生まれる
一九七九年　東京大学文学部国文学科卒業
一九八七年　東京大学大学院人文科学研究科博士課程単位取得退学
現　在　放送大学教授、博士（文学）（東京大学）
専　攻　中世を中心とする日本文学
主な著書　『徒然草の変貌』（ぺりかん社）
『兼好――露もわが身も置きどころなし』（ミネルヴァ書房）
『徒然草文化圏の生成と展開』（笠間書院）
『徒然草をどう読むか』（左右社）
『徒然草』（校訂・訳、筑摩書房）
『枕草子　上下』（校訂・訳、筑摩書房）
『方丈記と住まいの文学』（左右社）
『美しい時間――ショパン・ローランサン・吉田健一』（書肆季節社）
主な編著書　『吉田健一・ロンドンの味』『おたのしみ弁当』『英国の青年』（編著・解説、講談社）

放送大学教材　1554999-1-1811（テレビ）

『方丈記』と『徒然草』

発　行　　2018年3月20日　第1刷
　　　　　2024年1月20日　第4刷
著　者　　島内裕子
発行所　　一般財団法人　放送大学教育振興会
　　　　　〒105-0001　東京都港区虎ノ門1-14-1　郵政福祉琴平ビル
　　　　　電話　03（3502）2750

市販用は放送大学教材と同じ内容です。定価はカバーに表示してあります。
落丁本・乱丁本はお取り替えいたします。

Printed in Japan　ISBN978-4-595-31855-9　C1395